卡尔维诺经典

ITALO CALVINO

ITALO CALVINO (1923-1985)

GIL AMORI DIFFICILI · ITALO CALVINO

伊塔洛·卡尔维诺

困难的爱

马小漠/译

译林出版社

图书在版编目（CIP）数据

困难的爱/（意）伊塔洛·卡尔维诺著；马小漠译．—南京：译林出版社，2018.7（2025.2重印）
（卡尔维诺经典）
ISBN 978-7-5447-7336-2

Ⅰ.①困… Ⅱ.①伊… ②马… Ⅲ.①短篇小说－小说集－意大利－现代 Ⅳ.①I546.45

中国版本图书馆CIP数据核字（2018）第 080707 号

困难的爱［意大利］伊塔洛·卡尔维诺 / 著 马小漠 / 译

责任编辑 金 薇
装帧设计 蒋 艳
特约校对 张 堃
责任印制 颜 亮

出版发行 译林出版社
地 址 南京市湖南路 1 号 A 楼
邮 箱 yilin@yilin.com
网 址 www.yilin.com
市场热线 025-86633278
排 版 南京展望文化发展有限公司
印 刷 江苏凤凰新华印务集团有限公司
开 本 850 毫米 × 1168 毫米 1/32
印 张 8.125
插 页 4
版 次 2018 年 7 月第 1 版
印 次 2025 年 2 月第 3 次印刷
书 号 ISBN 978-7-5447-7336-2
定 价 48.00 元

目　录

第一部分

困难的爱

一个士兵的奇遇

在车厢隔间里，挨着步兵托马格拉，过来坐下一位高个丰满的妇人。应该是什么小地方的寡妇，这从衣服和面纱上可以判断出来：衣服是黑纱制的，是那种长期守寡的人穿的，但附着了一些多余的装饰和奢华物件，面纱挂在一顶沉甸甸的帽子上，围着帽檐一周，雨帘般遮住了她的脸庞。车厢隔间里其他座位是空着的，步兵托马格拉注意到；他本以为这寡妇会选其他座位的；然而，她却毫不在乎与他一个士兵粗鲁亲近，偏偏过来坐在那里，当然是出于什么旅途中的方便，步兵赶紧这样想，比如空气流通的因素，或是行驶方向的原因。

那身高耸的曲线若不是被一种庄重的柔软缓和下来，单看她那结实得甚至有些方正的丰满体形，人们会认为她不过三十岁出头；但再看看她的脸，红润的面色集冰冷和放松于一身，沉重的眼皮和浓密的黑眉毛下是遥不可及的眼神，嘴唇也是严格密封住的，被匆匆涂抹上一种挑衅般的红色，这一切于是又给她平添几分上了四十岁的气色。

因为复活节第一次休假回家的年轻步兵队士兵托马格拉，在座位上缩起身子，因为担心如此丰满和庞大的妇人坐不进来；很快，他就被环绕在她的香味之中，这是一种熟悉的，或者普通的香味，但由于长期使用，已经和人的自然体味融为一体。

这妇人端庄地坐在他旁边，比她站着时感觉要小一圈尺寸。她双手交叉地护住肚子，手臃肿不堪，深色的戒指紧箍在手指上，手之下、肚子之上的是一只亮闪闪的小包，还有一件已经脱下的外套，露出了浅色的浑圆胳膊。见她这样做，托马格拉也挪了挪，就像是要留出地方来好好伸展一下胳膊，但她却几乎一动未动，只是用肩部与上半身的简洁动作松开了衣袖。

这火车座位对两个人来说还是相当舒适的，托马格拉可以感到妇人的绝对接近，也不担心自己的触碰会冒犯到她。但是，托马格拉推想了一下，她确实是位妇人，可即便如此，也没有对他，对他那身粗硬的制服，表现出什么反感，否则，她会坐到更远的地方去。于是，这样想着，他之前紧绷和被拉扁的肌肉就自如而恬静地伸展开来；更准确地说，这肌肉是在他保持不动的前提下尽量扩张到最大限度，而原先肌腱紧缩得甚至都碰不到裤管的一条腿，也放松下来。他扯了扯腿上的布料，于是，他的布料就擦上了寡妇的黑纱，如此一来，隔着这布料和那纱，士兵的腿就贴着了她的腿，这动作温柔而短促，好似鲨鱼的相遇，他血管中涌动的波，就这样又涌向她的血管。

这怎么说都是一种极为轻微的触碰，是火车的每一次震动都可以创造出来和弄丢掉的；妇人的膝盖既强健又肥厚，而火车每每一颠，托马格拉的骨头都能想象出来，她的膝盖骨也会跟着慵懒地一跳；她丝缎一般的小腿肚子凸耸着，为了使她的小腿与自己的贴合，他得使用一种难以察觉的冲撞。这种小腿的相会很是宝贵，但造成了一个损失：事实上，他的身体重心转移了，而两半臀部的轮流支撑却不再像先前那样顺从地放松。为获得自然而称心的姿势，他需要在座位上稍微挪动一下，既可以借助铁轨转向，也可以借助不时得活动一下筋骨的合理需求。

那妇人仍是不动声色，在那顶庄重的帽子下，被眼皮覆盖住的是她直勾勾的眼神，她静止的双手搁在怀里的小包上，她的身子，沿着那条极长的体侧，倚在男人的体侧上：也许是她还未发现？或是准备避开？还是反抗？

托马格拉决定以某种方式传达给她一条信息：他收紧小腿肚子上的肌肉，就像一个刚劲的四方拳头，接着，他又用自己这个拳头般的小腿肚子，冲过去敲击寡妇的小腿肚子，就好像他的小腿肚子里有只手要打开一般。当然，这个行动极快，也就是牵引一下肌腱的时间：总之，她没有往回退，至少以他能理解到的就是这样！因为很快，托马格拉就为自己那个神秘的举动找到了借口，他移了移腿，就好似想舒展一下身体。

现在又得从头开始；那个耐心而极为谨慎的接触操作失败了。托马格拉决定鼓起更大的勇气；他装出要找什么东西的样子，把手插进靠近妇人那一侧的口袋里，一副漫不经心的模样，之后就再没把手抽出来了。这个动作很快，托马格拉也不知道有没有碰到她，一个无关紧要的动作；然而，他这才明白过来这一步走得有多重要，明白自己陷入了怎样一种冒险的游戏中。一袭黑衣的妇人的臀部正挤着他的手背；他的每根手指，每节指骨，都能感到她的重压，现在不管他的手做出什么动作，对寡妇而言都是一种骇人听闻的亲密举动。托马格拉屏住气，在口袋里把手翻过来；也就是说，把手心摊向妇人，手仍是留在口袋里。这是个不可思议的姿势，腕关节是扭着的。如此一来，再来个决定性的动作也没关系了；于是，他那只翻过来的手，又斗胆动了动手指。再不会有任何疑问了：寡妇不可能没发现他在那里捣鼓，而她却没退缩，装作无动于衷，装作不在场，这就意味着她不拒绝他的接近。不过他又想了下，她不在意自己的手这么动来动去，也可能是说明她真以为他在口袋里徒劳地寻找什么东西：一张火车票，一根火柴……这下，如果现在士兵这具有骤然远见的手指肚，隔着这些不同质料的衣服，也能猜出内衣的边缘，甚至能猜出皮肤细密的毛孔，还有痣，如果，我说，他的手指肚都能到这一步，那么也许她大理石般慵懒的肉身，刚刚感到的正是这手指肚，而不是，我们假设，而不是感到了指甲或指关节。

于是这手就偷偷摸摸地挪出了口袋，踌躇不决地定在那里，然后又匆匆打理了一番体侧的裤缝，并慢慢溜到膝盖上。更准确地说，这是打开了一道突破口：因为为了继续打理裤缝，这手还不得不在他和这个妇人之间钻，这个过程，尽管很快，却富于热望与甜蜜的激动。

得说一下，托马格拉的头是仰在座位靠背上的，所以也可以说他是在睡觉：这样一来，与其说他是在为自己找借口，不如说是给那位妇人提供一种不会使其难过的方式，如果他的坚持没有使她反感的话，她就会知道，他的这些举动都是游离于意识之外，刚刚浮出了睡意的深潭。在那个警觉的睡觉幌子下，从托马格拉搁在膝盖上的手上，移出一根手指，也就是小拇指，去四处打探。小拇指于是爬上她的膝盖，而她却默不作声，顺从容忍；托马格拉便可以在她的丝袜上完成小拇指孜孜不倦的动作了，他半眯着眼睛，隐约能看见她白皙的袜子曲成弓形。但是他发现这个危险的游戏是没有报酬的，因为这根小拇指吧，就那么一点肉，还活动得十分笨拙，只能传递出部分的感觉，根本不能用来感知那个它触碰对象的形状和质地。

于是他又把小拇指并回到手的其余部分，但不是把它收回来，而是把无名指、中指、食指全都靠到小拇指上去：这下，他的整只手都呆滞在妇人的膝盖上，而火车就这样使手用一种波浪般的轻抚摇晃着她。

直到那时，托马格拉才想到别的：如果这妇人，或因为顺从随和，或因为什么神秘的不可侵犯性，而没有回应他的放肆，但是对面还坐着些其他人，他们很可以对他的这种非绅士的行为加以指责，还可能指责那妇人不守妇道。主要是为了把那妇人从这样的怀疑中挽救出来，托马格拉抽回了手，还藏了起来。然后他又想了，这只是一个虚伪的托词：事实是，他把手那样摊在座位上，无非是打算再亲近亲近那位妇人，那位确实占了座位很大空间的妇人。

事实是，那手在周围摸索了一番，而如蝴蝶停落一般的手指，已经感到了她的存在，现在只需温柔地推挤整只手掌就行了，但寡妇面纱下的目光深不可测，胸部因为呼吸而微作起伏，什么呀！托马格拉已经抱头鼠窜似的又抽回了手。

“她没动，”他想，“也许她愿意。”但他又想：“再迟一些可能就晚了。也许她就是码准了时候要来跟我大闹一场的。”

于是，不是为了别的，只是为了谨慎地核实一下情况，托马格拉把手拖到椅子上，手背朝下，等待火车的颠簸，不知不觉地让妇人滑到他的手指上。尽管说是等，那也不尽然：事实上，他在座位和她之间，把指尖拢成楔形地戳着，动作轻微得几乎体察不到，因为这也可能是火车疾行的效果。如果他哪一刻突然停住了，可不是因为那位妇人以某种方式表示了反对；而是因为，托马格拉想了，如果她是接受的，只要稍稍扭动一下肌肉，她是应该很容易就迎合他，压住他的，也就是说，压在那只等待的手上。为了向她表示他这种勤勉的友好意图，托马格拉，就这么等在妇人底下，手指摇尾巴似的试探着；妇人望着窗外，她那只怠惰的手漫不经心地摆弄着包上的搭扣，打开来，又关上。这些信号是为了让他明白要中止一切呢，还是给他的一种最终延期通告，是在告诫他，她的耐性再也经受不住考验了？是这个吗？托马格拉自问道，是这个吗？

他发现自己的手，就像一只小型章鱼，正扣紧她的肉。一切都已明确了：托马格拉他再也退不回去了；而她，她，她真是一个斯芬克斯。

士兵的手这会已经踩着螃蟹的斜步，爬上她的大腿；他就那样在光天化日下，在众目睽睽下做这等事？不，这不，寡妇整了整之前叠放在肚子上的外套，使其搭在一侧。这是在给他提供掩护呢，还是在封锁通道？这下好了：他的手可以自由活动，而不会被看见了，他抓住她，贴着她延绵地摸下去，就像抚过一阵微风。但寡妇的脸仍朝着那边的远方；托马格拉盯着她身上一处裸露的皮肤，是在耳朵和那一圈丰盈的发髻之间。耳朵后面，有一根血管在搏动；这就是她给他的答案，明了，折磨人，又叫人琢磨不透。突然，她转过脸来，满面自豪，可仍是大理石般的冷淡，从帽子上垂下的面纱就像窗帘一样抖动起来，沉重的眼皮下是她迷惘的目光。但那目光是越过他托马格拉而去的，也许甚至都没挨着他，就那么望着他的身后，望着什么东西，或者什么也没望，只是一缕思绪的遁词罢了，但总之是什么比他更为重要的东西。这是他后来才想到的，因为之前，一见她动弹，他就赶紧闪回身去，紧闭双眼，佯装睡觉，还得尽量克制住在自己脸上蔓延开来的红晕，于是就这样，在她第一道闪电般的目光中，他错过了可以解释自己那些疑惑的机会。

他的手，藏在那件黑外套下，几乎是跟自己分开的，僵在那里，手指朝内屈着，勾向手腕处，这不再是只真正的手，除了他骨头那树枝般的触觉，这手再也感知不到任何东西了。但是，寡妇既然已经用那四处张望的茫然一瞥，对她那岿然不动的休战迅速做出了了结，于是在他手里，又流淌起了血液与勇气。就在那时，当他和她柔软的大腿重新建立起联系时，他才发现，自己已经达到一个界限：他的手指沿着裙边游移下去，越过膝盖的惊动，就是那空处。

结束了，步兵托马格拉想，这场秘密的狂欢结束了：现在，一想起来，在他记忆中，这就好像一桩相当可悯的事情，尽管他在经历它时，是把它贪得无厌地扩大了：在丝质衣服上的不雅抚摸，一件不能以任何方式被他拒绝的事情，正因为他那身为士兵的可怜境地，使那妇人分寸得当，却也不外露地屈尊，让步于他。

但是，他正伤心地打算收回手时，那手却因为发现她把外套护在了膝盖之上，而中止了收回的动作：不再是叠放着的了（尽管他觉得之前是那么放的），而是随意地披着，这样，衣服边就一直铺到腿跟前。如此一来，这里就成了一个封闭的洞穴：也许，这是对妇人让与他信任的最后一次考验，她确信，自己和士兵间是如此不相称，以至于他是肯定占不了便宜的。士兵费劲地回忆着在寡妇和他之间到目前为止发生的一切。回顾她的举止，他尝试着发现，有没有什么表现出超越了只是迁就他的迹象，再想想自己的举动，时而好似微不足道的轻盈，因为都是偶然的擦掠与触碰，时而又好似一种决定性的亲密，迫使他难以后退。

他的手当然是服从了这次追忆中的后一种方式，因为，在他对自己行为的无法弥补性做出深思熟虑之前，就已经克服了这个障碍。那妇人呢？在睡觉。她垂着头，头上是那顶华丽的帽子，帽子卡着墙角，双眸紧闭。托马格拉是应该尊重这个难辨真假的沉睡，并且撤退回来吗？或者这只是妇人作为共犯的伎俩？而他则是早该识别出来的，甚至必须以某种方式对此表示感激？他都走到这一步了，再容不得什么踯躅了，只能继续挺进。

步兵托马格拉的手既小又短，它的坚韧与老茧都很好地渗入在肌肉里，以致这手柔软而匀质；骨头一点都感觉不到，而手饱含甜蜜的滑动，就更显得是由神经创造出来的，而不是由指骨带来的。为了保证接触生动和兴奋的彻底性，这只小手的动作频繁持续，无微不至。但当第一阵躁动，犹如远方洋流的涌动，穿过水下隐秘的小径，终于扫过寡妇温软的体肤时，士兵却是大惊不已，就好像他才醒悟过来，直至那时为止，寡妇当真是什么都没发现，当真是一直在睡觉，于是他就胆战心惊地把手抽了出来。

现在他的双手歇在自己的膝盖上，僵硬在座位上，她刚进来时，他就是那样坐着的：他表现得十分荒唐，这他知道。于是他蹬了蹬鞋跟，挪了挪臀部，像是又想迫不及待地建立起联系，但就连他的谨慎也是荒唐的，就好像又想重新开始那种极为耐心的劳动，好像还不敢确信这深远的目标已然达到。但他当真达到了吗？或者一切都只是梦境一场？

一条隧道猛撞在他们身上。黑暗越来越浓，于是，托马格拉先是羞怯地动了动手，不时还要抽回来，就像真是头一次挨近似的，好似惊异于自己的大胆一般，随后就越来越尝试着说服自己，说服自己已经和那妇人到了极度亲昵的地步，于是，他就把那只小母鸡一般哆哆嗦嗦的手，伸向了她巨大的胸部，那胸部因为自重而稍显下垂。他呼吸急促地摸索着，尽量向她解释自己的不幸，还有这难以抵御的幸福，以及他的需要，不是别的什么需要，而是她从她的矜持中解脱出来的需要。

寡妇的确回应了，但却是以一个急促的动作掩住了自己，拒绝了他。这就足够使托马格拉回到自己的角落，掰弄起了手指。然而，可能，只是因为过道里一粒光的虚假警告，叫寡妇担心隧道会突然到头。也许：或者是他做过了头，对已经这么慷慨的她做了什么特别糟糕的事？不，他们之间已经不会再有任何忌讳了：她的举动，相反，正是一个标志，说明这一切都是真的，说明她接受，并参与其中。托马格拉又靠过去。当然，经过这一番斟酌，又丢却些许时间，隧道不会很长了，被骤然的光亮捉住可是太不小心，托马格拉就等起了隧道墙壁由灰转亮的第一处痕迹，这就是了：他越等，就越冒险，当然隧道是挺长，他前几次经过时，记得这隧道长得很，当然如果他早就动手的话，就会有大把的时间了，现在最好是等隧道到头，可这隧道总也到不了头，也许现下就是他最后一次机会，这下好了，阴暗稀疏开来，隧道走完了。

这是城郊线上的最后几站。火车慢慢空下来；这个隔间中的大部分乘客都已下了车，现在连最后几个也在卸行李，开始往门口走了。在隔间里，最后只剩下士兵和寡妇，靠得很近，但也没挨着，两人都是双臂交叉，哑着嘴，目光挂在空中。托马格拉仍需要想一下："现在所有的座位都空了，如果她想清静一会，如果她厌烦了我的话，就会换到其他地方的……"

还是有什么东西在约束他，让他担心，也许是在过道里出现了一群抽烟人，或是因为夜晚的到来而点起的灯火。于是他想把面向过道里的窗帘拉上，就好像谁要睡觉一般。他站起身，踩着大象般的步伐，缓慢而小心翼翼地解开窗帘，再拉上，并扣了起来。当他转过身来时，却发现她已经躺下了，似乎是要睡觉：不同的是，她双眼大睁，直勾勾地望着上方，躺下时还保持着贵妇般完好无损的端庄，头倚在座位扶手上，上面仍扣着那顶华丽的帽子。

托马格拉站着，居她之上。为保护这个睡觉的幌子，他还想把车窗遮住，便朝她俯过身去，想去松开车窗上的窗帘。但只不过是他在无动于衷的寡妇上方笨拙活动的方式罢了。于是他不再折腾那个窗帘扣眼了，而且明白得做点别的事情，得让她看到自己那不能延缓的欲望，哪怕只是为了跟她解释，解释她肯定是遭遇了一场误会，就好像是在对她说："您看，您一直都很迁就我，因为您以为，像我们这样既孤单又可怜的士兵，对爱情有着辽远的需要，可您看，我就是那么一个人，我是如何接受了您的好意，这下，我不可思议的野心都到了怎样的地步。"

因为现在显然是任何东西都不能叫寡妇吃惊了，甚至，每一件事情似乎都能被她以某种方式预见到，所以，步兵托马格拉也就只得不再让她对此存有任何疑惑了，只能让自己这种疯狂的痛苦抓住像她那样一个好似哑物的人。

当托马格拉站起来时，他底下的寡妇仍是目光明晰而严肃（她有着碧蓝色的眼睛），饰有面纱的帽子总是扣在头上。田野中，火车的尖利鸣笛无休无止，外面仍是无边无际的成排葡萄架，而整个旅途中都在不倦不懈地给玻璃窗画线的雨珠，这会又来了劲道，他心中又涌起一阵惧怕，惧怕他步兵托马格拉冒险已是太多。

一个强盗的奇遇

重要的是别被立刻逮着。吉姆贴在一个门洞的内侧，警察好像径直往前跑去了，然而他突然听见他们又跑了回来，往巷子里拐来。吉姆轻跃着，跳着逃走了。

“你站住，否则我们就要开枪了，吉姆！”

“来啊，你行啊，你们倒是开枪呀！”他这么想着，已经逃到了射程之外，他的脚用力地踩在鹅卵石铺成的台阶边缘，从老城区歪歪斜斜的小路上跑了下去。他越过喷泉，跨过斜坡上的栏杆，然后就来到了把他脚步声放大的拱门下。

他想到的那拨人都不足取：不能去罗拉那里，不能去尼尔德那里，也不能去芮内那里。警察不久就要四处敲门了。这是一个温柔的夜晚，小巷里高大凸出的拱门上飘着朵朵的云彩，亮得都能搁在白天。

刚来到新城区宽阔的街道上时，马里奥·阿尔巴奈西，人称吉姆·波莱罗，刹住了一点儿冲劲，把落在太阳穴上的几绺头发捋到了耳后。脚步声没有了。他果决而谨慎地穿过大街，来到阿尔曼达家的大门口，上去了。这个时候肯定不会再有什么人了，她肯定是在睡觉；吉姆用劲敲了敲门。

“谁啊?”过了一会儿，传来一个男人怒气冲冲的声音，“这个时候都睡觉了……”是里林。

“你就开一下，阿尔曼达，是我，我是吉姆。”他说，声音不大，却很坚决。

阿尔曼达在床上转过身来：“唔，吉姆，美男子，我这就给你开门，唔，是吉姆。”床头接着一根连杆，是用来开门的，她拉了一下。

门顺从地弹了开来；吉姆两手插在口袋里，往过道走去，来到房间里。在阿尔曼达的大床上，她在床单下高耸着的身子，好像把床全都占满了。枕头上，黑色的短刘海下，是她没上妆的脸，铺满了眼袋和皱纹。再往那边去，就像是睡在床另一侧被子的折痕中，躺着她的丈夫里林，好像他想把自己那张泛蓝的小脸沉在枕头里，以便再次抓住被中断的睡眠。

里林得等最后一个顾客走掉以后，才能躺上床，以此消化掉他在好吃懒做的一天中积累出来的困意。这世上没有任何东西是里林会做和想做的；只要有烟抽，他就安心了。除了一天抽掉的几包烟，阿尔曼达不能说他花她很多钱。早上，他带着他的烟盒出门，坐在修鞋匠那里，旧货商那里，水暖工那里，一支又一支地卷着烟纸，吸着烟。他坐在店铺里的那些凳子上，贼一般修长而光滑的双手搁在膝盖上，目光呆板，听着所有人的话，就跟个间谍一样。他几乎从不参与任何话题，顶多偶尔插上三言两语，或是冷不丁地笑一笑，露出一口黄色的乱牙。晚上，当最后一间店铺也关门了，他就去“特古斯达泽奥尼”① 酒吧，喝光一升的酒，抽完剩下来的烟，直到他们放下金属门帘。出了门，他穿着紧身衣的妻子仍在街上献殷勤，小鞋子里的那双脚也肿起来。里林在街角一侧冒出头，朝她细声吹了一阵口哨，对了几句暗语，其实是为了跟她说，已经晚了，该上床了。她呢，看也不看他一眼，站在人行道的台阶上，就像是在舞台上一样。她的乳房挤在上了钢托的弹性衬衣里，老妪一般的身体套在一条小姑娘才会穿的裙子里，手里的小包神经质般地抖动着。她用鞋跟在地面上画着圈，时不时地还会低声唱会儿歌，并回应他说不，说还有人在走动，让他先走，回家等她。他就是这么向她求爱的，夜夜如此。

“怎么了，吉姆?”阿尔曼达说，转动着眼睛。

而他已经在屉柜上找着了香烟，点上了。

“我需要在这里过夜，今晚。”

他已经把外套脱了下来，还摘下了领带。

“好的，吉姆，你到床上来。你去沙发上，里林，快呀，乖里林，走开，让吉姆躺下来。”

里林像石头一样在那里赖了一会儿，然后就挪开了，吐出一阵发音不清的抱怨。他从床上下来，拿上他的枕头，被子，床头柜上

---

① “特古斯达泽奥尼”意思是“品味”。

的烟草，卷烟纸，火柴，烟灰缸。“让开，乖里林，让开。”里林缩着身子弓着背，带着那一堆东西走开了，朝过道里的沙发走去。

吉姆一边抽着烟一边脱着衣服，小心地沿着中缝把裤子对折挂起，在靠近床头的一把椅子上理了理外套，把香烟、火柴、烟灰缸从屉柜上拿到床头柜上，爬上了床。阿尔曼达关掉了灯罩[1]里的灯，叹了口气。吉姆吸着烟。里林在过道里睡着。阿尔曼达转过身。吉姆在烟灰缸里按掉了烟。有人敲门。

吉姆一只手已经摸到外套口袋里的左轮手枪了，另一只手抓住阿尔曼达的胳膊肘，叫她小心。阿尔曼达的胳膊又肥又软；他们就这样一动不动地待了一会。

“你问问是谁，里林。”阿尔曼达缓缓地说。

里林从过道里吐了口气。“谁呀?”他粗鲁地问。

“哎呀，阿尔曼达，是我，安杰洛。”

“哪个安杰洛?”她说。

“上士安杰洛，阿尔曼达，我经过这里，就想上来了……你能给我开一分钟的门吗?”

吉姆早已从床上下去了，做了一个别出声的手势。他打开一扇门，看了看厕所里面，把挂着他衣服的那把椅子搬到那边去了。

“谁也没看见过我。赶紧把他打发走。”吉姆一字一句地说，把自己关在厕所里。

“你来啊，乖里林，回到床上来，快呀，里林。”阿尔曼达躺着

---

① 原文为法语。

指挥调动。

“那么，阿尔曼达，你是想让我等吗?”门外的另一个人说。

里林不紧不慢地拾起被子、枕头、烟草、火柴、卷烟纸、烟灰缸，回到床上，躺在被子下，把床单一直拉到眼睛上。阿尔曼达抓住连杆，打开了门。

索杜进来了，一副老便衣警察那种皱兮兮的神气，肥脸上长着灰色的胡子。

“你找乐找得很迟嘛，上士。”阿尔曼达说。

“哦，我也就是这么转转，”索杜说，“转着转着就想来看看你了。”

“你想干什么?”

索杜坐在床头，用手绢擦了把脸。

“没什么，也就是看看。有什么新闻?”

“什么新闻?”

“你有没有碰巧见过阿尔巴奈西?”

“吉姆?他犯了什么事?”

“没什么。朋友们……我们想问他一件事。你看见他没?”

“三天以前。”

“不。我是说现在。”

“我已经睡了两个小时的觉了，上士。可你为什么来找我?你去找他的女人啊：罗茜，尼尔德，罗拉……”

“没用。他犯了事的话，是不会靠近她们的。”

“这里他是没来过。也许下一次吧，上士。”

“那好吧，阿尔曼达，我就说嘛，这么说我很高兴来看看你。”

“晚安，上士。”

“晚安，哎。”

索杜转了身，但并没有走。

“我说，都早上了，我就不到处转了。我实在不想回到那张小床垫上睡。既然已经在这里了，我都想留下来了，怎么样，阿尔曼达?”

“上士，你总是这么好，但是这会儿，说实话，我已经停止接客了，这也是事实，上士，每个人都有他的作息表。”

“阿尔曼达，像我这么一个朋友。”索杜已经在脱外套了，还有衬衣。

“你是好人，上士。我们明晚见?”

索杜继续脱着衣服:“等到早上就好，你明白吧，阿尔曼达。那么，你给我腾点地方。”

“这就是说里林要去沙发上睡了。来，里林，快呀，乖里林，让开。”

里林修长的双手在空中乱摸着，他在找桌上的烟草，哼哼唧唧地站起来，几乎眼都没睁地离开了床，拿上了枕头、被子、烟纸、火柴。“快走开，乖里林。”他离开了，拖着被子走进过道。索杜在被子里不停地翻着身。

那边的吉姆透过小窗户的玻璃看着天空变绿。他把香烟忘在床头柜上了，这很糟糕。现在另一个正睡在床上，而他却得挤在那些坐浴盆和爽身粉的盒子中间一直被关到天明，还吸不了烟。他又静悄悄地穿上衣服，对着盥洗池的镜子很仔细地梳了梳头。镜子前面的隔板上，装饰似的摆了一排香水、眼药水、梨形橡皮球、药品和杀虫剂。他借着窗子里的光读了几条小标签，偷了一罐子药片，然后继续在厕所里转悠。没有很多可发现的东西：脸盆里有些衣服，其他是摊开的。他试起了坐浴盆里的水龙头，水伴着噪声喷了出来。如果索杜听得见呢？让索杜和监狱见鬼去吧。吉姆厌烦了，回到盥洗池边，他给外套喷上花露水，抹上头油。当然，如果他们今天逮不着他的话，明天也是会逮到的，但现行犯罪记录是没有的，如果一切顺利的话，他们很快就会把他放出来的。他还要在那里没有香烟地等上两小时，三小时，在那个小凳子上……他究竟是在干什么呢？当然，他们很快就会放他出来的。他打开了一个柜子：柜子吱吱嘎嘎地响了一声。让柜子和剩下的一切都见鬼去吧。柜子里面有阿尔曼达挂着的衣服。吉姆把他的左轮手枪放进一件皮衣的口袋。"我以后再回来拿，"他想，"反正这衣服到冬天以前她也不会穿。"他把手抽出来时，手上白花花的全是樟脑丸粉。"这样更好，就不会被虫蛀了。"他笑了笑，又去洗了洗手，阿尔曼达的手巾让他生厌，他于是就在柜子里的一件大衣上擦干了手。

索杜躺着，听见了那边的动静。他把一只手搁在阿尔曼达身上。"怎么了？"她翻到他身上来，用巨大而柔软的胳膊环住他的脑袋："没什么……你以为是什么……"索杜并不想挣脱这胳膊，但仍能听见那边的动静，就打情骂俏似的问道："……什么呀，嗯？……嗯，什么呀？"

吉姆打开门。“我们走吧，上士，别装傻了，逮我好了。”

索杜把手伸到挂着的外套里去拿左轮手枪，但并没有离开阿尔曼达。“是谁在那里?”

“吉姆·波莱罗。”

“举起手来。”

“我没带武器，上士，别装傻了。我自首。”

他站在床头，外套挂在肩上，双手高举在半空中。

“哦，吉姆。”阿尔曼达说。

“过几天我再来找你，安达[①]。”吉姆说。

索杜抱怨着爬了起来，穿上裤子。“该死的工作……你永远都太平不了……”

吉姆从床头柜上拿起香烟，点上，把烟盒放进口袋。

“给我抽抽，吉姆。”阿尔曼达说，她抬起松软的胸部，探出身去。

吉姆把一支烟放进她嘴里，给她点上，帮索杜穿上外套。“我们走，上士[②]。”

“这就是说也许下一次吧，阿尔曼达。”索杜说。

“再见，安杰洛。”她说。

“再见，唔，阿尔曼达。”索杜又说了一遍。

“再见吉姆。”

他们走了。过道里，里林抱着窄沙发的边缘，正在睡着觉，一

① 安达为阿尔曼达的昵称。

② 原文中用了南方方言。

动也不动。

阿尔曼达坐在大床上吸着烟；把灯罩[1]里的灯关上，因为一道灰色的光线已经打进了房间。

“里林，”她叫，“你过来，里林，到床上来，快呀，乖里林，来呀。”

里林已经收起了枕头和烟灰缸。

① 原文为法语。

一个海水浴者的奇遇

在＊＊＊的海滨浴场做海水浴时，伊索塔·巴尔巴里诺太太遇上了件麻烦事。她一直在深海游泳，但当感到该回去了，并转身往岸边游的时候，才发现了一件无法弥补的事情。她把泳衣弄丢了。

她说不好这事是就在那时发生的，还是自己已经没穿衣服地游了一阵了；她先前穿的两件套新泳衣，只剩下胸罩了。应该是她的臀部运动时，什么纽扣松开了，而泳裤就成了一块没形的碎布，从另一条腿上滑了下去。也许还正在她身下几巴掌远的地方往下沉；她试图潜到水下找泳裤，但她的气很快就不够用了，放眼望去，只有朦胧的绿色阴影在闪烁发光。

她压住心中涨起的焦虑，尽量心平气和地理清自己的思绪。那是正午时分，海里四处是人，赛艇里，游艇里，或者是在游泳。她一个人也不认识；她是前一天到的，和丈夫一起，可是他得立即返城。现在是别无他路了，太太想着，同时对自己明了而沉稳的推理感到讶异，要在这些船中找到救生员的船，肯定是有的，或者是能找着什么信得过的人，喊他过来，或者最好是自己靠过去，然后就能求救，并一起斟酌对策了。

伊索塔太太想这些事时，几乎是蜷缩着浮在水面上的，胡乱挣扎着，不敢看周围。她只露出个头，并以难以察觉的姿势把脸贴向水面，倒不是为了摸索那个秘密，这秘密早已被她认为是神圣不可侵犯的了，而是为了做一个好像是要在床单或枕头上揉眼皮蹭鬓角的动作，以驱逐深夜里什么遐思引来的泪。她的泪水还真在迫近，而且是直逼眼角，也许那个本能的头部动作正是为了用海水拭去这眼泪：她是如此心烦意乱，而在她的推断与情感之间又有着怎样的差异。她不平静，所以：她是绝望的。在那片静止的海里，微微涌起的浪峰间距离很长，她也那么静止地待着，不再缓慢地划水了，而只是把手伸出水面，做出恳求的姿势，就好像她知道等待自己的，将是让人筋疲力尽的漫长时间。这个情况中最令人担忧的征兆，她也许还没意识到，那就是她会发现自己渐渐体力不支。

这身两件套的泳衣她是那天早晨才穿上的，第一次，而且在海滩上，挤在那许多陌生人中间，她觉得这泳装让自己不是那么自在。然而，刚一下水，她就感到十分愉快，动作更舒展了，想游泳的愿望也更强了。这位太太喜欢长时间地泡海水浴，但她的乐趣不在于运动，因为自己有点肥，也有点懒，她更在乎的是与水的亲昵，是感到自己成为那片静谧大海的一部分。新泳衣正是给了她那样的感觉；甚至，她游泳时想到的第一件事就是："我感觉自己是光着身子的。"唯一的干扰就是想到那人头攒动的海滩，不是为了别的什么原因，只是因为她未来的海水浴相识可能会从那身泳装上，对她生出一种想法，而后又必然会以某种方式改变这个想法：不是对她的正经性做出什么判断，因为现在大家去海边，都已经穿成这模样了，而是认为她，比如说，认为她是运动型的，或者相当时髦，然而事实上，她当真是一个很随和的太太和家庭主妇。也许正是因为身上这种与以往不同的感觉，她才会对发生的事情一无所知。这下，在海滩上的那种拘束感，海水作用在裸露皮肤上的新鲜劲，还有不得不重回到其他海水浴者周围的隐约担心，所有的一切，都被这个新出现的、更严重的惊慌给放大和吞没了。

她从没想过要看的地方就是海滩。现在她望着它。正午的钟声正在敲响，有着黑黄相间同心圆图案的太阳伞撑在沙滩上，投出黑色的阴影，阴影里的身体都藏匿了起来，成群的海水浴者不断溢进海中。岸边没有一艘游艇，一有船回去，还没触地，就又会被人跳上去。那一片蓝色浩渺的黑色边缘被绵延的白色喷吐涌动着，尤其是在绳索之后，那里蒸腾着一群唧唧喳喳的孩子，每打来一道温和的浪，就会升起一阵尖叫，尖叫的音符会被立刻吞噬掉。而远离那片沙滩的海里，她裸着身子。

看见她只有脑袋伸出水面，同时还露出点胳膊和胸部，没有人会怀疑她，她游泳时非常谨慎，身子从不露出水面。于是，她可以不用暴露很多就完成求救。为了弄清自己身上会有多少部分被外人看见，伊索塔太太不时停下来，近乎垂直地漂浮着，试图看清自己。她焦虑地看见水里的阳光在海水中闪动成明晰的光亮，看见荡漾的海带和游速极快的条纹鱼群，海底是呈波浪状的沙子，而这上头，是她的身子。她夹紧双腿，徒劳地旋转着身体，想让这身子避开自己的目光：在褐色的胸部和大腿间，她光洁的肚皮显得白皙而醒目，不管是波浪的流动，还是半没入水中海带的摇曳，都掩饰不住她腰部至大腿间的暗处与明处。太太又以她那种混泳姿势游起来，并尽可能地把身体压低，尽管没作停歇，她还是不时转身，用眼角余光观察自己身后：每划一次臂膀，她全身白净的广博躯体，就在日光下，把那些最隐秘、最易识别的轮廓显现出来。她忙乱地不停改变泳姿和方向，在水里翻转着，在任何光线下，从各种角度观望着自己，将身子扭作一团；可那咄咄逼人的裸体却总是紧随其后。这是她尝试对自己身体的逃避，就好像在逃避另一个人，另一个她伊索塔太太无法将之从困境中解救出来，并只能选择听天由命的人。但这如此丰盈并难以藏匿的身子，曾是她的荣耀，曾是她自满的原因；只有在这么貌似合乎情理而实则矛盾冲突的一系列环境下，这身子才可能成为羞辱的理由。或者不，也许她的生活一直以来就只存在于那个穿着衣服的太太中，她每天都是这么过来的，而她的裸露，是如此不属于她，是个不小心的自然状态，时不时地显现出来，于是就在其他人，而且首先是在她自己心中唤起了惊异。现在伊索塔太太想起来，她独自一人，或是和丈夫一起时，那裸露总是伴随着一种共犯的神气，一种介乎窘迫与猫之间的嘲讽，就好像是对于某种夫妇间狂欢的秘密，自己临时伪装出了过分欢乐的模样。过了对早几年浪漫的失望，尽管不大情愿，她已经习惯并承载起自己这么一副身子，就好像是学着如何拥有一种被众多人渴求的特性。现在，被逼在那片喧闹的海滩前，她对自己这种权利的意识，又在古老的恐惧中消失得无影无踪了。

过了午后，在散布于整片浴场中的海水浴者中，涌起一阵返还海滩的回潮；这是旅店午饭和在更衣间前用便餐的时间，也是享受太阳直射下沙滩最炙热的时刻。船底和浮筏经过太太身边时，她便研究起船舷上男人们的脸来，有时，她甚至都快决定迎他们而去了；但是每次，他们睫毛间一次眼神的闪烁，肩膀或是手肘一次有棱有角的跳动，都会让她逃窜开来，并假模假样地做出自如划臂的姿态，这动作其实是为了掩饰那已经愈发沉重的疲劳。船上那些人，或是些热衷体育锻炼的小伙子，要么伶仃一人，要么成群结伙，或是些要求狡猾、目光固执的先生，他们见她迷失在海中，见她难受的面容掩饰不住焦急而恳求的忧虑，见那顶游泳帽给她一种孩童般微怒的神情，见她柔弱的肩膀在自己周围胡乱挣扎，他们立时就从自己专注而兴奋的、涅槃般无忧无虑的境界中退身出来，而那些有伴的人，抬了抬下巴，使了使眼色，算是给她指了个方向，而那些单独出海的人，甚至会用船桨刹住船，故意调转船头，截住她的去路。回应她所需信任的只是高耸着恶意与暗示的层层障碍，是一片荒地，那里充满了刻薄的眼神，饱含着对敏锐发现的暧昧笑容，还有浮在水面上的船橹那质问般的骤然止动；而她只能赶紧逃逸。有几个游泳的，在水里拼了命地游，经过她时，脑袋全埋在水里，紧闭着眼睛，缩平了鼻子，换气时喷出一股股的小水柱，眼睛都不抬一下的；但太太信不过他们，还是逃开了。事实上，游泳的人在水里经过她时，会突然疲劳起来，于是就像死人一样漂在水面上，然后下意识地扑腾一下双腿，拍起一片水花，在她附近转悠，直到她不屑一顾地离开。在她周围已经绷紧了一张具有强迫暗示的网，似乎是等她通过那里，就好像每个男人，都成年累月地幻想着在一个妇人身上会发生她遇到的那种事，就好像这些男人年年都来海边度假，就是指望在那里等着这个好时刻的。没有出路了，预先安排好的男性暗示阵线伸向了所有的男人，不可能有任何突破口，而她之前一直梦想的那个救星，那个尽可能佚名的、几乎就是天使般的人，一个救生员，一个水手，她现在敢肯定是不可能存在的了。她看见一个救生员经过，他肯定是唯一一个，坐着小艇，游荡在如此平静的海面上，预防各种灾难的人，他嘴唇的肉感是如此之强，肌肉又是如此和神经融为一体，以至于她永远不会有勇气把自己交到他的手上，哪怕是——她甚至已经感到了那一刻的激动之情——让他把更衣室的门打开，或是为她撑起一把阳伞。

在她失望的想象中，那些她希冀过可以向其求救的人总是男人。她没想过妇人，尽管和妇人，一切本该更简单些；在如此严峻的境况下，在那样的焦虑中，她们中任何一个人，都能完全明白过来这事，而且肯定会激起一种女性的团结。但和她同性人沟通的机会却是那样稀少而含糊，这与跟男人们相遇的危险与容易是截然相反的，这次，是一种相互间的猜疑阻止了她。大部分的妇人是和男人成双成对地坐在游艇上的，满脸嫉妒，难以接近，他们在向海深处出发，而那里只有她饱受着被动羞辱的身子，而这于她们而言，是一场挑衅和可预见的交战。有时会驶来一些船，上面挤满了唧唧喳喳又热情洋溢的小姑娘，太太想到在自己这种稍显猥亵的痛苦，与她们那种挥发性的无忧无虑之间相去的距离；想到什么时候她才能再次呼喊她们，因为第一次的呼喊她们肯定是没听到；想到她们听到这则消息时，脸上又会出现怎样的表情变化，她就再也不想喊她们了。后来还经过一个皮肤晒成了古铜色的金发女人，独自坐在赛艇[①]里，一身的傲慢与自私，肯定是去远一点的海域做全裸日光浴的。金发女人甚至都没想过，那裸露竟会成为一种不幸或是一种刑罚。伊索塔太太那时才发现，作为一个女人是如何孤独，才发现在她的同类中，团结自发的善行又是如何罕见（也许是被和男人达成的什么协议打破了），这一善行本可以免除她的呼救，并仅凭一个会意的姿势，就能在这男人难以明了的秘密的不幸时刻，前去协助她的。女人永远拯救不了她，可又没有男人。她感到筋疲力尽。

一个锈色的小浮标，之前一直被一串跳水的小伙子弄得爬上爬下的，他们突然一窝蜂地一跳，浮标闲了下来。一只海鸥停在上面，扇动着翅膀，又飞走了，因为太太抓住了浮标边。如果她没能及时抓住浮标的话，准能淹着。但死倒是不可能的，她也不至于落得如此既不合理也不相称的补救措施；因为，当她就要昏厥过去，而且甚至连下巴都抬不出水面时，她看见周边船上迅速站起一群男人，正准备跳下水来搭救她：他们在那里只是为了救她，为了在好奇观众的疑问和窥视中，把裸体和昏厥的她带走，而她赴死的危险只有可笑和卑微的后果，而这一直是她徒劳地企图逃避的。

从浮标上，看着游泳和划船的人似乎被渐渐吸回了岸边，她这才忆起那些回程的美妙疲劳；那些船与船之间的呼喊：“我们岸上

---

① 也可能只是一般的独木舟。

见!”或者:“我们看谁先回去!”她于是满怀起无垠的羡慕。可只消她看见一个穿着长裤的精瘦男人孤身一人留在海上,笔直地站在一艘静止的汽船上,不知道正看着水里的什么东西,她那个回去的愿望马上就窝藏在怕被别人看见的担心中,窝藏在要把自己隐匿在浮标后的热望中了。

她已经记不清自己待在那里有多长时间了。海滩上的人已经疏散开去,岸上的小艇给列成一排,太阳伞被一把把地收拢后,又叫卸了下来,这里就成了竖着一根根被截断的杆子的墓地,海鸥翱翔在海面上,那艘静止的汽船上,瘦男人消失了,代替他的,是一个鬈发男孩惊异的脑袋,探在船舷上;太阳前经过一朵云,被轻轻扬起的一阵风推到山顶上,厚厚地聚作一堆。太太想着那时自己在岸上会是什么模样,想着礼节隆重①的午后,想着自己那以为已经规划好的命运,谦逊的名望,恭敬的愉悦,想着这突如其来的卑劣的不一致,又是如何有异于那样的命运,就好似为一桩自己未曾犯下的罪行而受到处罚一般。没有犯下的?但也许她那种尽情的沐浴,那种想独自游泳的愿望,那种两件套泳衣穿在自己身上时的欢愉,尽管那是太过冒失的选择,但这些表象,不正是早已开始的逃逸,不正是对自己倾向违命的挑战,不正是疯狂奔赴那种裸露状态的各个阶段吗?尽管现在在她看来,这裸露完全是她可怜的苍白。在这些男人中间,她还以为自己能像只硕大的蝴蝶那样,毫发无损地闪过,同时能伪装出一副孩童般共犯式的从容。现在,男人们的成帮

---

① 这里的“礼节隆重”是指:意大利人吃完饭后,要喝咖啡,要聊天,还要走访朋友,活动满满当当的。

结伙终于彰显出它根本的残酷性，还有它恶魔般的双重本质，这本质既好像是种她还没做足准备的邪恶存在，同时又像是种执行惩罚的工具。

太太用毫无血色的手指肚捏住浮标的螺钉，因为长时间浸泡在水中，手指肚上生出了波纹状的突起。太太感到自己被放逐于整个世界之外，她不明白为什么，那个所有人都与生俱来的裸体，怎么如今就把她一个人驱逐出境了，就好像只有她是裸着身子的，就好像她是唯一能在苍天之下裸着身子的人。她抬起眼睛，看见现在的汽船上，男人和男孩两人一起站着，向她打着手势，就好像在说，她得待在那里，瞎折腾是没用的。这两个人严肃而善解人意，和之前的任何人都不一样，他们好似对她宣布决策一般：她必须得服从，她是被挑选出来为所有人接受惩罚的。如果他们打手势时，还试着给出一种微笑，那也是没有一丝恶意的：也许是邀请她心甘情愿地接受对她的处罚。

很快那船就出发了，比她能想象出来的还要快，两人操纵着发动机，控制着航向，不再看那位正尝试跟他们微笑的太太，她那样就好像在表示，如果她只能被指责生就讨喜而惹人妒忌，如果她只须为我们人类这种不雅观的温柔体形赎罪，那她也会把所有的分量承受在自己身上，还是心满意足的。

带着神秘抖动的汽船，还有那团混杂的推理，把她置于那样一种担惊受怕的惊愕之中，以至于她很迟才发觉寒冷。甜美的脂肪允许伊索塔太太做一些长久而冰冷的海水浴，这总是让她的丈夫和其他家人，也就是那些瘦子，充满了惊奇。但她泡在水里已经太久，太阳已然黯淡，她光洁的皮肤上生出一些颗粒状的小圆点，徐缓的冰冻侵占着她的血液。在把她摇动的阵阵寒战中，伊索塔觉得自己还活着，同时面临死亡危险，自己却清白无辜。因为那个就像是陡然长在她身上的裸露，一直以来都不是被当作一个什么错误而接受下来的，而是被当作她焦虑的无辜，当作她和他人之间的秘密友爱，当作她存在于世间的肉体与根茎而接受下来的；然而他们，那些小艇上的狡猾男人，和那些太阳伞底下的无畏女人，也就是那些不愿接受她的裸露，那些暗示她这是一种罪行、一条罪状的人，只有他们才是有罪的。她不想为他们赎罪，她攥紧浮标，牙齿冻得直颤，两颊上滚的全是泪……从港湾那边，汽船正在驶回，比之前还要快，船首，男孩扬着一条绿色狭长的帆：一条衬裙！

当小船停靠在她身边时，瘦男人递出一只手，好拉她上船，另一只手捂住双眼，微笑着。太太早就不指望会有什么人来救她了，自己的思绪也已经走出很远了，以至于她一时间都不能把这其中的意义和自己的推理，和他的举动联系起来，早在明白这一切不是自己的幻想，而是当真有那艘汽船，甚至正是赶来救她的之前，她就已经把手举向男人伸过来的那个东西了。她明白过来了，突然间一切都变得完美而确定，思绪，寒冷，害怕都被忘记了。她从苍白转变得如火苗一般殷红，此时正裹着那件衣服，挺直在船上，而男人和男孩，则面朝海平线，望着海鸥。

他们启动了引擎，她坐于船首，穿着一条橘色小碎花的绿裙子，看见船舱底部潜水捕鱼时用的面具，于是明白过来，这两人之前就已经了解到她的秘密。男孩先前戴着面具持着鱼叉在水下游泳时，看见她，就告诉了那男人，然后那男人也下水看了个究竟。然后他们就跟她做了个要她等他们的手势，但她没懂，于是他们就赶紧冲回港湾，从一个渔夫妻子那里弄到一件衣服。

他们两个坐在船尾，双手搁在膝盖上，微笑着：男孩是鬈发，八岁上下，全神贯注，有副小马驹般茫然的微笑；男人头发粗硬而发灰，身子是红砖色的，身上的肌肉很长，微笑带点忧伤，一根灭掉的香烟贴在嘴唇上。伊索塔太太在想，这两个人看她这么穿着衣服，也许在努力回忆他们在水下看到她时的模样；但她也没觉得有什么不舒服的。说到底，如果一定得有什么人看到她裸身，她很高兴看到她的正是那两人，也很高兴他们是既好奇又乐于帮忙。为了抵达岸边，男人把汽船沿着堤道、港口区、海岸菜园区开了一段；如果有谁从岸上看，肯定会认为这三个是一家人，就好像每天晚上打罢鱼，坐船回来一样。码头上露出一些渔夫的灰房子，红色的渔网拉在短小的木桩上。几个小伙子从泊在岸上的船里拎出铅色的鱼，又把这鱼递给立在一旁的姑娘们。她们手拎着四方浅底的篮子，支在臀部上，戴着玲珑金耳环的男人们席地而坐，两腿伸得老开，缝着无边无际的渔网。岸上一些坑中窝着大木桶，里面正滚着单宁酸，是用来染渔网的。小堵的石头墙把面海的菜园隔成好几块，菜园里的船只卧在种着芦竹的苗圃旁，女人们嘴里衔满了钉子，帮着躺在船龙骨下的丈夫修漏隙。每座粉红色的屋子上，都顶着一架棚子，覆住了裂成两半的西红柿，它们被铺在格子网架上，被撒上盐，等着腌干。在石刁柏的根处，小孩们翻寻着蚯蚓，一些老人举着小风箱，往他们的枇杷树上喷杀虫剂。黄色厚皮甜瓜在遍地蔓延的叶片下成长着。年迈的女人们在平底锅里煎着鱿鱼和章鱼，或者是炸着和了面粉的南瓜花。刚被刨光的渔船船头在飘着木头香的造船地里给抬了起来。几个捻船缝的小伙子突然吵起架来，要着蘸上黑色沥青的漆刷以示威胁。海滩就是从那里开始的，滩上有些被孩子们丢下的，用沙子堆成的小城堡和火山头。

穿着特大号绿色与橘色相间衣服的伊索塔太太，和那两人坐在汽船上，倒真希望这样的旅程还能继续下去。可汽船已经把船头对准了岸边，救生员把躺椅搬走了，男人背对着她，蹲在引擎旁：他红砖色的肩背，被脊骨上的关节①穿过，脊骨上面流淌着他坚韧而发咸的皮肤，如同被一声叹息涌过。

① 可原文中用的是“指关节”一词。

一个职员的奇遇

职员恩里科·涅伊碰上并和一位美丽的女士共度一夜。一大早从她家出来时，春天清晨的空气和颜色展现在他面前，清爽新鲜，使人振奋，这让他感到自己是踩着音乐声走路的。

应该说，恩里科·涅伊得把这次艳遇[①]归功于一系列情况的幸运综合：朋友的一次聚会，那位女士特别而短暂的情绪配合——而且她还是个很自制的女人，并不轻易随兴行事，一场他不同寻常自在的谈话，酒精的少许助兴，不管是真的，还是装出来的——两人都喝了，还有在他们告别时自己创造出的一点点巧合。所有的这些，而不是涅伊的个人魅力——如果他有的话，也只是那审慎和有点平庸的外表，可以把他指定为一位不是太麻烦也不是太惹眼的陪同，所有的这些都决定了那一夜的不期而遇。他很有自知之明，性情朴

① 意大利语，“艳遇”与“奇遇”为同一词。

实，于是十分珍惜这次运气。他也很清楚，这事不会有什么下文；自己也不会为此而痛苦，因为如果这关系继续下去，只会给他习惯的生活方式带来非常棘手的问题。这次艳遇的完美之处就在于，它在一个晚上的时段内就发生并结束了。所以，那天早晨，恩里科·涅伊是一个得到了他在这个世界上可以渴望得到的最好东西的男人。

那位女士的家是在丘陵上。涅伊沿着一条绿色芬芳的林荫道下来。现在比他平时习惯离家去办公室的时间还要早。那位女士让他那会赶紧溜掉，这样家里的保姆就不会看见他了。没有睡觉并没有使他感到沉重，相反，这给他一种反常的清醒，一种非感官而是智力上的激动。一阵风的扬动，一声嗡鸣，一股树的气息，都让他感到自己应该以某种方式占有和享用它们；他一时间适应不了使用更为谨慎的方式去享受美好的事物。

像他那样一个有条理的男人，在别人家里起床，急急忙忙地穿上衣服，没能刮上胡子，这都给他留下一种习惯被破坏掉的印象，他想了一会，在去办公室之前，是有点想回家的，这样就可以刮刮胡子，再换一下衣服。时间是有的，但涅伊立刻驱逐掉这个想法，他更愿意说服自己时间已经很晚了，因为他害怕，家，还有日常行为的重复，会把自己正身处其中的那种非凡富足的气氛打消干净。

他决定这一天要顺着平和而慷慨的路线来过，这样就可以尽可能多地保存前天晚上遗留下来的东西。他的记忆，能分秒不漏地耐心再现出那些逝去的时光，给他开辟出无尽的乐土。如此徜徉在自己的思绪中，不紧不慢地，恩里科·涅伊朝电车底站走去。

几乎仍是空着的电车已经在等待发车了。开电车的工人在车外，吸着烟。涅伊吹着口哨上了车，外套的下摆舞动飘扬，他坐下，姿势欠佳，但很快就用回了文雅的姿态，他很高兴自己能够迅速改正错误，但也没有为在他身上自然发生的肆意态度而生气。

这个街区人不多，也不是个一大早就会热闹的地方。电车里有个中年家庭主妇和两个在争论的工人，还有他，一个满足的男人。清早美好的人们。他们对他都很友好；他呢，恩里科·涅伊，于他们而言，是位神秘的先生，神秘而满足，在那个时间的电车上，从来就没出现过。他会是从哪里来的？他们那时也许正在如此自问。而他则不想让别人看出来：于是就看起了藤萝树。他是一个看藤萝树的男人，是作为一个会看藤萝树的男人，看着藤萝树的：他恩里科·涅伊，能认识到这一点。他是一个跟售票员付车票钱的乘客，在他和售票员间，有一种乘客和售票员之间的完美关系，没有比这再好的了。电车下着坡，向河边驶去，这是一种愉快的生活。

恩里科·涅伊在市中心下了车，来到一家咖啡店。不是他惯常去的那家。咖啡店里贴的都是马赛克。店刚开门；还没有收银员；侍者在发动咖啡机。恩里科·涅伊迈着店主般的步伐走到店中央，来到吧台，点了杯咖啡，选了橱窗里的一种饼干，嚼了起来，起先吃得很贪婪，然后就以一种因为经历了不寻常的一夜，而致使嘴巴也变质了的表情吃了起来。

在吧台上有一份摊开的报纸，涅伊翻起来。那天早上他没买报纸，尽管这永远是他一从家里出来就会做的事。他有读报的习惯，而且读得很仔细；能一直读到细枝末节上，没有一张纸会放过不读；

但那一天，他的目光只扫了下标题，都没怎么动脑筋。涅伊读不进去：对前一夜如波涛般汹涌的种种感觉袭他而来，这种感觉不知道是不是被食物，被热咖啡，或是被清晨空气效果的消逝唤醒的。他把眼睛闭上，扬起下巴，笑了一下。

由于他那副满意的表情正对着报纸上的一则体育新闻，侍者就问道："啊，您这么高兴是因为这个星期天波卡达塞要复出吗？"他指着一条足球中卫队员伤愈的标题。涅伊读了读，恢复了表情，却没能像自己希望的那样惊呼道："什么波卡达塞呀，什么波卡达塞呀，我亲爱的！"而只是说成了："……是呀，是呀……"因为不想有关下一场比赛的对话使他洋溢的情感偏向，涅伊便转身走向收银台，那里已经坐上了一位年轻的女收银员，神情沮丧。

"那么，"涅伊亲切地说道，"我付一杯咖啡和一份饼干的钱。"收银员打了个哈欠。"一大早就困？"涅伊问道。收银员承认了，没有丝毫笑意。涅伊摆出一副同谋的表情："啊，啊！昨晚您睡得不多，是吧？"他沉思片刻，然后，就像认定了是和一个会理解自己的人在一起，继续说道："我还要去睡上一睡。"之后他就不吭声了，神秘兮兮、小心翼翼。他付过钱，跟所有人都打了招呼，出去了。去了理发店。

"早上好，先生，您请坐，先生。"理发师用一种专业的假声说道，这声音在恩里科·涅伊听来就像是挤了下眼睛。

"行啊，行啊！我们来刮胡子！"他带着怀疑的随和答道，在镜子里看着自己。他的脸，被系在脖子上的毛巾托着，就好似与自己无关的一个物件，而脸上些许疲惫的痕迹，并没有被他普通的举止矫正过来，反而显得尤为突出；如果不是这种悠闲而宽松的表情——涅伊满意地观察到——标识出他那种独特的疲惫，这张脸怎么说还是相当正常的，就像是拂晓时刚下火车的乘客，或是通宵打牌的玩家；那是一种有过自己经历的男人的表情，这种男人就算遇到最糟糕的事，也会像遇到最美好的事一样沉着有备。

“习惯了别人的抚摸，”当刷子用热泡沫把涅伊的双颊包住时，他的双颊就像是在说，“我们习惯了别人的抚摸，而不是你的抚摸。”

“刮吧，剃刀，”他的皮肤好似这般说道，“你刮不掉我曾感受到的东西，这我知道！”

在涅伊看来，就像是在自己和理发师之间，展开了一次饱含暗示的对话，但理发师并没作声，只是在用心地操作他的工具。他是个年轻的理发师，话不多，倒不是因为性格上的原因，而是因为想象力不够丰富；反正事实就是，他为了开始一次对话，就说了句：“今年，怎么样？天气已经很好了，不是吗？春天……”

这话到了涅伊那里，完全成了想象的对话，而“春天”一词则是被赋予更多的含义和暗指。“哈哈哈！春天……”他说，涂满肥皂的嘴上浮出一丝自知的微笑。就这样，对话衰竭了。

但是涅伊感到有说话的需要，有表达的需要，有交流的需要。而理发师却什么都不再说了。涅伊有两三次都快张开嘴巴了，而且那家伙也抬起剃刀了，但是涅伊又找不到词，剃刀就又落回他的嘴唇和下巴上。

“您说什么？”理发师说，他见涅伊的嘴唇动了半天，一声也没发出来。

而涅伊，却热忱地说道：“这个星期天，波卡达塞就要归队了！”

这句话他几乎是喊出来的；其他顾客把上了半边泡沫的脸转向他；理发师悬着剃刀傻在那里。

“啊，您支持＊＊＊队？”他问，有点怏怏不乐的样子，“您知道，我支持的是＊＊＊队。”他说了本城的另一支队。

“哦，＊＊＊队啊，星期天你们这场比赛蛮轻松的，很有把握的……”但是已经听不出他的热情了。

剃完胡子，他出去了。城市生动和喧嚣起来，玻璃上跑满了金色的光芒，喷泉里飞奔着水流，电车的集电杆在电缆上火花直迸。恩里科·涅伊就像走在浪尖上，狂喜与忧伤在心中交替往复着。

“你是涅伊呀！”

“你是巴尔德塔呀！”

他碰到一个中学时的老同学，这人他已有十年没见过了。他们用他们之间的习惯用语对着话，说时间过得多快，说他们都没怎么变。但事实是，巴尔德塔的头发灰了不少，他脸上狐狸般狡猾而且有点堕落的表情更加突出了。涅伊知道巴尔德塔之前是在做生意，但犯了点事，所以常年待在国外。

“你一直待在巴黎吗？”

“是在委内瑞拉。现在我又要出发了。你呢？”

“一直在这里。”他勉强挤出一个不自然的微笑，就好像是为自己没有变化的生活感到难为情，同时他也很生气，因为自己没能叫别人一眼就看出来，他此时的生存状态其实丰盈而满足得让人难以想象。

“你结婚了吗?”巴尔德塔问。

涅伊感到这是次矫正有关自己第一印象的好机会。“单身汉!”他说,“我永远单身,嘿嘿!我们要撑到底!”好了:巴尔德塔,这个没有偏见的男人,这个正准备再次出发去美洲,不能再和这个城市以及城市里的流言蜚语有什么关联的男人,正是涅伊可以与之倾吐自己幸福之情的理想人选,唯一可以与之分享自己秘密的人。他甚至可以跟巴尔德塔渲染一下,谈那天晚上的艳遇,就像谈一件自己早已习以为常的事那样。“正是这样,”他继续说道,“我们都是单身汉里的老看守,不是吗?”他想提一提那个芭蕾舞演员的名声,因为巴尔德塔曾有过一些跳芭蕾舞的女朋友。

他已经斟酌过要进入这个话题时可能会用到的句子了,比如:“你知道吗,就在昨晚,比如说吧……”

“我,真的,已经,”巴尔德塔说道,稍微有些腼腆地笑了下,“你知道吗,我已经是一家之主了,都有四个孩子了……”

涅伊正为一个肆意妄为[1]和享乐至上的世界营造气氛呢,只好收起这个话题;有点摸不着方向。他盯着巴尔德塔:直至那时他才发现巴尔德塔皱皱巴巴的外貌,衣冠不整,才发现他忧心忡忡而疲惫的神情。“啊,四个孩子……”他说,语调迟钝,“恭喜啊!你在那下面[2]过得怎么样啊?”

“嗯……没什么活好干……到处都是一样……勉强……维持一

① “肆意妄为”此处也可被替换为“无偏见”,这两个词在意大利语中同为一词。

② 在意大利,谈到意大利以南的地方,会说“那下面”。

大家子人……”然后以一副失败者的神情张了一下双臂。

涅伊看到他本能的卑微，不免同情且后悔起来：怎么能向他那样一个生活窘迫的男人来炫耀自己的幸运呢？“哦，但这里也是一样，你要晓得，”他赶紧说，改变了语调，“大家也是在勉强维持生计，也是这样，日复一日……”

“但是，希望总有一天能好起来……”

“希望如此了……”

他们互相祝福了一下，道了别，一个人走在这边，另一个人走在那边。很快，涅伊就感到懊悔起来：和之前他想象中的那个巴尔德塔交心的可能性，曾让涅伊感到一种巨大的宽慰，现在他永远失去了这种感觉。在他们两人之间——涅伊想道——本可以展开一种男人和男人间的对话的，善意，又不失讽刺，也不是要出什么风头，更不是吹牛，这个朋友就要出发去美洲了，还会永远留住这种不可更改的回忆；涅伊在他那个想象出来的巴尔德塔的思想里，隐约看见自己的投影，当那个巴尔德塔，在他的委内瑞拉，回忆起老欧洲时——穷归穷，但总是虔诚地热衷于美和愉悦——便会本能地想到他涅伊，这个久别重逢的中学同学，总是一副谨慎的模样，却对自己相当自信：一个从没离开过欧洲的男人，几乎是体现了欧洲古老的生活智慧，还有那种审慎的激情……涅伊激动起来：这本是上一夜的艳遇会留下的征兆，和会承担起的决定性意义，而不是如沙子沉入大海一般地消失在空洞而反复的日子里。

也许他还是该跟巴尔德塔说说这事的，即便巴尔德塔是个可怜人，脑子里也总惦记着其他事，即便是以羞辱他的代价。而且谁又能保证巴尔德塔真是个失败者呢？也可能他也就是这么说说，然而还是以前那只老狐狸……“我去追他，”他想，“再聊上一聊，把这事跟他说说。”他在人行道上跑了起来，拐进广场，在拱廊底下转了个弯。巴尔德塔不见了。涅伊看了下时间；他已经迟了；便赶紧朝单位走去。为了使自己平静，他想，像个小伙子一样向别人诉说自己的事，是一件与他的性格和习惯都十分迥异的事情；于是他克制住自己。就这样，他跟自己和解了，更加自豪起来，在办公室的计时表上给小票打了印[①]。

在工作中，涅伊也怀上那温暖了所有职员的心的绵绵激情，尽管是没有言明的，他们都是刚刚明白过来，可以把怎样秘密的温柔和猛烈的狂热负载到最日常的繁缛手续中去，负载到冷漠的信件往来中去，负载到精准的行政注册簿中去。也许那天早上，他那没有意识到的愿望，正是能使爱的激情和作为职员的热情结为一体，这样两种情愫就可以互相倾注，并燃烧不熄。但是只消看上一眼他的写字台，还有写着“亟待处理”字样的绿色文件夹的惯常面貌，就足以让他感到一种尖锐反差，悬跨于自己刚从中脱离出来的、那让人眩晕的美丽和自己亘古不变的生活之间。

他在写字台前转了好几圈，一刻未坐。他对那位漂亮女士生出一种突然而急促的爱恋。而且怎么都平静不下来。他来到隔壁办公室，那里会计师们正细心而缓缓地敲打着键盘。

他在每个人的桌前踱了起来，跟他们打招呼，紧张地快乐着，

① 相当于我们现在的上班打卡。

狡猾着，欣快地沉湎在回忆里，对眼下的事不抱任何希望，在会计师们中体会着一种发狂的爱情。“就像这会我在办公室里你们之间来回走动，”他想着，“我不久前还在她的被子里这样辗转反侧。”“是的先生，正是这样，马里诺蒂！”他这么说着，并把拳头捶在一个同事的文件上。

马里诺蒂抬了抬眼镜，缓缓问道：“喂，是不是他们也扣了你这个月四千多里拉的工资？”

“不，我亲爱的，从二月份就扣了。”涅伊说道，脑袋里同时浮现出那位夫人的一个姿势，那是迟些时候的一个姿势，也就是早上那会，这在他看来，就好像是个新发现，并给他开拓了有关爱情的无限可能。“不，他们之前就已经扣过我钱了，”他继续以一种极其温柔的声音说道，并甜蜜地在自己跟前的半空中舞动一只手，双唇同时向前够，“他们扣了我整个二月份的工资，马里诺蒂。”

为了能继续说下去，他还想加上点什么细节和解释，但再没这个能耐了。

“这是个秘密，”他决定了，回到自己的办公室，“无论什么时候，无论我做什么和说什么，这次经历的一切都要保密。”但现在啃噬他的焦灼是自此以后再也无法达到这次的境界，是难以表达出他意识到自己已经拥有的这种完满之感，连暗示一下都很难，就更别说用明确的语言叙述出来了，甚至也许想想都是不可能的。

电话响了。是主管。他询问朱赛皮埃里公司有关索赔的前科。

“您看，主管先生，”涅伊在电话中解释道，“朱赛皮埃里公司在三月六号时……”他想说：“当她悠悠地说道：您这就走了吗……

我就知道不应该松开她的手……”

“是的，经理先生，这索赔是针对已经开过票的一批货……”他本想说：“我们身后的门还没关上时，我都还是在犹豫的……”

“不，”他解释道，“索赔没有经由代理公司执行……”他是想说：“可直到那时，我才明白，她和我想象的完全不同，我以为她冷漠傲慢……”

他放下听筒。额头上沁的全是汗。现在他感到很累，困得很。他不该不先回趟家去解解乏和换换衣服的：身上的衣服也让他觉得不舒服。

他来到窗前。窗外有个很大的院子，院子被高高的墙体环绕着，墙体上布满了阳台，但让人感觉就像是在一片沙漠里。房顶之上能看到天，天不再明朗，而是泛着白，被一层模糊的什么东西渗透了，这就好像在涅伊的记忆中，一片昏暗的白色，正在清除他每一种有关感官的回忆，而太阳也被一块不分明的、静止的光斑勾勒出来，犹如一种迟钝[1]的剧痛。

① 原文中“迟钝”一词同时还有“聋的”“隐约的”的意思。

一个摄影师的奇遇

春天到来的时候，成千上万的城里人一到星期天就会背着斜挎包出门。他们互相拍照。回来的时候，他们高兴得像满载而归的猎人一般，然后带着一种甜蜜，焦虑地日盼夜盼，迫切想看到那些洗出来的照片（有些人的焦虑中还会添上一种洗照片带来的细微喜悦之情，他们在禁止家人闯入的、充满刺鼻酸味的昏暗房间里，就像在炼金一般），只有当照片放到眼皮底下的时候，他们才好像确实拥有了已然逝去的时光，也只有那个时候，阿尔卑斯山间的那条激流，孩子拎小桶的那个动作，反射在妻子腿上的那一块光斑，才能保证已经发生的一切不可改变，并使人们不会对此再抱有任何疑问。余下的一切就随它淹没在记忆那不确定的阴影中吧。

非摄影人安东尼诺·帕拉吉最近在跟朋友、同事交往的时候，感到自己越来越被孤立。他每个星期都能发现，直到昨天他还颇为信任、并确信人家会同意自己讥讽摄影这种乏味单调活动的某某某，突然就加入到那些大赞光圈敏感度或是争论感光度对数值的谈话中了。

安东尼诺·帕拉吉的本职工作是在一家生产经营单位的分配领域执行任务，但是他真正的爱好是和朋友谈论各种大事小事，把整体的头绪从局部的混乱中分拆出来；总的来说，从他的思维态度来看，他是一个哲学家，哪怕是在搞清离自己经验非常遥远的事情时，他也会非常地固执。现在，他感到在这种摄影者的本质中有什么东西是被自己疏忽了的，好像一种神秘的号召，不断地把新晋成员招到镜头爱好者的旗帜下，一些人炫耀自己技术、艺术能力的长进，而其他人相反，把一切都归功于他们购得器材的恩惠，因为这些器材（他们认为），即使落入一些无能的人手中，也是能够生产出来什么大作的。（他们就是这么定义自己手的，因为对他们来说，自豪感是指向赞美那种机械装置的效能的，而他们的主观才能则是相应地自愿被羞辱。）安东尼诺·帕拉吉明白，这两种给他们带来满足感的原因都不是决定性的：其中的秘密在别处。

必须要指出的是，这种在摄影艺术中寻找让他不满（就好像感到自己被排除在外了）原因的行为，一部分也是一种安东尼诺跟自己要的把戏，这可以让他避免去考虑另一个更为显眼的现状，一个正在把他和他的朋友拉开距离的现状。其时的情况是，他身边的同龄人一个个地都结起了婚，成起了家，而安东尼诺还是单身汉一个。而在照相和成家这两个现象之间，无疑也是存在着什么关联的，因为这种对于镜头的热爱往往是自然而然地诞生的，几乎是一种生理上的需求，就好像身为人父的从属效果一样。当人们有了孩子之后，父母的最初本能之一就是给孩子照相；因为小孩长得太快了，所以经常拍小孩就显得十分必要，因为再没有什么能比一个六个月大的婴儿更难捕捉、更难存留了，他很快就会被一个八个月大的，然后是一岁大的孩子所取代；一个三岁小孩在父母眼中所能获得的完美是无法阻挡自己被四岁小孩的完美所替代并摧毁的，它只能沦为一本相册，因为只有在那里，所有那些转瞬即逝的完美才能够被拯救、被并置在一起，每一种完美都追求着自己那无与伦比的绝对性。在这种新任父母把取景器对准子女、并把他们定格在冲洗黑白或彩色正片的狂热中，既非摄影师也非生育者的安东尼诺·帕拉吉则尤其注意到一种奔向荒唐的阶段，而且就潜伏在那个黑色的工具之中。但是他对于“仿造形象艺术品收藏、家庭、荒唐”之间关联的思索是仓促且有所保留的，否则他就会明白，真正在冒大险的人其实是他自己，那个单身汉。

在安东尼诺的朋友圈里，大家都已经习惯了集体出城过周末，对他们很多人来说，这是一个从学生时代沿袭下来的传统，这种传统后来扩大到女朋友以及再后来的妻子甚至儿女中间，而且还扯进来了奶妈和管家，有时也会附带上婚后新结下的亲戚，以及一些刚认识的男性女性朋友。但是因为他们的交往和习惯从来没有中断过，安东尼诺也就尽可以装出过了这许多年却什么都没改变的姿态，就好像现在那个曾一度由小伙子和大姑娘组成的小集团也还跟原来的一样，而不是一个夹杂着若干家庭、只掺和着他唯一一个单身汉的混合体。

在他们流连于大山里或是大海边时，每当到了一家人或是家庭之间要拍照留念的时刻，他们越来越频繁地感觉到，需要一个局外人参与到给他们照相这件事儿上来了，最好是正好有个什么过路人，能帮他们按下那个已经调好了焦距、对好了方向的器械的快门。在这种情况下，安东尼诺也不好拒绝他们的求助：他从一个父亲男性生育者或是母亲女性生育者的手中接过相机，而他们呢，要么是冲到第二排人中间，在两个脑袋中间伸着自己的脖子，要么是跑过去蹲在最小孩子的中间；安东尼诺把自己所有的精力都集中在即将用到的手指上，然后按下快门。头几次的时候，他那僵硬的胳膊稍不小心就会把镜头对偏了，拍到了船的桅杆或是钟楼的塔尖，有时甚至还会截掉爷爷奶奶叔叔婶婶的头。他被他们指责是故意这么做的，还被斥责开玩笑开得没品位。这不是真的：他的意图是让手指变成一种服从集体意志的工具，但同时借用这个暂时的特权身份来告诫照相者或是被照人他们行为的意义。他的手指肚一旦达到了他想要的、出离他身体和个人之外的状态，他马上就能自由地通过陈述清晰的演说来传达自己的那些理论了，同时还能把合照照得很好。（区区几次成功就使他在使用取景器和曝光表的时候更灵活更自信了。）

“……因为你们一旦开始照了，”他布道般地叨着，“就没有任何理由停下来了。”有两种事实，一种是我们觉得它好看才决定把它拍下来的事实，另一种是被拍出来了以后才让我们觉得好看的事实，而它们之间的距离是微乎其微的。如果你们要照堆沙堡的皮埃卢卡，那就没有理由不照因为沙堡倒掉而放声大哭的皮埃卢卡，也没有理由不照因为保姆的安慰而在沙子里找到一个贝壳的皮埃卢卡。

只要你们开始说出来类似“啊呀，真好看，可得把它照下来”这样的话，那你们就已经踏上了那样一片土壤，在那里人们会觉得凡是没被照下来的都是会失去的，就好像没有存在过一样，于是为了真正地活过一场，就得尽可能多地拍照，而为了尽可能多地拍照，你就得要么把生活尽可能地过成一种能被拍出来的样子，要么就确认你自己生活中每一个时刻都是可以被拍出来的。这第一条路会让人变得愚蠢至极，这第二条路会把人逼疯。

“疯的和蠢的那是你，”他的朋友们对他说，“而且吧你还烦死人。”

“如果你想再现所有发生在眼皮底下的事儿，”安东尼诺继续解释着，尽管已经没有人在听他说话了，“唯一保持一致的行为方式就是每一分钟都至少得照一张相，从你早上睁开眼开始，一直到你上床睡觉。只有这样，成卷成卷感了光的胶片才能重构出一部忠实记录了我们一天生活的日记，只有这样才不会遗漏任何细节。如果我也来拍照，我会把这条路一直走到底，甚至不惜失去理智。你们却还企图做一个选择。可是选哪一个呢？一个从自辩意义上、从田园诗的意义上来说安慰人的选择，一个和自然、和民族、和亲人和平相处的选择。你们这个选择不只是关乎摄影；它还是一种人生的选择，它会让你远离各种戏剧性的冲突、各种矛盾的焦点，以及各种愿望、激情和反感糅合而成的巨大张力。你们以为这样一来就可以把自己从疯癫中拯救出来了，然而你们只是跌入了平庸，跌入了昏聩之中。”

某个比切，谁的前任小姨子，还有一个莉迪亚，另外一个朋友的前任秘书，这两个姑娘请他帮她们抓拍几张在海边玩球的照片。安东尼诺勉强同意了，但因为他与此同时又弄出一套针对抓拍的理论，所以不失时机地把这套理论传达给了他这两位女性朋友。

“姑娘们，是什么东西推动你们去从你们一天生活那多变的连贯中提取出这些一秒钟厚度的时间切片？你们互相扔球的时候，你们就是生活在当下，可一旦被扫描出的一格格的底片使得你们完成那些动作了，那时感动你们的就不再是游戏时的愉悦了，而是将来你们再看到自己时的那种愉悦，二十年以后在一张发黄的小纸片上再找到你们自己的那种愉悦（尽管现代的定影技术能保持照片的色泽不变，但那照片在情感上也是会发黄的）。所以从现场采集到的自然抓拍趣味，同时也扼杀了其中的自发性，使它远离了当下的概念。被照出来的事实很快就呈现出一种怀旧的特点，一种在时光之翼上转瞬即逝的欢乐，一种纪念性的特质，哪怕那是一张前天的照片。如此一来，你们为了照相而过出的生活就已经开始纪念它自己了。认为抓拍比摆拍更真实是一种偏见……”

安东尼诺一边这么说着，一边围着他这两位女性朋友在海里跳过来跳过去，他不仅得给玩耍中的一组组动作对焦，还得注意不要把太阳反射在水面上的耀眼光斑给照进画面。在一场混战中，比切因为要接一个球而扑向已经没在水里的同伴，被拍到一张一屁股驾在浪花上的特写。安东尼诺为了不错过这一瞬间，举着照相机四脚朝天地倒进水里，差点没给淹着。

“都照得好极了，这一张特别棒。”几天后，两个姑娘一边互相抢着照片缩略图看，一边如此评论。并在摄影师的店里跟他约了下一次。“你很会拍，得再给我们多拍几张。”

安东尼诺于是就得出了需要回到人像摆拍的结论，要摆出那种能代表他们社会处境和性格的姿势，就像十九世纪的那种照片一样。他这种反摄影的论战只能从那个黑匣子里面展开，用摄影反对摄影。

“我想弄一台那种老式风箱相机，”他对这俩姑娘说，“那种安在三脚架上的相机。你们觉得还能找得着吗?”

“谁知道啊，也许在哪个旧货店老板那儿还能找得着……”

“我们去找找。”

他的这两个朋友都觉得去寻找这么一个古里古怪的东西很有意思；他们一起把那些旧货市场翻了个遍，逮着个老街头摄影师就盘问个不休，甚至一直跟到他们阴暗的小摄影工作室里。在这些堆满了无用之物、坟墓一般的房间里，躺着各式各样的小柱子、屏风，景色模糊的彩色幕布；所有那些能让安东尼诺感到是一个摄影师用了一辈子的工作室里应该有的东西，他都给买了下来。最后，他搞到了一台有着梨形快门的盒式照相机。好像用起来也完全正常。安东尼诺还顺带买了一种感光板。于是，两个姑娘帮着他，把他住处的一间房间改造成了工作室，里面除了两块新式聚光灯，尽是些旧东西。

现在他满意了。“得从这里重新开始，”他跟两个朋友解释道，“在我们祖辈当年摆拍的方式中，在他们用之分组的这种惯例中，是有一种社会含义的，也有一种习俗、一种审美、一种文化在里面的。以前一张正装照、结婚照、全家照，再或是学校集体照，是能让人明白每一个角色或体制中包含了多少严肃和重要的成分，而同时又多少包含了假装、勉强、强制和等级的因素。这正是它的重要之处：这让我们自身携带的种种和世界的关系都变得明显，而在今天，这些关系就好像要隐藏起来，想要变得无意识，以为通过这种方式就可以消失殆尽了，然而却……”

“那你想让谁摆动作？”

“你们明天来就是了，我要给你们拍一些照，完全按照我的意思来。”

“你倒是说说，你想干吗？”莉迪亚说，她突然起了疑心。直到这时，她才发现在这个刚搭好的工作室里，所有的东西都带有一种颇具威胁的不详气氛。“你做梦去吧，我们才不来给你当模特！”

比切跟她一起冷笑着，但第二天她还是回到了安东尼诺的家里，她是一个人来的。

她穿着白色的麻质裙子，袖口和口袋边都镶着彩色刺绣的那种。她梳了个分头，头发拢到了两鬓。她头歪在一侧，笑着，甚至有点儿偷笑的意思。安东尼诺在让她进门的时候仔细研究了一下，在她那既有些卖弄风骚又有些嘲讽的举止中，哪些特征是能定义出她真实性格特点的。

安东尼诺让她坐在一张大沙发上，自己却一头钻进了装饰那个相机的黑色呢绒绸缎下。照相机是一个背面是玻璃的小匣子，玻璃上成出来的像都是变了样子的，跟奶糊糊似的，就好像已经成在了感光板上了，有一点点儿诡异，没有任何空间、时间上的参照。安东尼诺仿佛是第一次见到比切。比切沉沉地垂下眼皮的时候，或是当她探身伸出脖子的时候，流露出了一种温顺，预示了什么秘密的东西，正如她的微笑，好像隐藏在微笑这个行为本身之中。

“对了，就这样，不是，头再往后面去一点儿，把眼睛抬起来，不，把眼睛垂下去。”安东尼诺躲在那个照相机的小盒子里，捕捉着比切某种突然让他感到极其珍贵和绝对的特质。

“你现在都跑到阴影里去了，你到光线下来，不，还是刚才好。”

有很多能拍得出来的比切，但也有很多拍不出的比切，但他追求的是能把这两种情况都包含进去的唯一的那样一种照片。

“我照不好你了，”他的声音从那条黑斗篷下面传出来，边喘着气，边埋怨道，“我照不好你了，我再也照不好你了。”

安东尼诺从那条呢绒绸缎下抽出身来，接着站了起来。一切从一开始就一直在错。他以为自己就要在比切的脸上捕捉到的那种表情、那种口音、那种秘密，其实才是真正把他拖到心情、情绪、心理这些流沙里的东西：他自己也是那种追寻易逝生活的人，一个追踪不可捉摸事物的猎人，就好像那些专门抓拍的摄影师。

他应该走一条相反的路：那种仅限于表象的人像照，明显而确切，不会排斥常规、固定类型的表象，也不会排斥伪装。而伪装，首先是一种社会、历史的产物，与其他任何那些企图“真实”的形象相比，包含了更多的真实性；它自身包含着大量的意义，这些意义是会慢慢表现出来的。安东尼诺是不是正是抱着这样的意图才把他那个摄影棚给建起来的？

安东尼诺观察着比切。他得从她外貌中那些外在的要素出发。从比切穿衣和打扮自己的方式中，他想，是可以看得出来那种半怀旧半讽刺、追忆三十年前时尚的意图的，这种穿衣风格在那几年很是流行。摄影本就应该强化这种意图：他之前为什么没想到这一层？

安东尼诺于是去找网球拍；比切应该侧身四十五度地站着，胳膊底下夹着网球拍，然后脸上还应该摆出那种感伤明信片上的表情。比切的形象——她身上那种苗条，那种与这个姿势相符的东西，以及那个姿势在她身上突显出来的一些不适合甚至是不相称的东西——对躲在黑斗篷下面的安东尼诺来说，都是那么的有意思。为了研究由她腿和胳膊组成的几何图形与球拍以及背景中一个元素之间的关系，他又让她换了好几回姿势。（在他脑海中理想的那张明信片里，应该是还要有一张网球网的，但是也不能奢望太多，于是安东尼诺仅仅满足于一张乒乓球桌了。）

但是他还是觉得不踏实：他会不会是在尝试照下那些记忆，或者更准确地说，是想照下那些在记忆中浮现出来的模糊回声？他拒绝当星期天摄影师，拒绝把当下活成未来的回忆，可他这种态度不正是把他带去尝试同样不现实的操作吗？也就是说，不正是让他为回忆给出一个实体来，并用这个实体来替换他眼前的当下吗？

“你倒是动一下呀，你在那里直挺挺的干吗？你把那个拍子举起来，哎呀！你要做出打网球的样子！”安东尼诺瞬间发起火来。他明白只有夸张动作才能达到那种客观的无关效果；只有假装做出一个中途停下的动作才能给出静止的感觉，一种不是活着的感觉。

比切温顺地执行他的命令，哪怕这些命令变得越来越不准确甚至自相矛盾，她如此被动的态度其实也表明了自己并没有按照游戏规则来行事，但是在这场不属于她的游戏中，她以某种方式暗示出，在她的神秘对峙中是会有些不可预见的举动的。现在安东尼诺跟她说把胳膊和腿这样那样放时，他从她那儿所期待的，并不是一种简单的程序执行，而是她对于他向她提出诸多要求时所使用的那种暴力的回答，一种针对他越来越明显的暴力倾向她所给出的那种不可预见的挑衅性回答。

就像在梦中一样，潜伏在黑暗中的安东尼诺这么想，他透过矩形玻璃注视着那个非真实的女网球选手：就像在梦中，当一个来自记忆深处的形象在向前走来，并被识别出来，然后又旋即变成什么你始料不及的东西，一种早在变形之前就已经让人害怕的东西，因为你不知道它会变成什么。

他是想给自己的梦照相吗？这种疑惑让他沉默了，他像鸵鸟一般地把头扎在那个藏身之处中，手中握着梨形快门，就像一个白痴；而这时比切呢，却反倒自由自在起来，她继续跳着一种怪异的舞蹈，而且常常定格在一些很夸张的网球动作上，什么反拍啊，抽球[①]啊，时而把网球拍高举在头上，时而又把它压到地面上，就好像安东尼诺那从玻璃眼中穿过来的目光就是她一直在回击的网球。

“够了，你这闹的是哪一出呀，这可不是我的意思。”安东尼诺用绸布盖住照相机，在房间里来回踱了起来。

都是那条裙子的错，穿成这样还想要什么网球和战前效果……必须承认，穿着散步的风格，却要拍出他想要的效果，那简直是不可能的。这是需要一定的严肃性的，要有一定的排场的，就好像那

① 原文为英语。

些女王的官方照一样。只有穿着晚礼服的时候，比切才能变成一个可拍的对象，只有那种袒胸的衣领，才能标出在皮肤的白皙与有着闪亮珠宝镶边衣料的深色之间那条清晰的界限，这其实也是一种在本质特点和抽象概念之间的界限，本质特点是指女人在裸体时展现出来的那种不受时代限制、甚至是没有个人特点的本质，而抽象概念是社会意义上的，也就是指衣服这种同样没有个人特点的角色所表达出的概念，就好比一尊寓意雕像上的帷幔。

他靠近比切，解起了她脖子上和胸前的扣子，让她的裙子滑到了肩上。他脑中浮现出某些十九世纪女人的照片，就是那种在白色的纸片上只能看得到脸、脖子和裸露着肩膀的线条、余下一切都消失在白色之中的照片。

这就是他现在想要的那种超越了时间和空间的肖像照：他不是很知道该怎么做，但打定主意要照出这种感觉来。他把聚光灯投在比切身上，把相机移近，为了调节镜头的开口大小，他又在绸缎下摆弄了好一阵。他往比切看过去。比切已经全身赤裸了。

她让裙子一直滑落到脚跟；她里面什么也没穿；她往前走了一步；不，是往后退了一步，但那就好像是往前进了一步似的，因为整个人都能被取在镜头里了；她高高的，笔直地站在相机前，非常平静，望着自己的前方，就好像这里只有她一个人似的。

安东尼诺感到她的形象进入了他的眼睛并占据了整个视野，并使自己的视野避开了一大摊偶然且破碎的图像，把时间和空间集中在一个完成了的形状之中。就好像这一情景带来的惊喜和感光板的感光是互相关联的映像，他赶紧按下快门，再装上一张感光板，接着又照了一张，然后再装一张，再照，就这么一直换完了照，照完了换，他闷在那绸缎下含含糊糊地说着："好了，现在行了，这样就可以了，好了，再来一张，这样就能把你照好了，再来一张。"

直到感光板用完了。他从绸缎下面出来了。很是高兴。比切就那么站在他跟前，赤裸裸的，就像在等着什么一样。

"现在你可以穿上衣服了，"他欢愉地，但是有点儿催促似的，说道，"我们出去吧。"

她迷惑地看着他。

"我都已经照好你了。"他说。

比切突然大哭起来。

安东尼诺就是那一天发现自己爱上了她的。他们开始同居了，他又买了好些最先进的设备，长焦距镜头，还有一些改良过的器材，安置出来了一个暗房。他还弄了一些能够在晚上她睡觉时拍下她的装置。比切常常在闪光灯中醒来，颇为恼火；安东尼诺则继续抓拍那个从睡眠中挣扎着醒过来的她，那个冲他发火的她，那个把脸埋在枕头里、徒劳地想找回睡意的她，那个又与他言归于好的她，那个把这些摄影暴力行为当作爱的她。

在安东尼诺饰满胶片和缩略图的暗房里，比切出现在每一格底片上，这就好像在蜂房的网格上探出成千上万只的蜜蜂，但都是同一只蜜蜂：在安东尼诺的照片中，是各种姿态下的比切，是从各个角度拍出的、穿着各种衣服的比切，是摆出造型的比切，是在她不知情的时候被偷拍出来的比切，一个身份被瓦解成尘埃一样多影像的比切。

"你这是着了比切的魔吗？就不能照一点儿别的东西？"这是他从朋友，也是从比切那儿不断听到的问题。

这不仅仅是比切不比切的问题，他如此回复。这是方法的问题。不管你拍什么人，还是什么东西，一旦决定了，就得一直拍下去，就那一个人或东西，白天和晚上的任何时刻都要拍。摄影是只有当你消耗完了所有的可能的图像时才会显示出它的意义来。

但他并没有说出自己特别在乎的事情：当比切在街上且并不知道自己被他看到的时候去捕捉她，把她保持在自己隐藏镜头能拍摄到的范围之内，不仅仅是在不被看到的时候照她，还要去不看着她地照她，用这种不只是没有他的目光、也没有其他人目光的角度去捕捉她。倒不是他想去发现什么特别的东西；他不是一个通用意义上爱吃醋的家伙。他想占有的是一个看不见的比切，一个绝对独一无二的比切，一个她的存在要以他和其他人都不在场为前提的比切。

不管可不可以定义为爱吃醋，这反正也是一种很难忍受的热情。很快比切就甩了他。

安东尼诺落入了抑郁的危机中。他记起了日记：当然是以影像的形式记录的。他把自己关在家里，胸前挂着相机，瘫在沙发里，眼睛空空地望着，无法克制自己地、机械地拍着照片。他在照比切的缺失。

他把所有的照片存在一本相册里：在这里可以看到装满了香烟头的烟灰缸，一张凌乱的床，墙上的一块潮气的斑迹。他想出了这么一个主意，要给世上存在所有不适合摄影的东西、给所有那些不仅仅会被习惯性地遗忘在相机视野之外、甚至是被遗忘在正常人视野之外的东西编一个目录。每拍一个东西他都会花上数天的时间，而为了捕捉光线和阴影的变化，每隔几小时，就得耗掉好几卷胶卷。有一天他盯住房间空荡荡的一角发呆，那里除了一根暖气管，别的什么都没了：他甚至有了继续只照那个地方、一直照到他生命尽头的念头。

他的公寓已经被抛弃了，揉皱了的纸张和旧报纸铺了一地，他还照它们。连报纸上的照片也给照出来了，就这样，在他的镜头和那些遥远新闻记者的镜头之间，建立出了一种间接的联系。为了制造出那些黑斑一般的照片，镜头的透镜瞄准了防暴警察、烧焦的汽车、奔跑的运动员、首相总理、法庭上的被告。

安东尼诺现在给家里的物什照相，这些东西被一堆远距离摄影拼凑出来的图像和野蛮印刷在白纸上的油墨斑迹所包围，在这种时候，他能体会到一种特别的愉悦感。他一动不动地待在那里，很惊讶自己会嫉妒新闻记者的生活，他们追随着人群的骚动，追随着洒出的鲜血，追随着眼泪、节庆、犯罪、时尚，以及官方仪式的虚伪，他们记录着社会的种种极端现象，记录着最富有和最贫穷的人，记录着那些在世界各地每时每刻都在发生的辉煌瞬间。

“这就意味着只有那种辉煌的状态才是有意义的？”安东尼诺自问，“原来新闻记者才是星期天摄影师的真正对手？他们的世界才是互不相容的，还是他们互相赋予对方以意义？”他这么思索着，开始把这几个月来堆积在那里、因为狂热而拍出的各种有比切和没比切的照片弄成碎片，把挂在墙上的那一串串缩略图扯了下来，把赛璐珞底片剪碎，把一张张的幻灯片捅破，接着把这场井井有条的破坏产生的残余物堆在摊了一地的报纸上。

“也许，真正彻底的摄影，”他想，“正是私人影像碎片的堆砌，而且还是要以印着大屠杀或是加冕礼照片的皱巴巴的报纸为背景的。”

他把报纸折成一个巨大的包裹，好扔到垃圾里，可是扔掉之前他又想给它拍个照。他把报纸边理了理，这样一来，正好就能看到两份报纸上两张照片的两半被这么裹了一下后，碰巧能够重合在一起。他干脆把这包报纸又稍稍打开一些，好让一张被撕掉的放大照伸出来亮亮的一小角。他打开聚光灯；他希望别人能在他的照片里认出来那些已经被搓成球了的、撕坏的图像，同时他也希望别人能感觉到那随意几块乌黑油墨的不现实感，而且也能感受到那些饱含意义物什的具体性，最后还能体会到照片想抓住人们注意力时使用的那种力量，但同时也意识到这注意力其实是企图把照片本身给驱除出去的。

为了能把这一切都照进一张照片里，是需要具有一种超群的技术能力的，但是也只有到了那时，安东尼诺就不会再摄影了。那时，他已经用尽了所有的可能，这一段经历也就能收场了，安东尼诺明白，自己也只剩下照已经拍出来的照片这条路了，更准确地说，这才是他到那时为止一直在黑暗中追寻的路。

一个旅客的奇遇

费德里科·V. 住在意大利北部的一个城市，爱着住在罗马的琴齐亚·U.。每次他的工作一允许，他就乘火车去首都。他习惯了时间紧凑的生活方式，不管是为了工作，还是出于喜好，他总是乘夜车旅行：有趟火车，是末班，人不怎么多——节假日除外，所以费德里科可以躺着睡觉。

费德里科在自己城市里的日子过得很紧张，就像等着换火车的那几个小时，当他用这时间处理自己的什么事务时，脑袋里总有张时刻表。但终于到了晚上要出发时，所有的任务都应付完了，他就拎上旅行包，走向火车站，尽管带着不能错过火车的匆忙，还是感到内心弥漫开一种平静。就好像车站周围所有的繁忙——因为已经很迟了，车站逐渐平息下来——都进入到一种自然的运转之中，而他也是参与其中的。每件事物在那里都好似是为了顺着他的，为了给他的步伐以动力，好比火车站的橡胶地，甚至仿佛所有的障碍，比如码着分钟地等在最后一扇开放的售票窗口前买票，比如面值大的钞票换不开来，比如在报亭没有零钱买报，一切都像是为了体验能迎上去并克服掉这些困难的乐趣而存在一般。

他倒不想让人看出这种心态：他是衣装整齐的男人，希望自己和其他到站出发的那许多旅客没什么区别，其他人都和他一样，穿着外套，拎着包，但他还是觉得自己被推到了浪尖上，因为他正在奔向琴齐亚。

他的手在外套口袋里拨弄着一枚电话筹码。第二天一早，一从罗马特尔米尼火车站下车，他就会手中握着筹码跑向最近的公共电话亭，会拨好号码，还会说："亲爱的，你知道吗，我已经到了……"他紧攥着筹码，就好像这筹码是一个极其珍贵的物件，世间唯一的存在物，是到站时会等着他的东西的唯一确凿证据。

旅行是昂贵的，而费德里科并不富有。如果能在有皮垫座位的二等车厢里找着空隔间，费德里科就选择二等座。也就是说，他总是去二等车厢，但如果人太多，他也会转到一等车厢去，然后跟检票员付差价。在这个操作中，他喜欢享受省钱的乐趣（一等车厢的价钱分两次付，并同时意识到这是一种人力不可抗拒的因素，都能让他减轻不少负担），喜欢那种看到自己的经验能发挥作用的满足感，喜欢这些举动和思维中那种随意自如和游刃有余的感觉。

就像有时，人们的生活越被别人约束，在外部的世界中就越是迷茫，费德里科总是不懈地捍卫自己内心的专注状态，事实是，很少的东西就能使他满足了，宾馆里的一间房间，火车上他自己的一间隔间，整个世界就能和他的生活和谐相处了，甚至就像是专门为他准备的，而捆绑着整个半岛的铁路，也就像是专门为把他胜利带向琴齐亚而造的。那天晚上，就连二等车厢也几乎是空的。每一处迹象都是有利的。

费德里科·V. 选了个空隔间，不是靠着两头的出口，但也不是太在车厢正中间，他知道，一般来说，如果有谁急急忙忙地上火车，是不会选择头几间隔间的。只要要上一点点心理手段，就可以保卫躺着旅行所需的必要空间；费德里科很了解这些手段，也会付之于行动。

比如，把隔间门上的小帘子拉上，这个举动也会让人觉得很过分，而他正是瞄准了这一心理效果。在半掩的帘子前，不期而至的旅客总会被一种本能的疑心困扰，会偏向找一间最好已经有了那么两三个人的隔间，但门是要开着的，如果他能找得到的话。费德里科把包、外套、报纸胡乱扔在对面座位上和自己旁边。这是另一个基本手段，一种已经用滥的行为，表面上是没什么用，其实也能管点用的。不是他想让人以为那些位子已经被占了：这种类似的诡计是和他的公民意识与诚恳个性截然相反的。他只是要营造出一种不怎么能引起人兴趣的、拥挤隔间的仓促印象，一种仓促简单的印象。

他坐下来，松了口气。他处在一个所有东西只会待在自己的位置上，并永远保持如此，而且没有任何特征，没有任何惊喜可能的环境中，他明白这种环境会给他沉静，给他对自身的意识，给他思维的自由。他的生活一直都是乱七八糟的，但现在，他在内心的冲动和事物无动于衷的中立间，却找到一种完美的平衡。

过了一小会儿（是指在二等车厢；如果是在一等车厢，则需要花上一分钟），一阵痛楚向他袭来：隔间的惨淡，处处磨损的丝绒，对空气中灰尘的顾虑，车厢里老款而不怎么结实的窗帘，这些东西都给他传达出一种悲伤，一种想到要和衣而睡的不适，而且是在一张不属于自己的床上，一张不可能跟它产生任何亲密感的床。但很快他就想起来旅行的缘由了，他感觉自己又被那种自然的节奏攫住了，那就像是海或者风的节奏，那是种节日般轻快的欣喜；他只要在自己心中寻找这种节奏或者欣喜就好，闭上眼睛，或攥紧手中的筹码，那种惨淡的印象就被打败了，只有他一个人，面对着旅行中的奇遇。

但他还是感觉缺点什么：那是什么呢？是了，他听见站台顶棚下一个男低音靠过来："枕头！"而他早已站了起来，放下玻璃窗，把握着两枚一百分硬币的手伸向前，大嚷着："这里来一个！"他的每次旅程都是从这个租枕头的男人开始的。他会在火车出发前一分钟经过火车车窗下，推着滚轴小破车，车上挂着枕头：老头是个瘦高个，白胡子，宽手掌，手指长而粗，是能叫人信任的一双手。他一袭黑衣：军帽，制服，大衣，裹紧在脖子上的围巾。这是翁贝托国王时期①的家伙；比如什么老上校啊，或者只是一个尽职的营地上士。再或者就是个邮差，一个老邮递员：当他那双大手，用指尖夹着薄薄的枕头，送到费德里科跟前时，就好像是在传递一封信，或是想把这信投入火车车窗里。现在，费德里科怀里的这个枕头是四方形的，扁平的，还真像一个信封，此外，这枕头还是盖上邮戳

① 翁贝托国王（1844—1900，在位时间 1878—1900），即翁贝托一世，维托里奥·伊曼纽尔二世之子。

的，好似一封他每天都写给琴齐亚的信，这信也是今晚发出，这次不再是他用纸苦诉衷肠，而是他费德里科本人，走上了看不见的夜间邮路，还是通过这个寒冬老邮差的手，在深入中南地区人们的坏脾气前，这个老邮差简直成了最后一个北方那种理性而有序的化身。

然而，首先，这毕竟还是个枕头：也就是说，是个柔软的东西（即使是压扁了的，还是硬邦邦的），而且是用高压洗涤过的，洁白无瑕的（尽管枕头上盖满了邮戳）。就像一个象形符号包含着一种概念，这枕头包含着床的意味，舒适的意味，亲密的意味，而费德里科已经提前品尝到了为自己准备的这一隅清新，在那样一个夜晚，而且周围都是让人疑心而粗硬不堪的丝绒。不止如此，那个舒适的、薄薄的长方形，预示着其他的舒适，其他的亲密，以及其他的甜蜜，正是为了享受这些，他才走上了旅途；甚至，单是踏上旅途的事实，单是租用枕头这档子事，就已经是在享用它们，是进入到琴齐亚的领域，是被环在她那柔软的双臂间。

火车满怀爱意地开动了，饱含着轻抚，在站台顶棚下的柱子间跑动起来，在铁路道岔的空地中蛇一般地游动起来，冲向黑暗之中，这样的行进，变成了一种欣喜，就如同费德里科到目前为止体会到的那种欣喜。然后，就好像是，把自己的紧张情绪化解到列车的奔驰中，这更叫他轻松了，伴随着那样的兴奋，他哼起一支曲子的旋律，正是那样的兴奋，让他想起了那支曲子："J'ai deux amours... Mon pays et Paris... Paris toujours...[①]"

---

① 法语：我有两个爱情……我的家乡和巴黎……永远的巴黎……

这时进来一个先生，费德里科不出声了。“空的吗？”那先生坐下了。费德里科已经做出了迅速的算计：严格上来说，想要有次能躺着的旅行，最好是有两个人待在一个隔间里：一个躺在这边，另一个躺在那边，这样就谁都不敢打扰他们了；而如果半个隔间是空着的话，在你最不希望的时刻，上来一个六口之家，拖着小孩，直奔锡拉库萨①，你就不得不起身让座。费德里科清楚极了，所以，最明智的办法就是，如果上了趟人不是很多的火车，便不该在一个空隔间里就座，而是要选有了一个乘客的隔间。但他从来没这么做过：他更喜欢玩彻底孤独的牌②，而当不能由他选择，遇到一个旅伴时，他总能用新情况下的有利因素安慰自己。

他现在就是这么做的。“您是要去罗马吗？”他问刚进来的人，是为了能继续说：“好的，我们现在可以把窗帘拉上，把灯关掉，这样就可以不让任何人进来了。”然而那人却说：“不是，是到热那亚。”他在热那亚下，接着费德里科又可以一个人待着，真是太好不过了，但是，对于一个只有几小时的旅程，他是不怎么会躺下的，还很可能会一直醒着，也不会让把灯关上，经过其他站时，其他人就还会进来；这么一来，本来有个伴的有利因素就都没了，费德里科于是又面临种种不利。

但他一直在想这事。他的力气一直都用来把那些会干扰自己或是对他没用的事实从自己的思维领域中驱逐出去。他把坐在对面角落里的男人抹掉，直至把他浓缩成一片阴影，一块灰色的污渍。双

---

① 西西里岛东南部的一个小城。比罗马还要南。

② 意大利语中“玩牌”有“冒险”“投机”的含义。

方手里各执一份的报纸摊在他们前方，帮助他们互不干扰。费德里科可以继续感到自己在爱意浓浓的飞行中的翱翔。“Paris toujours...”没人能想象得到，在那样一个出于需要和容忍的来往人群的惨淡景致中，他正朝着像琴齐亚·U. 那样一个女人的怀中飞去。为了酝酿这种自豪感，费德里科感到需要考虑一下他的旅伴（他到目前为止，还都没正眼看过他一眼），以便——带着新贵般的冷酷——把自己的幸福境况和他人的乏味存在做个比较。

但这个陌生人，却没有任何沮丧的神情。他还是年轻人，健壮，多肉；面容满足而生动，他正在读一份体育报，身边有只包：样子嘛，也就是什么公司代理人，商检员之类的。有那么一小会，费德里科·V. 突然心生嫉妒，比他表情更实际更有活力的人总让他心生嫉妒；但这只是个瞬间印象，很快他就赶走了这个想法，念道：“他是一个坐铁皮车和漆车[①]旅行的人，而我……”于是又有了唱歌的愿望，想倾吐出那无尽的愉悦与无忧无虑。“Je voyage en amour![②]”接着他在心里重填了词，节奏还是以前那个，因为他感觉这节奏和火车的驰骋还挺协调，但改了歌词，是专门为了气那个代理人而创造的，如果他能听到就好了：“Je voyage en volupté![③]”他尽可能地夸张旋律的兴奋与奔放，“Je voyage toujours... l'hiver et l'été!...[④]”就这样，他越来越激动，“l'hiver et... l'été!”，以至于在他的嘴唇上，应

① 铁皮车和漆车曾是意大利比较低级的一种火车，类似于中国的绿皮车。
② 法语：我在爱中旅行！
③ 法语：我在快感中旅行！
④ 法语：我总是在旅行……冬天和夏天……

该是能看到一种精神上绝对舒适的微笑的。就在那时，他发现代理人正盯着他看。

他迅速恢复了脸上的表情，把注意力集中在阅读报纸上，连自己都否认了一秒钟以前他居然处在那么一种幼稚的心态下。幼稚的：这又是为什么？没什么幼稚的：这次旅行使他的精神处在一种十分愉悦的状态中，甚至可以说，是一种属于成熟男人的精神状态，一个明晓生活中的坏与好，而且现在准备好好享受一番这应得的好处的男人。他很平静地，在一种完美的平和中，翻阅着轮转凹版印刷周报，扫视着那种快节奏而富有激情的生活的图片，试图在这种生活中找出一些还可以感动他的东西。很快他就发现，这周报一点都提不起他的兴趣，尽是些仓促的痕迹，还有浮于表面生活的东西。这种无聊甚至都不能引起他的厌烦情绪。“l'hiver et... l'été!”这会该睡觉了。

突然出现了始料未及的满足：代理人坐着睡着了，连姿势都没变，报纸摊在膝盖上。费德里科想，那些能坐着睡觉的人，有种万事于己不相干的能耐，这种能耐甚至都不能构成一种嫉妒：于他而言，在火车中睡觉，是要经过一套辛劳的手续，和一种缜密的仪式的，旅程那种艰难的乐趣正在于此。

第一件事是要把高级裤子换成劣质裤子，这样就可以不用皱巴巴地到站了。这道程序要在厕所里进行；但之前——为了行动方便——最好先把鞋子换成拖鞋。费德里科从包里拿出劣质裤子和拖鞋袋，脱了鞋子，穿上拖鞋，把鞋子收在座位下，去厕所换了裤子。“Je voyage toujours!”回来后，他在网架上理好了高级裤子，好让裤子不走形。“啦啦啦!”他把枕头放在座位靠过道一头，因为如果门突然被打开，最好是先能用耳朵听到，而不是被突然惊醒后一睁眼就看见有个人在隔间里。“Du voyage，je sais tout![1]”在座位另一头，他垫上报纸，因为不是光脚躺着，而是穿着拖鞋。枕头上方的钩子上挂着他的外套，他把硬币袋和钞票夹放进外套的口袋，因为如果他把这些东西留在裤子口袋里，会抵到臀部。而票却是要放在皮带下的小口袋里的。“Je sais bien voyager…[2]”他脱下高级套头衫，好不弄皱它，换上一件劣质套头衫；而衬衫他则第二天才换。代理人在费德里科回隔间的时候就醒了，看他这般折腾，好像不是很明白正在发生的事情。“Jusqu'à mon amour…[3]”他褪下领带并挂起来，褪下衬衫领子上的鲸须，并把鲸须放在外套口袋里，和钱搁在一起。“… j'arrive avec le train![4]”他褪下背带（正如所有忠于非表面高雅的男士，他一直使用背带）和袜带；解开裤裆前最上面的扣子，这样就不会勒住肚子了。“啦啦啦!”他把家门钥匙从口袋里掏出来以后，在套头衫外没再穿上外套，而是大衣；却捏着极其珍贵的电话筹码，体尝着折磨人的拜物主义，就像孩子那样，把自己最喜欢的玩具压在枕头下面。他把大衣纽扣全扣上了，竖起翻领；知道如何小心翼翼地睡在衣服里，还能使衣服不起皱。“Maintenant voilà![5]”在火车上睡觉，意味着醒来时头发会全都竖起来，还很可能一醒来

① 法语：有关旅行，我什么都知道!
② 法语：我很了解旅行……
③ 法语：直到我的爱……
④ 法语：……我和火车一起到达!
⑤ 法语：现在好啦!

就到站了，连头都来不及梳一下的；于是他戴上一顶巴斯克帽[1]。“Je suis prêt, alors![2]”他在隔间里晃着，由于大衣里没穿外套，这大衣挂在他身上，活像祭司服，他把门上的窗帘拉上，把窗帘上的皮制扣眼一直拉到金属扣上。他朝旅伴打了个手势，就像是问自己能否把灯关掉：代理人在睡觉。他把灯关了：在安全灯蓝色的半明半暗中，又折腾了一阵，才把车窗上的窗帘拉好，更准确地说，是把帘子半掩上，因为他总会给窗子留道缝：他喜欢早晨的房间里能有一缕阳光。还有一件事：给手表上发条。好了，可以躺下了。他轻轻一跳，横着扑向座位，侧身躺着，同时保持大衣平整，双腿朝内蜷起，双手收在口袋里，手里握着电话筹码，双脚——一直是穿着拖鞋的——搁在报纸上，鼻子埋在枕头里，巴斯克帽盖在眼睛上。现在，他所有激昂的内心活动都明智地放松下来，模糊地期待着第二天，他会这样睡着的。

检票员的生硬闯入是早在预料之中的。（他突然把门打开，一只手单用一个动作就娴熟地解开了两幅窗帘，与此同时，还抬起另一只手打开灯。）但费德里科也不在乎他的到来：如果检票员在他睡着之前到，那很好；如果第一场觉已经开始了，像检票员那样一个惯常而平庸的出现，无非也就是打扰他几秒钟的时间，这就像在野外睡觉时，听见夜鸟的啼叫会醒来，但翻了个身后就好像从没醒过一般。费德里科小口袋里的票已经准备好了，他把票伸过去，并没

---

① 即贝雷帽。
② 法语：那么，我准备好啦！

站起来，几乎连眼睛都没睁，手就这么摊在那里，直至再也感觉不到指尖夹着的票；随后他又把票收回口袋，要不是得做一个使之前那些保持静止不动的气力全都白费的动作，他该是会很快睡着的：这就是，他得站起来，再把窗帘扣上。这次他却一直是醒着的，检票员比平时多耗了点时间，因为还是迷迷糊糊的代理人，好一会才反应过来是怎么回事，又好一会才找到票。“他没有我的反应快。”费德里科这样想着，并趁机用他想象出来的曲子的新版本来压过他。“Je voyage l'amour...①”他改了词。把动词 voyager② 当及物动词用的想法给了他一种充实感和满足感，充实感是由这诗情带来的，尽管这诗情只有那么一点点，而满足感是因为他终于找到了描述自己心态的合适表达方式。“Je voyage amour! Je voyage liberté! Jour et nuit je cours... par les chemins-de-fer...③”

隔间又回到黑暗中。火车咀嚼着他看不见的道路。费德里科对生活还能有什么奢望呢？从这样的极乐状态到睡眠状态，也只是寸步之遥。费德里科睡着了，就像沉在一口全是羽毛的井里。不过只有五六分钟：他醒了。他很热，汗都把他湿透了。因为是深秋，车厢里已经开了暖气，但他，由于对上次旅行中饱受的寒冷记忆犹新，这次就是打算穿着大衣睡的。他起来，脱了大衣，把它像被子一样盖在身上，露出双肩和胸膛，但一直都尽量使大衣自然下垂，好避

---

① 法语：我旅行着爱……

② 法语：旅行。“旅行”一词在法语和意大利语中都是不及物动词。

③ 不正确的法语：我旅行着爱！我旅行着自由！白天和黑夜我奔跑……在铁路上……

免它生出丑陋的褶皱。他翻了个身。汗液在他身上蔓延开一阵瘙痒。他把衬衫解开，挠了挠胸，又搔了搔腿。现在，他身体上的约束感又在他心里唤起了对肉体上自由的思绪，对海的思绪，对赤裸的思绪，对游泳的思绪，对奔跑的思绪，这所有的一切都在琴齐亚的怀抱中达到了极致，这是所有美好存在的总和。他在那半睡半醒间，甚至都区分不出眼前的不适与渴望的幸福，他同时拥有这两种感觉，享受着这种不适，就好像这不适是一切有可能的幸福的前提，甚至把这幸福都包含在其中。他又睡着了。

过路车站的喇叭时不时地把他弄醒，这喇叭声，并不像很多人认为的那样完全令人不快。醒来并很快明白过来这是在哪一站，可以带来两种不同的满足感：如果是已经过了他以为的那个站，他会想："我睡了多长时间啊！这次旅行真是不知不觉就走过了多少路！"而如果到的是个比他认为的那站还更近的站，他会想："好吧，我还完全有时间再次入睡，并无忧无虑地继续睡去。"现在他还处在第二种状态下。代理人一直在那里，现在他也躺着睡了，还伴有轻微的呼声。费德里科还是很热。他半迷糊着爬起来，摸索着暖气调节器，他在对面墙上找到了调节器，正好在他旅伴的头上，因为他已经脱掉了一只鞋，所以他单以一脚着地来保持平衡，把手伸过去，气愤地把旋钮转到"最小"。代理人此刻应该是睁了眼睛的，也应该是看到自己脑袋上方那弯成钩形的手的：他打了个嗝，又吸了一下口水，接着再次沉入混沌中。费德里科倒在自己的床铺上，调节器传出一阵嗡嗡声，亮起一盏小红灯，就好像是在试探一番解释，一席对话。费德里科不耐烦地等着热度降下来，起身把窗子放下，留出一条小缝，然后因为列车已经开始全速行驶，他又感到有些冷，就把窗子推上，把调节器推到了自动挡。他把脸埋在充满爱意的枕头里，又听了一会调节器的嗡嗡声，这声音就像是外太空的神秘信息。火车在大地上奔跑着，大地又被无止境的空间穿过，在全宇宙之中，他，也只有他，是那个奔赴琴齐亚·U.的男人。

下一次他醒来时，听到了普林齐比车站[①]卖咖啡人的叫喊声。代理人已经消失了。费德里科仔细堵好那壁垒般的窗帘上的漏缝，焦虑地听了一阵过道中正在靠近的每一声脚步，每一次门滑动的声音。不，谁都没进来。但在热那亚和布里尼奥勒站[②]之间，一只手打开一道缝，胡乱捣腾了一阵，试着把门上的窗帘解开，未果，于是一个人形匍匐着出现了，并用方言朝过道里大嚷着："你们来吧！这里是空的！"一阵大鞋子沉沉的踏步声回应了他，声音断断续续的，然后四个阿尔卑斯山地狙击兵进到隔间的黑暗中来，他们差一点就要坐到费德里科身上。而且他们还挨着他俯下身来，就像在俯向一种奇怪的动物："哦！这边这个是谁啊？"费德里科突然用胳膊撑起来，攻击他们道："难道就没有其他隔间是空的吗？""没有，都是满的，"他们答道，"反正我们坐在这一边，您别麻烦。"他们本该是战战兢兢说这话的，然而只是因为习惯了生硬的方式，于是也不以为奇；他们唧唧喳喳地坐下来。"你们要去很远的地方吗？"费德里科从他的枕头上问道，语气变得温和些。不，他们过几站就下车。"那您呢？您又去的是什么地方？""去罗马。""圣母玛利亚

① 普林齐比站，是热那亚最主要的一个火车站站名。
② 布里尼奥勒为热那亚另一个主要的火车中转站。

啊！一直到罗马！”他们惊奇而同情的语调在费德里科心中转化成一种英雄般自豪的痛苦。

旅行就这么继续着。“你们能把灯关掉吗？”他们把灯关掉，看不见脸地待在黑暗中，喧闹着，拥挤着，肩挨着肩。一个人掀起车窗窗帘看着外面：夜很亮，躺着的费德里科只能看见天，不时还能看见小站台上的一行灯，这灯亮得叫人睁不开眼，把天花板扫得忽明忽暗。这些狙击兵是粗犷的乡下人，趁休假回家，一刻不停地大声讲话、斥责，除了一个在睡觉，另一个在咳嗽外，有时在黑暗中，他们还会动手动拳头。他们说着一种阴沉的方言，费德里科间或能理解那些话的意思，兵营里的问题，妓院里的纠纷。不知道为什么，他觉得自己并不怎么恨他们。现在和他们一起，几乎成为了他们中的一员，和他们融为一体，也是因为愉快地想到明天就能在琴齐亚·U. 身边，并感到命运骤然变更的眩晕。但这倒不是要压过他们，就像他想压过先前那个陌生人一样；现在他阴郁地站在他们一边，他和他们一起，然而他们并不知道，他们也担负起了赶赴琴齐亚的任务，所有与她最不相干的一切东西，都拥有她的价值，也就是由他来拥有她的意义。

现在费德里科一只胳膊发麻。他把胳膊抬起来，摇了摇，发麻的感觉并没消去，而是变成一种痛，这痛又变成一种缓缓的舒适感，于是他在空中扭曲地抡起了胳膊。四个狙击兵都张大了嘴巴，仔细观察他。“他怎么啦……他在做梦……他在做什么呀，喂你们说说看……”不过因为年轻什么都无所谓，他们又对唱起了小曲。费德里科正尝试重新激活一条腿的血液循环，把脚搁在地上狠狠地跺着。

在半睡半醒的喧哗间，又过了一个小时。他不觉得自己是他们的敌人了；也许他就不是任何人的敌人；也许他变成了个好人。就算当他们快到站时，出门后把门和窗帘都大敞着，他也不恨他们。他起来，再把门关上，重新品尝起孤独的愉悦，没有对任何人的怨恨。

现在他的腿很冷。于是他把裤腿塞进袜子，但还是冷。于是把大衣的下摆裹紧在腿上。现在胃和肩膀都冷起来。他又把调节器调到了几乎是最大挡，又把大衣掖好，假装没有发现大衣上已经爬满了难看的褶皱，尽管这褶皱在身下很是明显，可现在，为了当前的舒适，他准备放弃一切，对他人的好把他推向对自己的好，在这种普遍的宽容中，也就是把他推向能找到睡眠的路子。

自那以后，醒来都是间断和机械的。检票员熟练地拉开窗帘的闯入，和夜间上车的乘客那种疑惑的试探是大相径庭的，这些乘客在一个个合着窗帘的隔间前，是会手足无措的。同样专业，但更为生硬和阴郁的是警察的出现，警察会把灯突然打在正在睡觉的旅客脸上，还要仔细看看，然后关上灯，安静地走掉，身后留下一股监狱般的气流。

后来，从某个埋在深夜里的车站上进来一个男人，当他已经在角落里窝了一阵后，费德里科才发现他，从他身着大衣的潮湿气味中可以明白，外面正在下雨。当费德里科再次醒来时，他已经不见了，谁知道又是在什么看不见的车站下去的，在费德里科看来，他不过是一片沾着雨味的影子，和一阵沉重的呼吸。

费德里科很冷；他把调节器调到最大挡，然后把手伸到座位下，看看温度上来没有。他什么都没感到；于是又在那下面捣鼓了一阵；好像什么都是关着的。他把大衣穿上，然后再脱掉，找出高级套头衫，把劣质套头衫脱掉，把高级的穿上，再套上劣质的，再穿上大衣，蜷缩在角落里，尝试着去再次拥有先前的那种充实感，这充实感曾带他进入睡眠，而他现在却什么都记不得了，当脑中又响起那首歌时，他已经睡着了，而那旋律就继续胜利地把他摇入睡眠中去。

早上的第一缕光线从窗帘缝中透进来，同样进来的，还有从站台上传来的“热咖啡”和“报纸”的叫卖声，这可能是托斯卡纳大区最后一站，或是拉齐奥大区的第一站①。没下雨，湿窗户外，天空已经在卖弄南方对秋天的漠视了。想要一点热东西的愿望，和那种一个城里人每天早晨都是从读报开始的不由自主，在费德里科身上起了反应，他觉得应该赶紧跑到窗前，买上一杯咖啡或是一份报纸，或者两样都买。但他却能如此成功地说服自己其实自己正睡着觉，并使自己相信什么都没有听见，以至于这一信念一直作用到隔间里又拥进一群人，他们是例行乘每天早班车去罗马的奇维塔韦基亚②人。他睡眠的最佳时段，也就是太阳刚出来那几个小时，睡眠几乎就没断过。

当他真正醒来时，从没有窗帘遮盖的玻璃窗中进来的光线照得他眼花。对面的座位上，挤满了一排人，他感觉那些人，比不可能坐上这么多的人还要多，事实是，一个胖女人的膝盖上，还有个小

---

① 托斯卡纳大区和拉齐奥大区接壤，拉齐奥为罗马所在大区。

② 奇维塔韦基亚为拉齐奥大区一城市。

男孩，而且一个男人还是坐在他这边的，在他腿蜷起留出的余地上。这些人的脸各不相同，但每张脸上都有种什么政府官员的感觉，要说唯一有什么变化的，就是有个制服上配着各种饰带的空军军官；连女人们都看得出来是去找在某个政府部门工作的什么亲戚的，或者，总之这伙人都是去罗马的，为自己，或为别人处理什么手续的。他们都在观察膝盖以下高度的费德里科，有些人还是把眼睛从《时代报》上抬起来看他的，看他乱七八糟地躺在那边，裹在大衣里，没有脚，就像一只海豹，正从沾满口水的枕头上爬起来，头发纷乱不堪，头顶上扣着顶巴斯克帽，脸颊被衣服衬里的褶皱印得一道一道的，他慢慢晃起来，用不成形的动作伸着懒腰，就像海豹那样，一直忙着找回双腿的使用权，再穿上拖鞋，但却搞错了左右脚，然后解开衣服扣子，在两件套头衫和给弄皱的衬衫间挠来挠去，他生了水锈般的眼睛在他们身上扫来扫去，然后笑笑。

从车窗往外望去，罗马地区的田野开阔起来，费德里科双手搁在膝盖上坐了一会，一直带着微笑，然后打手势询问了一下可不可以拿他对面人膝盖上的报纸看。他浏览了新闻标题，又像以往那样感到自己身处异乡，他庄严地望着窗外跑着的导水管的拱顶，还了报纸，起身在包里找洗漱用品①。

在特尔米尼火车站，第一个从车厢里跳下来的就是他，新鲜得像朵玫瑰。他手里紧攥着电话筹码。在电话亭的凹槽里，那些灰色的电话机只在等他。他塞进筹码，拨了号码，忐忑不安地听着远处

① 原文为法语。

的铃鸣，他刚听见琴齐亚那散发着困意和温柔的“喂……”出现在电话另一头时，就已经沉浸在紧张和作战状态中了，紧张他们即将共处的这几天，还要气喘吁吁地和时间打仗，他也明白，这一夜对他意味着什么，他跟她是说不出来的，他已经感到这夜的消逝，正如任何完美的爱之夜，都会被白昼无情地碾得粉碎。

一个读者的奇遇

海角上有条海滨大道，铺在高耸的悬崖上；悬崖下是一片汪洋，满目是海，一直伸向高而模糊的海平线。阳光也遍地皆是，就好像天空和大海是两面透镜，把太阳放大了。那底下，平静的海水不起泡地拍打着海角上犬牙交错的岩石。阿梅代奥·奥利瓦扛着自行车，从一段陡峭的台阶上下来，然后锁上车，把它丢在一个荫翳的地方。他继续往下走，身旁尽是那山崩般黄色干巴巴的土地，还有悬在空中的龙舌兰，他已经用目光寻找起来，看有没有可以舒服躺下的礁石缝。他腋下夹着一条卷起的毛巾，里面裹着泳裤和一本书。

海角很僻静：只有很少几群海水浴者，或在跳水，或在晒太阳，互相之间隐匿于这里礁石的迂回中。在两块遮住他视线的大石头间，阿梅代奥脱下衣服，套上泳裤，然后在礁石顶间跳起来。就这样，他用那双小细腿，跳过大半片礁脉，有时几乎还是从半躲在岩石间、躺在浴巾上那成双成对海水浴者的鼻子上飞跃而过。穿过一块表面粗糙多孔的沙石地，就是大片光滑的礁石，连轮廓都给磨光了；阿梅代奥脱了凉鞋，拎在手里，光脚继续跑着，信心十足，因为他有着能在岩石间看到大老远以外景致的眼力和一双不易受伤的脚掌。他来到一处面海的礁崖；在崖壁一半的地方，穿过一种形同台阶的东西。阿梅代奥在那里停下来。在一块平坦突出的礁石上，铺下自己的衣服，叠好了，把凉鞋底朝天地压在衣服上，这样风就不会把所有的东西都吹走了。（海上确实送来一阵微风，然而他那样做只是谨慎的习惯使然。）他随身带着一个小袋子，是块橡胶枕头；他往里头吹气，直到枕头鼓起来，然后放下枕头，挨着礁石边，把毛巾展在一段缓缓倾斜的坡子上。他仰面躺在毛巾上，已经把书翻到做上标记的那一页了。就这样，他伸长身子，躺在石头上，从四面八方反射过来的阳光，砸在他干燥的皮肤上（他已经给晒黑了，黑得还不均匀，就像什么太阳晒得不得当的人，不过他倒挺耐晒的），他戴着白布料帽子的头搁在橡胶枕头上，帽子是湿的（是这样：他之前下到一块矮礁石上，把帽子浸到水里去过），一动不动地躺在那里，只有眼睛（因为戴着墨镜，所以他的眼睛是看不见的）在白纸黑字间，跟着法布里齐奥·德尔·唐戈[①]的马跑。在他下方，破开一片蓝绿色的小海湾，清澈几近见底。岸边礁石根据各异的方位，要么呈出煅烧的白色，要么是披着海带的。海湾尽头是一小片卵石沙滩。阿梅代奥不时抬起眼睛，朝周围看看，他的目光落在一只螃

① 可能是司汤达作品《帕尔马修道院》中的主人公。卡尔维诺在这里把各部小说中的主人公都安置在一部他杜撰出来的小说中。

蟹不断闪烁的脊背，和它斜走的小跑上；然后他又专心地回到书页上，那一页中，拉斯科尔尼科夫①数着把他和老女人的门分开的台阶，或者是吕西安·德·鲁邦普雷②在把头放进绳套里，凝视着巴黎古监狱的塔楼和屋顶。

阿梅代奥想要把他的社交活动减到最少已经有一段时间了。不是因为他不好动，他的性格和所有品位倒全都得益于他对行动的热爱；但是，什么事都要由自己做的热望在年复一年地减弱，再减弱，以至于他自问这种热情是否真的存在过。但是对于行动的兴趣却在阅读的愉悦中幸存下来；他的爱好总是那些对于事实的叙述，故事，还有人物事件间的情节。尤其是十九世纪的小说，但回忆录和自传也可以；慢慢地，他连侦探小说和科幻小说也读了起来，他倒不是排斥这两种小说，而是这两种小说会给他相对较少的满足感，因为它们通常都是些小部头的作品：阿梅代奥热爱大部头的巨著，他把要经受巨大疲劳的肉体愉悦放入其中。手里掂着这些密密麻麻的、敦厚的、强壮的大部头作品，带着一点焦虑情绪地去思量页码，思量那些章节的篇幅，然后进入其中：刚开始时，还会有点不大情愿的意思，不大想克服要记住那许多人名和抓住故事主线的困难；随后他就把自己托付给书本，赶着行地读起来，穿过匀质纸张的格子网架，从那铅字中涌现出战火，子弹呼啸着穿过天空，落在安德烈亲王③脚下，之后又浮现出一个拥挤的活字印刷店，塑像店，弗雷

---

① 可能是陀思妥耶夫斯基作品《罪与罚》中的主人公。
② 可能是巴尔扎克作品《人间喜剧》中的主人公。
③ 可能是托尔斯泰作品《战争与和平》中的主人公。

德里克·莫罗①忐忑不安地走进阿尔努②的店③。在这页面之上，他进入了一个比自己生活更有活力的世界，从这里来看，就像海平面把我们和大海那片蓝绿色的世界、一望无际的裂缝、延绵的波浪状细沙，以及那些半动物半植物的生物体分开了。

太阳晒得很烈，礁石有点灼人，阿梅代奥很快就觉得自己和礁石粘在一起了。他读罢一章节，合上书，把小广告片当作书签夹在书里，脱下布制的帽子和眼镜，有点呆滞地站起来，大跨步地走到礁石最顶端，那里有一群小孩，整整一天都在不停地跳水和不停地爬上来。阿梅代奥笔直地站在垂直于海面的一级台阶上，台阶不是太高，离水面只有几米的高度，他用那双被照得睁不开的眼睛，凝视着下面明晃晃的透明，倏地跳进去。他的跳水动作总是一个样，鱼跃式的④，动作基本标准，就是有点僵硬。若不是他突然来这么一下子，从阳光充沛的空气到温暖海水的这种过渡，应该是几乎察觉不出来的。他没有很快浮上来，他喜欢潜游，下去，再下去些，几乎是肚皮贴着海底游，直到他呼吸用完为止。他很喜欢消耗体力的事情，喜欢强迫自己完成一些艰难的任务。（正因如此，他才会在正午的烈日下，疯狂地踩自行车爬陡坡，把书带到海角上来读。）每次，他都争取潜游到从沙质海底某处一直露到水面上来的一块礁石岩壁边，那壁上遮满了厚厚的海草。他在岩石边浮出水面，在四

---

① 可能是福楼拜作品《情感教育》中的男主人公。

② 可能是《情感教育》中女主人公丈夫的姓。

③ 此处也可能为“阿尔努的家”。

④ 头朝下入水。也就是四种国际标准泳姿中除了仰泳以外的入水动作。

周随意游起来；然后又正规地游起了自由泳[1]，只是，他花上了超过实际需要的气力；很快，他对自己嘴鼻部分一直像盲人一样埋入水中感到疲惫不堪，所以换了一种能使划臂更自由的泳姿，“海员式”[2]泳姿；如此一来，视觉感官比运动效果更给他以享受，于是不一会儿，他就从“海员式”改成了仰着游，划臂打水是越来越不规律，断断续续的，直至似浮尸一般漂在水面上。就这样，他翻过来又覆过去地游在那片海里，那海就如一张没有边缘的床，有时，他会选中某个小岛为目的地，有时，他会给自己规定出划臂动作的次数，不结束这个任务就不停歇；一会儿是慵懒地徘徊，一会儿又往深海处游去，因为他会突然有一种迫切的希望，希望周围除了天与水，什么东西都没有，一会儿又靠回海角附近的礁石滩，为的是不错过任何一条能通向那片小群岛的路线。但是游着游着，他就发现，自己心里那正在膨胀的好奇心，是想知道——我们承认——阿尔贝蒂娜[3]故事的结局。马塞尔[4]有没有再找到她？不管他是疯狂地游泳，还是浮在水面装死，他的心却留在了岸边的书页中。于是他迅速划臂，重回到礁石边，寻了一阵从哪里上岸，然后几乎还没怎么意识到，就已经来到那上头，用浴巾擦起了背。他又戴上布帽子，躺在太阳下，开始新的一章。

---

① 原文为英语。但“自由泳”一词用的不是 freestyle，而是 crawl。

② 意大利对“侧泳”如此称呼。

③ 可能为马塞尔·普鲁斯特《追忆似水年华》第二卷《在少女们身旁》中的主角之一。

④ 马塞尔为《追忆似水年华》中的主人公。

而他作为读者，书读得却不是很快，也不是多么如饥似渴。他已经到了第二、第三或者第四遍的阅读能比第一遍给出更多愉悦的年龄。但他仍有很多新大陆要去发现。每年暑期出发去海边前[1]，最艰苦的准备工作就是要把那些沉沉的书塞到行李中去：凭着一时的兴起和累月城市生活的逻辑，阿梅代奥每年都要选上某些名著重读，还有一些陌生作家的作品。他就这么在礁石上读着书，时不时地在字句间驻足，举目冥思，收集一些想法。一次，他这么抬起眼睛，看见海湾尽头的石滩上，一个女人走过来并躺下身。这个女人晒得很厉害，形容瘦削，韶华已逝，也不是特别漂亮，但这裸着的身子帮了她大忙（她身着“两件套”，就这么点衣服，还在边缘处翻起了很多，是为了尽可能多地晒到太阳），而阿梅代奥的眼睛就这么被吸引过去了。他读着读着，就发现自己的目光越来越频繁地从书中游离出来，升向空中；而这个空中，则是在那个女人和他之间的空中。她的脸（她躺在一面斜坡边缘处的橡胶床垫上，阿梅代奥的瞳孔每闪动一下，就会看见她不是很丰腴，但令人赏心悦目的双腿，极端光滑的腹部，少许一点的乳房也许并不那么使人生厌，但可能有点下垂，肩膀上骨感太强，脖子和胳膊上也是一样，脸被墨镜和草帽帽檐挡住了）稍显沧桑，活泼，自我意识很强，还有点讽刺。阿梅代奥给她归了类，一个独立的女人，一个人度假，比之人头攒动的地方，更喜好荒无人烟的礁脉，也喜欢把自己晒得跟炭一样黑；他估量了一下她身上懒散的性感，还有那长久以来的不满

① 意大利人的传统习惯是，每年八月放假时去海边过。

足感；顺便思忖了一番跟她会有多少立竿见影的艳遇可能，他把她对应到一次常规对话的场景中，对应到一次晚间活动的计划中，对应到有可能碰到的实际困难中，对应到即便是仓促粗浅地结识一个人而必须付出的努力中，于是，他继续读起了书，坚信那个女人一点都不能引起他的兴趣。

但是，他在那块石头上躺得太久了，或者是那些闪念留给他一丝不安，事实是，他感到浑身僵硬；给他当床铺使的毛巾下面，是凹凸不平的岩石，开始使他难受。他站起身，想另找一处可以躺下的地方。一时间，他对两个感觉上都很舒坦的地方犹豫起来：一处离海滩更远一些，那里也躺着那位晒黑的女士（更准确地说，是在一块凸出的礁石后面，礁石会挡住他的视线），另一处则更近一些。一想到要往近处去，一想到然后还可能因为某种不可预知的情形不得不与她攀谈，于是就不得不打断阅读，他就立刻倾向去更远的地方，但他思来想去，就好像是那位女士刚到，他就想逃，这可能会显得有点不大礼貌；于是他就选了较近的地方，反正阅读会完全吸引他的注意力，以至于就算看到那位女士——再说，她又不是特别漂亮——也不会分他的心。他侧身躺着，以能避免看见她的姿势执着书，但把胳膊撑到那么高又很累，于是又放下胳膊。这会，那在字里行间流动的目光，每每转行至行首时，越过书页的侧边，都会遇见那个孤独度假者的双腿。而她，在找寻一个惬意的姿势时，也挪了位置，并正好往阿梅代奥这个方向屈起了双膝，跷起了二郎腿，这样一来，就使他更好地研究了一下她身上几处的比例，一点都不惹人厌。反正，阿梅代奥（尽管一块礁石的棱角顶疼了他的臀部）

不可能再找到更好的地方了：可以从晒黑女士身上得到的愉悦——一种次要的愉悦，一种多余的愉悦，但也不是说就好随便扔掉的，而是可以毫不费力地享受它——并不会破坏阅读的愉悦，而是参与到正常的阅读进程中，于是，现在他敢肯定能继续读下去书，而不用被吸走目光了。

一切都很宁静，只有流淌着的阅读在涌动，静止的景色给这阅读镶上了框，而那晒黑的女士则成了这景致中必要的一部分。阿梅代奥自然地依赖着自己能长时间一动不动的能力，但没意识到那女人的不安。她已经站起来了，穿过石头堆，迈向岸边。她起身——阿梅代奥立刻明白过来——是为了就近欣赏一只肥大的水母，一帮小孩正把它往岸上拉，还用芦竹棒推它。晒黑的女士朝那只仰卧的水母体弯下腰，问着小孩们什么；她的双腿在小木屐鞋上抬上抬下，木屐鞋跟很高，不大适宜于礁石；她的身体，从后面看，就像阿梅代奥现在看到的这样，与之前给他的感觉相比，是一具更让人愉悦的更年轻女人的躯体。他想，对于一个寻觅艳遇的男人来说，她和那些捕鱼孩子之间的对话，会是一个"经典"的机会：靠过去，也评论一下那只被捕获的水母，这样就可以开始对话了。就算全世界的金子都给他，他也不会干这种事的！他自我补充道，又陷入阅读中。当然，他的这种举止习惯也阻止了他去满足一下自己有关水母的天然好奇心，那只水母，即使是从他那里看，也是非同一般大小的，颜色是奇怪地介乎粉红色与紫色之间。他这种对于海洋生物的好奇心，和他对于阅读的热情是一致的；而且此时，他对正读着那一页——恰好是长篇大段的描写——的关注也渐渐松弛下来；反正，为了避免与那个度假者攀谈的危险，还得压制住本能自发而非常合理的冲动，就比如那种消遣个几分钟来就近观察一只水母的冲动，这是十分荒唐的。他用书签夹上书，站起来：他的决定再适时不过了。就在这时，那位女士离开了小孩们，正准备回到她的床垫上。阿梅代奥正往那边走，发现这个情况，感到有必要立马大声说句话，于是向孩子们喊道："小心！可能有危险！"

孩子们蹲在那"野兽"旁，眼睛都没抬一下，继续试着用手中的芦竹棒把它挑起并翻过来；而那女士却热烈地转过身，又回到岸边，以一种介于询问和害怕的表情问道："呃，有什么好怕的，它咬人吗？"

"如果人碰它，会被烧伤皮肤的。"他解释道，同时发现自己不是往水母的方向走，而是往那个度假者的方向走，谁知道她为什么毫无意义地战栗着用双臂护住胸，而且几乎是偷偷摸摸地，时而看看那个被翻过来的动物，时而看看阿梅代奥。他又安慰了她一阵，于是，就像先前预见的那样，他们谈起话来，但这没关系，因为阿梅代奥很快就会回到正在等待他的书边；他只要看一眼水母就行了，于是就把晒黑的女士又领回那一圈小孩中间。那女士现在是反感地看着水母，指关节顶着牙齿，有一阵他们还并肩待着，胳膊甚至靠在了一起，而且还都迟疑了一会儿才互相分开。阿梅代奥于是就谈起了水母：他在水母方面的直接经验并不多，但读过几本有关著名渔夫和水下探险者的书，于是——跳过较小的动物区系——紧接着就说起了著名的蝠鲼科。度假者听他说着，表现出极大的兴趣，不时还插插话，但总是不合时宜地，女人们经常这样。"您看见我胳膊上的这块红斑没？不会是水母搞出来的吧？”阿梅代奥摸了摸那部位，是胳膊肘上面一点，然后他说不是的。有点发红是因为她躺着的时候，正好撑在那个部位上。

就这样，一切都结束了。他们道了别，她回到她的地方，他回到他的地方，重新读起书来。这是一支时间长短合适的插曲，不长也不短，能成为一种融洽的人际关系（那女士人很礼貌，谨慎，温顺），正因为这关系是点到即止。现在，在书中，他又找到一种对现实更彻底更具体的赞同，在那里一切都有了一种意义，一种重要性，还有一种节奏。阿梅代奥自感处在一种完美的状态中：被书写下来的纸张给他开辟了真实的生活，深邃而富有激情，抬起眼睛，他在色彩和感官中又找到一种偶然的，但令人愉悦的接近，一个附属的、装饰性的世界，一个不可能在任何方面制约他的世界。晒黑的女士从她的床垫上，对他微笑了一下，还打了个招呼，他也回应地微笑了一下，模糊地打了个招呼，立刻垂下目光。但那位女士却说了点什么。

“什么？”

“您读书呀，您总是读书吗？”

“唔……”

“有趣吗？”

“是的。”

“您继续好好读！”

“谢谢！”

不能再把眼睛抬起来了。至少要结束掉这一章。他一口气读完了。那女士现在嘴里含着烟，指指烟，朝他打了个手势。阿梅代奥感到，她试图引起他的注意力已经有一阵了。“什么？”

“……火柴，抱歉……”

“啊，没有，您知道，我不吸烟……”

上一章读罢，阿梅代奥赶紧读起下一章的前几行，并发现这一章是出乎意料地吸引人，但是，为了能无忧无虑地开始新的一章，得尽快解决火柴问题。“您等一下！”他站起来，在礁石间跳起来，给太阳晒得晕晕乎乎的，直到找着一小撮吸烟的人。他借了一盒密涅尔瓦牌火柴，跑到女士跟前，给她点上烟，又跑回去还密涅尔瓦牌火柴，他们对他说：“您拿着，您尽管拿着好了。”他又跑回那女士跟前，把密涅尔瓦牌火柴留给那女士，她谢了他，跟她告别前，他又愣了一小会，但很快明白过来，在那阵迟疑后，自己就得说点什么，于是道：“您不下水吗？”

“过一会儿，”女士说，“那您呢？”

“我已经下过了。”

“那您不再跳水了吗？”

“还要跳的，我再读上一章，然后再游一会儿。”

“我也是，抽完这支烟，就去跳水。”

“那么，待会见。”

“待会见。”

这种约定给阿梅代奥重新带来一种安宁，这种安宁——现在他才意识到——自从他发现了孤独度假者的出现后，就再没体会过：如今他没有要和那位女士保持任何关系的心理负担了；一切都推延到游泳那一刻了——就算没有那位女士，游泳他也总是要游的——他便可以心无旁骛地投入到阅读的愉悦中去了。他都没有发现，不知道什么时候——反正是当他还没读到本章结尾时——度假者抽完烟，站起来，朝他走来，邀请他去游泳。他看见离书不远处的木屐鞋，还有笔直的双腿，目光跟着爬上去，随后眼睛又落回书页上——因为阳光很刺眼——匆匆读了几行，又往上看去，但听她道："您的头还没炸吗？我可要跳水了！"待在那里也很不错，继续读着书，不时抬抬眼睛。但是，由于不能再推了，阿梅代奥做了件从未做过的事：跳过了几乎半页书，直到本章的结尾，这结尾他读得倒是很仔细，然后站起来。"我们走吧！是从顶端跳下去吗？"

说跳水说了这么长时间，女士只是十分谨慎地，从和水面齐平的一节台阶上下了水。阿梅代奥则从比平常要高一些的石头上，头朝下地跳进水去。那一会儿太阳斜得很慢。海是金色的。他们在那片金色中游弋，隔着一段距离：阿梅代奥时不时地沉下水，潜水划上几下，然后从女士下方经过时吓唬她一下，他这么玩得倒蛮开心。我们就说他玩得蛮开心好了：都是些小孩子耍的把戏，大家都知道，但还能做什么呢？两个人游泳比一个人游要稍稍无聊点；但总之，只有一点点的区别。在金色的反光之上，海水使它的蓝色变暗了，就好像从水底涌出来一片墨迹。这是徒劳的，没有什么东西可以和书籍中生活的滋味等同。阿梅代奥跳过一些半浸在水中、长着毛的礁石，领着受到惊吓的她——为了帮她爬上一座小岛，他推过她的臀部和胸部，但是他的手在水下变得几乎失去知觉，而且他也只是用白白的、皱成波纹状的手指肚碰了碰——而他的目光却越来越频繁地转向岸边，岸边那本书的彩色封面格外显眼。再没有别的故事和其他可能的期待，比夹着书签、悬在页码间的故事和期待更揪人心了，余下的全是空荡荡的停顿。

可是回到岸边，他们互相帮着爬上去，用毛巾弄干身子，再轮流擦擦背，到最后就营造出某种亲密的气氛，于是阿梅代奥觉得，现在他一个人回去可能会不大礼貌。“呃，”他说，“我在这里读读书；这就去拿书和枕头。”读书，他注意到要这么来告诫一下，很不错。而她则说：“好的，您真棒，我也要抽支烟，读一会儿《安娜贝拉》。”她有一本女性杂志，于是双方都可以读一会儿自己的书了。虽然她只是说了句：“您为什么在那么硬的地方待着？您来床垫上，我给您腾出点地方来。”可那声音却犹如一滴冷水，落在他的后颈上。这个建议是周到的，在床垫上待着很舒服，阿梅代奥欣然同意了。他们躺着，他朝一个方向，她朝另一个方向。她不再说话，翻着那些有图案的纸张，阿梅代奥可以完全沉入阅读之中。此时的太阳是那种迟迟不肯到来的落日，热度和光芒虽然还没有减弱，但都已经柔和了些许。阿梅代奥正在读的那本小说，到了人物和环境的重大秘密正在被揭露出来的节骨眼上，他们在一个熟悉的世界里活动，而在作者和读者间，却是达到了一种平等而密切的境界，于是他们一同前行，再也不想停下来。

在橡胶床垫上，为了防止四肢麻木，还可以做一些小的活动，而他这个朝向的一条腿和她那个朝向的一条腿，就这么拢在了一起。这并没有让他感到不快，于是他就继续那么搁着腿；她看起来也不怎么厌恶，因为她也一动没动。这种接触的甜蜜在阅读中得到了升华，但只是对阿梅代奥而言，这使阅读更加完满；然而对度假者而言，情况应该是不同的，因为她直起身，坐着说道：“但是……”

阿梅代奥不得不把头从书上抬起来。女人正看着他，她的双眼愁苦。

“有什么不对劲？”他问道。

“您一直读书都不会累吗？”女人说，“真没法说您是位能做伴的人！您不知道和女士们在一起，是要谈话的吗？”她似笑非笑地补充道，也许只想嘲讽一番，但在阿梅代奥看来，那微笑甚至是威胁性的，就好像如果他那一刻还不能从小说中脱出身来的话，就不知道会付出怎样的代价。“我都干了什么呀，怎么会待在这里！”他想着。现在已经很明白了，有那个女人在身边，他是一行也读不 成了。

“得让她明白过来，她错了，”他想，“我可不是什么海滩上的齐齐斯拜奥[①]，而且我是那种最好不要接近的家伙。”“谈话？”他大声说，“什么样的谈话啊？”同时一只手伸向她。“对啦，如果我现在把手放到她身上，她肯定会觉得被这么个不合适的举动冒犯了，最好还能给我个巴掌，然后她就可以走掉了。”但是，也许是他天性谨慎，也许是因为一种与以往不同的更为甜蜜的愿望，一种他实际上正在追随的愿望，总之事实是，那一个抚摩，不仅不是蛮横和挑衅的，反而是腼腆而伤感的，甚至几乎是恳求的：他的手指擦过她的脖子，拎起她脖子上的一挂小项链，然后又让这项链滑下去。女人的回应先是迟缓的，就像是听之任之，还略带讽刺的意味——她

① 为 cicisbeo（十八世纪时各种社交场合中贵妇人的陪伴骑士，向女士献殷勤的男子）的音译。

把下巴垂到一侧，夹住了他的手——然后是迅速的，就像是算计好了的猛攻：在他手背上咬了一口。“哎呀!”阿梅代奥叫道。他们分开了。

“您是这么跟人谈话的吗?”女士说。

“好了，”阿梅代奥快速推理着，“我这个谈话的方式她不喜欢，所以话就谈不成了，那我就读书了。”他已经投入书中新的一段。但他还在骗自己：他很明白，他们已经走得太过头了，在他和晒黑的女士之间，已经产生出一种张力，这张力再不能被中断了；他也明白，是自己首先不想中断这张力的，以至于他再也回不到阅读那唯一的张力中去了，那种全神贯注而隐秘的张力。他只能尽量使这种外在张力，我们这样说，能与那种内在张力有着相平行的路线，这样就可以既不用放弃女士，也不用放弃书本了。

因为女士是背靠礁石而坐的，他便坐到她身边，并把一条胳膊环在她肩上，书搁在膝盖上。他朝她转过身去，吻她。随后两人分开，接着又亲吻起来。然后他才垂下头，读起书来。

他还想尽可能地再往下读读。他担心不能把这本小说读完：一段海滩关系的开始，可能意味着他孤独而平静时刻的结束，意味着一种完全不同的节奏，这节奏将占据他的假日。大家知道，当一个人完全融入一本书的阅读中去时，如果中途不得不打断阅读，然后过了一段时间再接下去读的话，那么读书的乐趣是会丧失大半的：这样会忘记很多细节，不可能再像先前那样沉入其中了。

太阳从前面一个海角上慢慢落下去，然后又从那个海角的前面一个海角上继续往下落着，给它们的棱角留下了颜色，逆着光的。

所有的海水浴者都从海角的沟壑中离去了。现在只剩下他们了。阿梅代奥一只胳膊绕住度假者的双肩，时而读读书，时而吻吻她的脖子和耳朵——他感觉她喜欢这样——不时地，当她转过身来时，他也吻她的嘴；然后就继续读书。也许这下他算是找到理想的平衡了：也许他能一直这样，读上个百来页。但又是她想改变这种状态。她僵硬起来，几乎是在拒绝他，说："迟了。我们走吧。我穿衣服了。"

这个生硬的决定打开了完全不同的局面。阿梅代奥有一点摸不着方向，可也没再权衡利与弊。这书他正读到高潮，而她却说了句："我穿衣服了。"那话刚叫他听到，就立刻在他脑中被翻译成这另一句话："当她穿衣服时，我就有时间不受干扰地再读上几页了。"

但她却道："请你帮我举一下毛巾。"她对他说，也许是第一次用"你"来跟他互称。"这样就没人看到我了。"这个预防措施是毫无意义的，因为礁脉上都已是空无一人了，但阿梅代奥心甘情愿地同意了，反正他可以坐着举毛巾，并继续读搁在膝盖上的书。

在毛巾的另一边，这女士解开了胸罩，也无所谓他能否看到她。阿梅代奥不知道，是要看着她但同时假装在读书呢，还是要读着书但同时假装在看她。他觉得两种做法都挺有意思，但要是装作看她呢，他觉得会显得太冒失，而要是装作继续读书呢，又太冷漠。这女士并没有使用海水浴者在公众场合惯用的着衣方式，也就是先把衣服穿上，再把衣服底下的泳装脱掉；她则不：这会她正裸着胸，连 slip[①] 也脱了。那时是她第一次把脸转向他：这是张忧伤的脸，嘴

---

① 英语：泳裤。

巴就像条愁苦的褶子，她摇着头，摇着头，注视着他。

“反正总得发生的，那就不如早点来!”阿梅代奥这样想着，扑向前去，手中还抓着书，一根手指夹在书页中，但他在那目光中读出来的——责备，怜悯，沮丧，就好像她想对他说:“你真傻，反正都得做，我们不如就做了吧，可你也跟别人一样，什么都不懂……”也就是那个他没有读出来的，因为在那些目光中，他不会读，但只会模糊地感觉，这些他读出或是没读出来的东西，带给他一刻对那女人的如此兴奋，以至于他拥抱住她，并与她一起倒在床垫上，接着他赶紧把头转向书，看书有没有掉到海里。

而书正好落在了床垫边上，摊开着，可是翻过了几页，而阿梅代奥，尽管仍被拥在她双臂间的激情中，居然还尽量腾出一只手来，把书签夹到正确的页码上：他想赶紧重新把书读起来，却找不到故事主线地翻着书，没有比这更烦人的了。

他们对爱意的领会堪称完美。也许本可以再持久一些；但在他们的这次相遇中，一切难道不都是闪电般的吗?

天色暗下来。礁石往小海湾中展开一道滑槽。这时她下去了，半没入水中。“你也来呀，我们再游最后一次……”阿梅代奥咬着一片嘴唇，盘算着到结尾还差多少页没看。

一个近视眼的奇遇

阿米尔卡莱·卡鲁加还很年轻，也不缺钱，对物质和精神上都没有太大的野心，于是，没有什么东西可以阻止他享受生活。但他发现，这样的生活于自己而言，正在不知不觉地失去味道，而且已经有一段时日了。尽是些无聊的事：比如，看大街上的女人；曾经他习惯直接用眼睛在她们身上贪婪地扫来扫去；现在他呢，也就是本能地看看女人，但很快他就感觉，这些女人吧，就像一阵风刮过，不能给他带来任何感觉了，于是现在他只是冷漠地垂下眼睑。新城市一度叫他兴奋——因为做生意，他经常旅行——而现在他只感到厌恶，混乱，摸不着方向。以前晚上他总是习惯——他一个人过——去电影院：不管放什么，他都乐意看；谁要是每晚上都去电影院，就好像在看一部很长的电影，不过是分集看的：他认识所有的演员，哪怕是滑稽角色和临时演员，而每次都能把他们辨认出来，这本身就蛮好玩。可是，现在，即使是在电影院，所有这些面孔都让他感到乏味，呆板和平庸；他厌倦了。

最后他明白了。是因为他近视。眼科医生叫他配副眼镜。自那一刻起，他的生活改变了，变得比之前要丰富一百倍。

每次戴上眼镜，这本身就令人激动。我们就拿在电车站等车来说好了，当看到周围所有的人和物都是如此普通，平庸，并为自己这样的存在而精疲力竭时，他是感到如此伤心，而他就在那里，在那样一个形色憔悴且软弱无力的世界里胡乱挣扎。而当他戴上眼镜，来读到站的电车是几路时，那么一切就都变了；最随随便便的什么东西，哪怕是一根电线杆，也被许多精密的细节描绘出来，轮廓都是如此利索，而脸，每张陌生的脸庞上，都充盈着各式各样的标记，胡子，小疖子，还有以前都不会叫人生疑的表情上的细微差别；衣服也能看得出是什么料子做的了，能猜得出织法，能窥视得出衣角边的磨损。观看变成了一种娱乐，一出表演；不是指看这个或那个，而是指观看本身。就这样，阿米尔卡莱·卡鲁加忘了关注来的是几路车，错过了一班又一班，再或者是上错了车。他看到数量如此之多的东西，搞得就像什么都看不到了。他不得不慢慢养成习惯，从头开始学什么是无关紧要的，什么又是必须看的。

他在街上遇到的那些女人，之前都已化作感触不到的模糊阴影了，而现在，他又可以清晰地看见她们的身子，在衣服里活动起来时要上的盈亏游戏，可以评价出她们皮肤的新鲜度，估摸出那目光中包含的热度，这不再让他感觉只是在看她们了，而简直是在占有她们。但当他不戴眼镜地走路时（他也不总戴着眼镜，这样可以避免自己无谓地劳累，而只是当他要看向远处时才会戴上），在人行道上，他跟前会突然勾勒出一件色彩鲜艳的衣服。阿米尔卡莱已经会自动地立刻从口袋中掏出眼镜，架在鼻梁上。这种在感官上不加以区分的贪婪，经常会受到惩罚：因为很有可能来者会是一位老太。阿米尔卡莱·卡鲁加变得更加小心。而有时，从衣服色彩和走路姿态来看，一个迎面而来的女人会让他感觉太不起眼，平常无奇，以至于不值得考虑，他也就不戴眼镜了；而当后来他们擦身而过时，他才发现她身上有种非常吸引人的东西，谁知道那是什么东西，就那一瞬间里，他感到抓住了她好似等待的目光，这目光也许在他第一次出现时，就已经留在他身上了，而他并未察觉；但现在为时已晚，她消失在十字路口，上了公交车，远在红绿灯的那头了，而他再也不会认出她了。就这样，通过对眼镜的需要，他在渐渐地学会生活。

但是眼镜为他打开的最新奇的世界是夜世界。夜间的城市，被笼在无形的阴云和彩色的微光中，此时展现出精准的切线，突出部分，还有透视效果；光也有着精确的边缘，霓虹灯上的字之前还是浸溺在模糊不清的一圈光晕里的，现在每个字母都清晰明了。但是夜晚的美丽之处正在于，那不明确的边缘，在白天的光线下，是会被眼镜驱除干净的，然而此时这里却给保留了下来：阿米尔卡莱·卡鲁加起了戴上眼镜的愿望，随后才发现这眼镜他已经戴上了；完满感永远敌不过不满的驱动；黑暗是片无底的沃土，在这片土地上他永远不会疲于挖掘。从大街上，在那些黄窗子终于[1]被点缀成了

① 用“终于”可能是因为，没戴眼镜前，“黄窗子”模模糊糊，看不清楚，呈不出“四方形”的形状。

四方形的房子之上，他抬眼望向星空：发现星星不再像打散的蛋一样被压扁在天幕上，而是剧烈的光束，在他周围打开了无尽的距离。

这些对于外部世界现实的关注，是和他对自身存在的关注分不开的，而这些关注还是缘于眼镜的使用。阿米尔卡莱·卡鲁加并不是很在乎自己，但就像偶尔正是会发生在那些最简单的人身上一样，他极度热爱起自己的存在方式。现在，从没眼镜的一类人过渡到有眼镜的一类人貌似寻常无奇，实则是种巨大的跳跃。你请想一想，当一个不认识你的人试图要描绘你，他首先会说的是“一个戴眼镜的”；于是那个异常的配件，那个十五天前跟你还完全不相干的东西，一下子就成了你的第一属性特征了，与你的自身存在同为一体。傻点来说吧，阿米尔卡莱突然成了“一个戴眼镜的”，这很有点让他不舒服。但问题并不仅在于此，而是在于，一旦你疑惑起所有跟你有关的东西都是纯粹偶然的，可变的，那么你自己也可以完全不同，于是就什么都无所谓了。沿着这个路子想下去，你就会想，你的存在与否压根就是一回事，而从这里到绝望的境地也就不会很远了。所以当阿米尔卡莱挑选镜架时，他本能地选择了一种最细的镜架，仅仅是一副单薄的银质眼镜腿，这眼镜腿从上方支撑着裸片，而这裸片之间则是由一截小支架连接起来的，压在鼻中段上。于是他就这样过了一段时间；然后他发现自己不是很幸福：如果他不经意在镜子里瞥见自己戴眼镜的模样，他会对自己的脸产生一种强烈的厌恶感，好像那是跟他毫不相干的一类人典型的脸。正是那副如此不起眼，轻盈，几乎是女性化的眼镜，让他比过去任何时候都更像“一个戴眼镜的”，一个一辈子除了戴着那副眼镜就没干过别的什么事的家伙，以至于人们都不会注意到他是戴眼镜的。那眼镜成为了他相貌的一部分，和他的面容搅和在一起，于是，在他先前的那张脸——尽管是普普通通的一张脸，但怎么说也是一张脸——和那个不相干的物件间，每一处的天然反差就这么减轻了，那个不相干的物件，一个工业产品。

他不喜欢这眼镜，于是眼镜不久以后就掉下来摔破了。他又买了一副。这次他的选择截然相反：挑了一副黑塑料镜架的眼镜，这镜架足有两指宽，装铰链的边框就像马眼罩一样突在颧骨上，眼镜腿重得能把耳廓压弯。这简直就是张把脸遮住一半的面具，但在那面具之下，他却能找回自己：毫无疑问，他自己是一个东西，而眼镜则是与他完全分开的另一个东西；显然，他只是很偶然地戴上了眼镜，于是显然，没戴眼镜时，他便是一个全然不同的人。他又自觉得幸福起来，这也是他的本性使然。

那段时期，由于生意上的原因，他碰巧回到V城。V城是阿米尔卡莱·卡鲁加的出生地，在那里他度过了自己整个的青年时代。但他离开自己的城市已有十年之久，而他每每回到V城的停留都变得越来越短暂和时有时无；而这回是已经好些年，他都没踏上过那片土地了。大家都知道，当一个人离开自己曾长久居住过的环境时会是怎么样的：隔了很长时间再回来，会感到浑身不自在，就好像那些人行道，那些朋友，那些咖啡店里的谈话，要么就是全部，要么可能什么都不是，要么也就跟着这般日复一日地过着，要么是再也无法参与其中，过了太长时间再露个面的想法又让人内疚，于是他便摒弃这样的念头了。于是渐渐地，阿米尔卡莱就不再伺机返回

V 城了，然后是如果有机会，他也会放过，到最后简直就成了刻意回避。但最近一段时间，在这种对出生地的消极态度中，除了这个刚定义出来的心态外，在他身上还出现那种对凡事都冷淡的感觉，而他则把这种冷淡和自己近视的进程联系起来。反正现在，眼镜又给他提供了新的精神状态，于是一有机会去 V 城，他就一把抓住，回去了。

V 城的光景让他感觉和前几次去时完全不一样了。但倒不是因为有了什么变化：是，城市是变了很多，新建筑是无处不在，商店、咖啡店和电影院是和以往全然不同，还有那些谁认识的年轻人，而且路上的车子也比以前翻了一倍。但这一切新事物，不过是用来突出那些老东西，并使它们变得更易于识别，反正阿米尔卡莱 · 卡鲁加是第一次能以他还是个小伙子时的双眼，来重新看待这个城市，就好像他是一天前刚离开的这里。戴着眼镜，他看到无限微不足道的细节，比如某一扇窗户，一截栏杆，也就是说，在周围的一切中，他是有意识地看这些东西，并选择了它们，而以前他只是看到它们就完了，更别说那些脸了：一个卖报人，一个律师，一些人变老了，另一些人还是老样子。阿米尔卡莱 · 卡鲁加在 V 城的直系亲属早就没了；玩得最好的一群朋友也有段时间下落不明了；但他认识的人还是多得无穷尽，因为在这么小的一个城市里——是指直到他还住在这里的那个时代——也不会说这里大家互相都认识了，起码是脸熟的。现在这里——就像北方最受欢迎的几个城市中心——人口增长了好多，也有一些南方来的移民，阿米尔卡莱遇到的脸，他大都不认识：但正因为此，当他一眼就认出老居民时，心下是欢喜不已，还会想起一些过往的片段，与他们的交往，还有他们的绰号。

V城是本省[①]晚上会在主干道搞步行街习俗的城市之一，这方面还一点未变，从阿米尔卡莱的时代一直保留到如今。两条人行道，总是这样，一条道上永远涌着络绎不绝的人流，另一条道上则要少一些。在阿米尔卡莱那个时代，他和他的朋友为了某种反随波逐流的情绪，总是走那条人不怎么多的道，他们会从这条道上向那条道上的姑娘们挤眉弄眼，打招呼，开玩笑。他感到现在就跟当年一样，甚至比以往还要激动，于是他上了以前走的老路，望着来来往往的人群。有时会遇到熟人，这并没有使他不爽，反而让他觉得有趣，还赶紧跟他们打招呼。他甚至愿意停下和某些人闲扯上两句，但V城主干道边上的人行道非常窄，以至于密集的人群只能推搡着前行，加之现在车子又多了许多，所以不能像从前那样也能在马路中央走了，不能想从哪里穿马路就从哪里穿了。反正这步散得不是太快，就是太慢，没有活动的余地，阿米尔卡莱要么得跟着人流，要么得费劲地溯流而上，而当他隐约看到某张熟识的脸时，也就是刚好有时间跟那张脸示意一下，那脸就消失了，他都搞不清楚自己有没有被看到。

现在他碰到了科拉多·斯特拉查，他的同学，也是多年的台球伙伴。阿米尔卡莱跟他笑了笑，还打了个幅度很大的手势。科拉多·斯特拉查迎面而来，目光像是落在他身上，也像是越他而过，并未多加停留，而科拉多也是继续走他的路。可能是他没认出来阿

① 意大利的省，是次大区一级的行政区域。意大利的大区相当于中国的省。

米尔卡莱？是过了很长时间，但阿米尔卡莱·卡鲁加很清楚，自己并没怎么变样；直到那时为止，他既躲过了肥胖，也躲过了秃顶，他的外貌并没有遭受很大的恶化。现在又是卡瓦那教授。阿米尔卡莱很恭敬地跟他打了个招呼，还稍稍鞠了躬。教授起初还本能地有意回应他，然后教授却停下来，张望了一周，就像在找别的什么人。这可是卡瓦那教授！他当年可是以善于记住人的相貌而闻名，因为他总能记得所有数目众多学生的脸，名和姓，甚至还有他们的季考成绩！最后是齐乔·科尔巴，足球队的教练，回应了阿米尔卡莱的招呼。但是教练很快就眨了眨眼睛，吹起了口哨，就好像发现自己错拦下一个陌生人的问候，这问候都不知道是给谁的。

阿米尔卡莱明白了，没有人会认出他来。那副眼镜使他的世界如此清晰可见，那副巨大的、有黑镜架的眼镜，却使他成了不能被看见的了。有谁会想到，待在那种面具后的，正是他阿米尔卡莱·卡鲁加，那个长期远离V城的阿米尔卡莱·卡鲁加，那个没有人指望会随时碰到的阿米尔卡莱·卡鲁加呢？正当他得出这些结论时，伊萨·玛丽亚·彼埃蒂出现了。她和一个朋友一起，边散步边看橱窗，阿米尔卡莱突然来到她正前方，刚想说："伊萨·玛丽亚！"但他的喉咙里却吐不出声音来，伊萨·玛丽亚·彼埃蒂用胳膊肘挡开他，对她朋友说："这可是现在人们的举止……"她继续往前走。

就连伊萨·玛丽亚都没认出他来。他突然明白过来，自己只是为了伊萨·玛丽亚·彼埃蒂才回来的，当初也只是为了伊萨·玛丽亚·彼埃蒂，自己才想离开V城，才在远方待了这许多时间的。他也明白，这一切，他生活中的一切，世界上的一切，也都只是为了伊萨·玛丽亚·彼埃蒂，而现在他终于又看到她了，他们的目光相遇了，而伊萨·玛丽亚·彼埃蒂却没认出他来。他是如此激动，以至于都没发现她是否变了，胖了没，老了没，是否还一如既往地有魅力，变得更有魅力了，或是没有魅力了，他也一点都没看见那人是不是伊萨·玛丽亚·彼埃蒂，也没看见伊萨·玛丽亚·彼埃蒂有没有看见他。

他走到这条街步行路段的尽头。这里的人们，总是在冰淇淋店一角，或是在更前面一个街区的报亭那里调头，转过来又在人行道上逆着先前的方向走起来。阿米尔卡莱·卡鲁加也掉了个头。他把眼镜拿掉。现在世界又变回一团无滋无味的云雾了，他胡乱摸索着，睁大了眼睛，可还是什么都看不清。倒不是他什么人都认不出来：在光线最好的地方，他总是差一点就要识出某张脸，但总是会疑心那人并不是他以为的那个人，不过反正那人到底是或不是，他也不是很有所谓。有人示意一下，打个招呼，有可能是在跟他问好，但阿米尔卡莱不是搞得很清楚那人是谁。另外还有两人，跟他擦肩而过时，也跟他打了招呼；他正要回应，但又想不出他们是谁。还有一个人，从另一头的人行道上，向他喊了一声："你好啊，卡鲁①！"从声音上来判断，那人很可能是某个斯特尔维。阿米尔卡莱非常高兴地发现，人们还能认出他来，还能记得他。不过这只是一种相对的高兴，因为他甚至都没看到他们，或者没认出来他们，这些人在他的记忆中，互相之间都混淆起来，说到底都是些他相当无所谓的

① 应该为卡鲁加的昵称。

人。“晚上好啊!”当他发现一次示意、一个点头时，他偶尔会这么说。这下，那个刚刚跟他打了招呼的人，要么是贝林图西，要么是卡莱蒂，要么是斯特拉查。如果是斯特拉查，他还真愿意停下来，跟他说会话的。但他已经迅速地回应过他了，回头再想想，他们的关系仅限于此，也蛮自然的，这种例行的匆忙问候的关系。

但他那四处张望的眼睛，却是显然有目的的：追寻伊萨・玛丽亚・彼埃蒂。她穿了件红大衣，所以在远处就应该能看到的。阿米尔卡莱追随一件红大衣追了好一会儿，但直到他得以超过她时，才发现那不是她，而同时，另外两个红大衣正迎面而过。那一年十分流行春秋季穿的红大衣。比方说，他先前看到的那个，在烟草店工作的吉吉娜，也穿着同样的大衣。现在一个红大衣先跟他打了招呼，阿米尔卡莱冷冷地回应了她，因为肯定是那个在烟草店工作的吉吉娜。接着他又生了疑，也许不是烟草店的吉吉娜，而正是伊萨・玛丽亚・彼埃蒂！但他怎么可能把伊萨・玛丽亚・彼埃蒂认成吉吉娜呢？阿米尔卡莱转身原路返回，想去看个究竟。他遇到了吉吉娜，这一次是她，毫无疑问；可如果她现在是迎面走来，是不可能走完一大圈后，再折回到这里的；要么是她很快就调了头？他什么都搞不懂了。如果是伊萨・玛丽亚・彼埃蒂跟他打了个招呼，而他却如此冰冷地回应她，那所有的这次旅程，所有的那番等待，所有逝去的年华，就都是毫无意义的了。阿米尔卡莱在那些人行道上来回走着，一会儿戴上眼镜，一会儿又拿下来，一会儿跟所有的人都打招呼，一会儿又接受雾状而无名幽灵们的问候。

走到步行路段的另一头后，大街还在继续向前延伸，很快就出城了。那里有排树，有条沟，再往远处去是道篱笆，还有田地。想当年，晚上的时候，谁要是有女朋友，就会跟着女朋友，臂挽臂地去那里，而谁要是独身，也会去那里，为了更加地孤单，去坐在长板凳上，或者去听蛐蛐歌唱。阿米尔卡莱·卡鲁加继续在这一边走着。现在城市扩展了一些，但也不是很多。那里仍有板凳，有沟，有蛐蛐，还跟以前一样。阿米尔卡莱·卡鲁加坐下。夜晚把所有的景色化作大片的阴影。而那副眼镜，戴上或拿下，在那里全都一个样。阿米尔卡莱·卡鲁加明白了，对于新眼镜的激动也许就是他生命中的最后一次激动，而现在这激动已经结束了。

一个妻子的奇遇

斯特法妮娅·R. 夫人这天早上六点的时候正往家赶。这是第一次。

汽车没停在大门前，而是停在大门前面一点的拐角处。是她让弗尔耐罗把她丢在那里的，因为她不想让看门人看见，丈夫出门在外，她大清早的由一个青年男子送回家。弗尔耐罗刚关了发动机，就准备搂她的肩。斯特法妮娅·R. 往后退了下，就好像一靠近家，情况就完全不同了。她倏地赶紧从车上逃下，朝弗尔耐罗弯腰示意，叫他发动车子离开，她则往回走，小碎步走得飞快，脸埋入衣服的翻领中。这是通奸吗？

但大门还是关着的。斯特法妮娅·R. 没料到会是这样。她没带钥匙。就是因为没带钥匙，她这才在外面过夜的。所有的故事都根源于此：直到几点前，都还是有上百种办法把门打开的；或者更好地说，她之前本应该想到，自己是没带钥匙的；然而没有，就好像她是故意这么做的。下午没带钥匙她就出了门，因为以为是要回家吃晚饭的，可她那些许久不见的女性朋友和她们的男性朋友，一大伙人就这么先把她拖去吃晚饭，再去喝酒，之后又一家家地去跳舞。夜里两点才想起自己没带钥匙，是迟了些。这都是因为她有那么一点爱上那个小伙子，弗尔耐罗。她恋爱了吗？她有那么一点点恋爱的感觉。看事情呢，要用词准确：既不多也不少。她和他过了一夜，这是真的：但那种表达方式太过分了，完全不是这种场合下用的；小伙子陪着她等大门打开。这就是全部了。六点时，她以为门已经开了，于是六点的时候就赶紧往家赶。这也是为了不让七点来家的保姆发现她前一夜是在外过的；而且这一天，她的丈夫也会回来。

现在她发现大门仍是关着的，她一个人在那里，站在空荡荡的路上，在清晨的光线下，那时的光线，比一天内任何时刻的光线都要通透，因此所有的东西都好像是穿过镜片看到的一样。她感到一种惊愕的痛苦，也渴望自己已经在床上躺了好几个小时，正陷于每天清早那沉沉的熟睡中，渴望丈夫就在自己身边，渴望他的保护。但这只有一刹那，甚至连一刹那都没有：也许她只是在等待自己能体会那种惊愕，而事实是，她并没有体会到。看门人还没把门打开，真是件麻烦事，非常的麻烦，但在那天大清早的空气中，在她彼时独自一人待在那里的这种状态中，却有某种东西在涌动，让她的血液沸腾起来，而这沸腾，并不叫人生厌。把弗尔耐罗打发走，她甚至都不觉得后悔：和他在一起，她会有点紧张；而自己待着，她感到身上有种不同的焦虑，这有点像她还是个小姑娘时的那种焦虑，但又完全是另外一种方式。

她不得不说：在外面过了一夜还真不后悔。她感到自己良心坦荡。但她这么坦荡正是因为她已经跃过了那一界限，因为她终于还是丢弃了夫妻间的责任，或者相反，她的坦荡是因为她抵制住了，因为她守住了忠贞，尽管如此，这还算是忠贞吗？斯特法妮娅这样自问着，而这种不确定性，不明白这些事情究竟是个怎么回事的这种不确定性，和早晨的清爽结合在一起，让她轻微地哆嗦起来。她这究竟算不算是通奸？她前后徘徊着，手缩进长大衣的袖子里。斯特法妮娅·R. 结婚有几年了，从来没想过要背叛丈夫。她嫁为人妻的生活，如同一种等待，在这之中，她当然还是感到缺了点什么的。这几乎是当她还是小姑娘时那种等待的延续，就好像自己还没有完全从青春期里走出来，甚至，似乎现在正是她该从一种新的青春期中出来的时候，这是一种面对丈夫的青春期，而且正是终于能与他平起平坐，正是自己要面对世界的时候。而她曾在等待的，是通奸吗？这通奸的人，又是弗尔耐罗吗？

她看见那头有几个人，在人行道那一边，咖啡店已经把金属门帘拉开了。她需要一杯热咖啡，马上。她过去了。弗尔耐罗只是个小伙子。对他不能用其他什么更重的词了。他把她哄上他的小车，整个晚上就没下来过，他们把丘陵前前后后转了个遍，还去了河滨大道，直到看见了破晓。在此期间，他们没汽油了，不得不推着汽车走了一段路，还把睡着了的加油工喊醒。这是一个年轻人的夜晚。有那么三四次，弗尔耐罗的企图非常危险，有一次他甚至把她带到了他的公寓，并停在那儿，坚持道：“你现在就不要再找借口了，跟我上来。”斯特法妮娅没上去。这样做对吗？那之后呢？现在她不愿再想这事，她过了个不眠之夜，很困。或者更好地说：她没发现自己其实已经很困了，只是因为现下的精神状态不合常规，可她一旦上了床，肯定会猛地睡去。她会在厨房的留言板上给保姆留言，让保姆不要叫醒她。更晚一些，当丈夫回来时，他也许会来叫醒她的。她还喜欢丈夫吗？当然，她是喜欢他的。然后呢？她也不再自问了。她有一点点爱上了那个弗尔耐罗。一点点。但他们什么时候才能把那道该死的门打开？

咖啡店里，椅子还是架在桌上的，地上还有些残屑。店里只有一个侍者，在吧台前。斯特法妮娅来到前面；在那么不寻常的钟点，她在那里却丝毫没有感到任何不适。谁会知道什么呀？有可能是她那会刚起来，有可能是她要赶往火车站，或是刚到火车站。而且在那里，她不需要注意任何人。自己能这样感觉，她心下不胜欢喜。

“来一杯浓咖啡，大杯的，滚烫的。”她对侍者说。她用了一种很自信的语调，就好像和这个男人早已十分熟络了，然而这里她却从没有来过。

“好的，夫人，稍等片刻，因为我们还要预热一下机器，一会儿就能好。”侍者说，又补充道，“早上这会，我身上暖起来花的时间比给机器预热的时间要多得多。”

斯特法妮娅笑了，她缩在大衣的翻领里，发出一声：“噗……”

店里还有个男人，一个客人，他站在一边，望着窗外。斯特法妮娅打战时他转过身来，也直到那时，她才发现他，就好像两个男人的出现突然使她意识到了自己，她在吧台后面的水晶玻璃制品上仔细地照起镜子来。不，看不出来她在外面转了一个晚上；她只是有点苍白。她从包里取出化妆盒，扑了点粉。

那男人来到吧台旁。他穿着件深色外套，戴着条白色的丝质围巾，外套里面是件深蓝色的衣服。“在这个时候，”他说，并没朝向任何人，“醒着的人分两种：还没有睡的，和已经醒了的。”

斯特法妮娅微微一笑，目光并没有停留在他身上。反正她已经看清楚他了：他有张既多愁善感，又略显平庸的脸，有这种脸的男人，对自己、对世界都太过宽容，还没到老就已经达到了一种介于智慧和愚蠢之间的境界。

“……就像有这么一位漂亮的女士，在向她问了‘早上好’以后……”他对斯特法妮娅欠了欠身，并把嘴里的烟拿掉。

“早上好。”斯特法妮娅说道，有点讽刺的意思，可也不算很尖酸。

“……人们会自问：她是没有睡，还是已经醒了？是已经醒了，还是没有睡？这是个谜。”

“什么？”斯特法妮娅说，一副已经懂了但不怎么想开玩笑的神情。男人不是很得体地仔细打量她，但斯特法妮娅什么都不在乎，即使她知道自己是一个“还没有睡的”人。

“那您呢？”她有些恶意地问；其实她早看出来了，这位先生是那种喜好卖弄自己夜猫子习性的人，如果人们不即刻把他认成夜猫子，这会让他很难受的。

“我，还没睡哪！永远是还没睡的！”然后他就想了：“为什么？难道她没看出来吗？”他对她笑笑，但也只是想嘲笑一下自己。他又在那里待了一会，咽着口水，就好像他的口水很难吃。“白昼的光线在驱赶我，使我像蝙蝠一样归穴。”他漫不经心地说，就像在演戏。

“这是您的牛奶，这是夫人的蒸馏咖啡。”侍者说。

男人在杯子上面吹了吹，并慢条斯理地呷起来。“味道好吗?”斯特法妮娅问道。

“真恶心。”他说，然后又说，“据说是解毒的。但我还有什么毒好解的？如果有条毒蛇咬我，蛇立马就能死。”

“只要健康就好……”斯特法妮娅说。他开玩笑也许有点开过头了。

事实上那个男人还在说：“唯一的解毒药，我知道，如果您想我说的话……”谁知道他想达到什么目的。

“多少钱?”斯特法妮娅对侍者说。

“……我一直在寻找的那种女人……”夜猫子继续说着。

斯特法妮娅出门去看他们有没有把大门打开。她在人行道上往那边走了几步。没有，还是关着的。同时那男人也从咖啡店里出来了，一副要跟着她的样子。斯特法妮娅又踩着自己的步子折回咖啡店。那男人没料到她会这么做，不是十分确定地待在那里，正准备也回咖啡店，突然有了作罢的想法，于是走上了自己的路，咳嗽着走了。

“您有烟吗?”斯特法妮娅问侍者。她一支烟也没了，但想一进家时就抽上一支。烟草店还是关着的。

侍者拿出一盒烟。斯特法妮娅接住烟，付了钱。

她又来到咖啡店门槛上。一只狗差点撞上她，却被一条皮带牵住了，一个猎人拉着它，他背着猎枪、子弹袋，还有装猎物的口袋。

“下来，弗里赛特，趴下！”猎人惊呼道，然后往吧台方向喊了声，“一杯咖啡！”

“真漂亮！”斯特法妮娅摸着狗说，“是赛特种猎狗吗？”

“是布列塔尼猎犬，”猎人说，“是条母狗。”他很年轻，有点生硬，但更多是因为腼腆，而不是为了别的什么原因。

“几岁了？”

“就快十个月了。下来，弗里赛特，乖。”

“那么，这些山鹑呢？”侍者问。

“哦，打山鹑是为了让狗多跑跑的……”猎人说。

“远吗？”斯特法妮娅问。

猎人说了个地名，不太远。

“开车一会就到。这样十点我就可以回来了。上班……”

“那上头很漂亮。”斯特法妮娅说。她不想结束这次谈话，即使他们也没在谈什么。

“那里有个山谷，空旷，干净，全是石南矮灌木，早上没一点雾，看得很清楚……如果狗想飞奔的话……”

“我倒是很想十点上班，这样就能一直睡到九点三刻了。”侍者说。

“呃，我也喜欢睡觉啊，”猎人说，“但是，那上头，当别人仍在睡觉时，我不知道为什么，这种感觉很吸引我，是种爱好……”

斯特法妮娅感到，在他那种自我申辩的神色后，年轻人收敛了一种尖锐的自豪，一种对那周围沉睡着城市的怨恨，一种自我感觉与众不同的固执。

“你别生气，可是对我来说，你们猎人都是疯子，”侍者说，“不是为了别的，你知道，只是为了在固定时间起床这种事。”

“而我却能理解。”斯特法妮娅说。

“但是，谁知道呢？”猎人说，“就跟别的爱好一样。”这时刻他才观察起斯特法妮娅来，在之前有关打猎的话题中，他能确定的那一点点东西，现在看来已经不管用了，而斯特法妮娅的出现又使他怀疑起来，他所有的思维方式是不是出了什么问题，也许幸福是另外一种东西，和他一直在寻找的那个东西完全不是一码事。

“真的，我能理解您，就像今天早上一样……”斯特法妮娅说。

猎人又待了一会，就像想搭腔，但又不知道该说什么好。“像这样的天气，干燥，清爽，狗能帮上大忙。”他说。他喝了咖啡，付了钱，狗拽着绳套要往外面奔，他还待在那里，犹豫着，不大自然地说：“那么，夫人，您为什么不也一起来呢？”

斯特法妮娅笑了笑。“您是说我们下次见面时一起去吗，是这样吗？”

猎人说：“呃……”他又迂回了一下，想看看是不是还能找到别的话题，然后说：“好吧，我走了。再见。”他们互相道了别，他让狗给牵了出去。

他们说话那会进来一个工人。他要了一小杯烈酒。“祝一大早就醒来的所有人身体健康，”他举杯说道，“尤其是漂亮的女士们。”这是个不年轻的男人，神色愉快。

“祝您身体健康。”斯特法妮娅礼貌地说。

“大清早的，会感觉自己是世界的主人。”工人说。

“晚上不?”斯特法妮娅问道。

“晚上太困了，”他说，“什么事都不想。如果不这样，可就糟糕了……”

“我早上就是一个接一个地想好多事。”侍者说。

“因为上班前需要好好动动筋骨。如果您像我这样，每天骑机动自行车去工厂，冰冷的空气直扑在脸上……”

“这空气就把什么念头都赶跑了。”斯特法妮娅说。

“看看，这位女士就很理解我，”工人说，“如果您理解我的话，就该和我喝一小杯烈酒。”

“不，谢谢，我不喝酒，真的。”

“大早上的就是需要那个。两杯烈酒，师傅。”

“我不喝酒，真的，您为我的健康喝吧，这会让我高兴的。”

“您从来不喝酒?”

“呃，有时候晚上喝。”

“您看见没？这就错了。”

“反正错的事多了……”

“祝您身体健康。”工人喝下一小杯酒，然后又喝了另一杯，“一加一等于二。您看，我给您解释……”

斯特法妮娅一个人，在那些男人中间，在那些各异的男人中间，和他们说着话。她很平静，也很自信，没什么困扰她的东西。这是那天早上的一个新事实。

她从咖啡店里出来，看他们有没有把大门打开。工人也出来了，骑上机动自行车，戴上手套。“您不冷吗?”斯特法妮娅问。工人捶捶胸；有种揉报纸的声音。“我有护胸。”然后用方言说，“别了，夫人。”斯特法妮娅也用方言道了别，他出发了。

斯特法妮娅明白，发生了什么使她再也回不到从前的事情。她这种身处夜猫子、猎人、工人那些男人之中的新方式，让她跟以往不同了。这才是她的通奸，这种单独处在他们中间的方式，是如此平等。她连弗尔耐罗都记不得了。

大门打开了。斯特法妮娅 · R. 迅速进了家门。看门人没看见她。

一对夫妻的奇遇

工人阿尔都罗·马索拉里上的是夜班，六点下班。他回家要经过漫长的一段街路，天气好时他用自行车走，雨季和冬天就用电车走。六点三刻到七点之间他会回到家，也就是说，他进家时，比起妻子艾里德闹铃响的时候，要么早一点，要么迟一点。

经常有两种噪声在艾里德的脑袋里重叠起来：闹钟的响声和他进门的脚步声，直钻进她睡眠的最深处，这时的睡眠是大清早最结实的那种，她把脸埋在枕头里，还试着挤出几秒钟再睡上一会。然后她倏地从床上跳起，摸索着把胳膊套进晨衣里，头发散乱在眼前。在厨房里，她就这样出现在他面前，阿尔都罗正把几个空盒子从他带去上班的包里掏出来：饭盒，保温瓶，他把它们放进水池。他已经点上炉子，煮上咖啡了。他见她时，艾里德总想用手顺顺头发，使劲睁大些眼睛，似乎每次都为丈夫进门时对她的这个第一印象感到有点难为情，总是这么邋邋遢遢的，脸也是一副没睡醒的模样。

两人一起睡觉时，可就是另外一码事了，早晨大家都同是刚从睡梦中醒来，是平等的。

有时，还是他在闹钟响前一分钟，端着咖啡，走进房间里来叫醒她；那样的话就自然多了，从睡眠中醒来的怪相中透出一种慵懒的甜蜜，她伸着懒腰，抬起光着的胳膊，围住他的脖子。他们拥抱起来。阿尔都罗身上穿着件防雨大衣；她这么挨着他身上的衣服，就能觉察出外面是什么样的天气：下雨，起雾，还是落雪，根据衣服的湿冷程度就能判断出来。可她还是会问上一句："天气怎么样?"接着，他就以半嘲讽的语调开始了惯常的絮叨，回顾着他经历的种种不顺，还总是从最后说起的：骑车走过的路，从厂里出来时的天气，可是跟他先前进厂上班时的天气不一样，工作上的麻烦事，车间里散布的传闻，如此这般。

那时候，屋里还不怎么暖和，但艾里德还是脱了个精光，在小小的厕所里洗漱，微微打着战。他跟在后面，显得气定神闲一些，脱下衣服，也洗起来，慢慢地，他把从车间带回的灰尘和油渍都从身上洗净了。就这样，两人都挤在一个洗脸池边上，半裸着身子，冻得有点僵，在换着用肥皂和牙膏时偶尔还会碰到，他们互相倾诉着要说的事情，这是亲密的时刻，有时他们还能轮流着相互搓搓背，搓着搓着就搓成了轻抚，还拥抱起来。

但是突然，艾里德大叫："上帝啊！都已经几点了!"赶紧跑去穿吊带袜、裙子，急匆匆地，站着做这些事时，手中的梳子已是上上下下跑个不停了，她把脸凑到梳妆台的镜子前，唇间衔着夹子。阿尔都罗来到她身后，点上烟，站着看她，抽上一口，每次他好像都为站在那里却什么事都不能做而不好意思。艾里德准备好了，在走廊里穿上大衣，他们吻了一下，她刚打开门就已经能听见她在楼梯上跑下去的声音了。

只剩下阿尔都罗一个人了。他又随了一阵艾里德那下着台阶的鞋跟声，当什么都听不见了，就继续用思绪跟着她，那咯噔咯噔的小跑，快速地穿过院子，大门，人行道，直到电车站。电车的声音他却是听得很分明：吱嘎声，靠站声，每个人上车时踩在踏脚板上的声音。“好了，她乘上车了。”他想，他看见妻子抓着扶手，挤在一群男女工人之间，就在那辆天天都把她带到工厂去的十一路电车上。他熄灭烟头，关上窗子上的小隔窗，房间暗了下来，他上了床。

床还是艾里德起来时留下来的样子，但只是她那一半，而阿尔都罗的这一半，却几乎没碰过，就好像是刚给整理过一样。他躺在自己的那一半床上，老老实实地，但不一会就把一条腿伸了过去，伸到还残留着他妻子体热的那一边，然后另一条腿也伸了过去，于是渐渐地，整个人都挪到了艾里德那一边，在那仍存着她身体形状的温暖凹陷中，他把脸埋入她的枕头和她的香味中，睡着了。

当艾里德晚上回来时，阿尔都罗已经在房间里转悠了好一会了：他已经点上炉子，放上什么东西在煮了。某些家务是由他来干的，在晚饭前的那几个小时里，比如整理床铺，打扫房间，把要洗的衣物放到厕所里。不过，艾里德之后还是会发现，这些家务都做得不利落，说句老实话，他干这些活也没花什么工夫：他所做的一切，只不过是一种等待她的仪式，甚至几乎是在迎接她，尽管只是在家里的墙壁之间，而在外面已经点上了路灯，在晚间会有很多女人购物的街区，她经过一些小店，融入那不合时宜的热闹当中。

终于，他听见她踏在楼梯上的脚步声，那声音和早上的脚步声全然不同，这会的脚步很沉，因为艾里德上楼时，不仅带着一天工作的疲惫，手上还提满了东西。阿尔都罗早已迎到楼梯平台上，接过她手中的篮子，他们就这样说着话地进了门。她瘫在厨房里的椅子上，大衣都没脱，同时，他把篮里的东西拿出来。然后她道“来，我们打起精神来”，就站起来，把大衣脱了，穿上家里的衣服。他们开始准备吃的：两个人都要吃的晚饭，他要带到厂里去的、夜里一点工休时吃的点心，她第二天要带到厂里的早饭，以及他第二天醒来时得预备好的早饭。

她是忙活一会，在藤椅子歇一会，跟他说他都该干些什么。他那时已经休息好了，忙这忙那的，什么都想做，但总有一点心不在焉，脑袋已经想着其他事了。这种情境中，他们偶尔还会冲撞一下，说几句难听话，因为她想叫他做事时更细心些，多费点工夫，或者要他对她更亲密一些，更体贴她一些，给她更多一些安慰。但是他，在她刚回家时的刹那热情后，心思早已飞出家门了，只想着得赶紧完事，因为他又要出门了。

摆好桌子后，东西都放在手能够得到的地方，这样就不用站起来了，接下来就是让两人都很痛苦的时刻，他们只有那么一点点时间待在一起，勺子几乎都没怎么碰过嘴，因为他们只想手牵手地待上一会。

咖啡还没喝完，他就已经在自行车边，检查起车子各部件是否都正常了。他们拥抱了一下。阿尔都罗似乎直到那时才明白妻子是多么柔弱和温顺。但他还是把自行车的横梁扛上肩，小心翼翼地下了台阶。

艾里德洗完盘子，把家里丈夫做过的事情从上到下地扫视了一遭，摇了摇头。现在他飞奔在黑黢黢的街道上，穿梭于稀薄的车灯间，也许已经过了煤气站。艾里德上了床，关了灯。她躺在自己的那一半床上，为了寻找他的热度，她的一只脚移向她丈夫的地盘，但是每次她都会发现，自己睡觉的地方更暖和，这就说明阿尔都罗也是睡在那一半的，她于是感到一股巨大的温柔。

一个诗人的奇遇

这个小岛岸很高，岸上都是石头。岸上长着能活在海边的灌木，密匝而低矮。天空中飞着海鸥。这是个离海岸不远的小岛，空旷，荒芜：乘船半小时就可以转上一圈，或者橡皮艇也行，就像正在前来的那两人使的那种，男人沉稳地划着桨，女人躺着晒太阳。靠近岸时，男人竖起耳朵。“你听到什么了？”她问。

“寂静，”他说，“小岛有种能听得见的寂静。”

事实是，每种寂静都是由各种细密杂声编成的网组成的，这网裹住了寂静：小岛的寂静，从周围平静的海的寂静中隔离出来，因为小岛的寂静会被各种植物的响动声，被飞禽的鸣啾声，或被它们的一阵扇翅声穿过。

那些日子里，岩石下的水面没有浪，尽是一片强烈明澈的蓝色，太阳光直射到底。礁石上敞着一些小洞口，橡皮艇上这两人懒洋洋的，正是要去探索这些洞口。

这是南方的海岸，还没怎么被旅游业接触到，那两人是从外地来的海水浴者。他是某个乌斯奈里，颇有名气的一个诗人；她，黛莉亚·H.，非常漂亮的女人。

黛莉亚是个南方迷，热情，甚至是狂热的。她躺在橡皮艇里，对看到的所有事物都充满了持久的激情，跟乌斯奈里或许还有点敌对情绪，因为他是第一次到那些地方，她感到他所参与的热情比他应当给出的热情要少。

"等等，"乌斯奈里说，"等等。"

"等什么?"她说，"你还指望有什么比这更美?"

他，对已属于他人的感情和词汇一向表示怀疑（出于本性，也出于所受到的文学教育），更习惯去发现那些隐蔽和伪造的美丽，而不是那些已经显著和无可争议的美丽，于是仍绷着神经。幸福于乌斯奈里而言，是一种悬着的状态，是要屏住气去体验的。自从他爱上黛莉亚之后，就发现自己和世界那种小心谨慎的关系出现了危机，但他什么都不想放弃，无论是自己，还是那展现在眼前的幸福。现在他十分警惕，就好像他们周围的自然——那种对海水蓝色的滗析，海岸从绿色褪到烟灰色的渐变，鱼鳍在广袤海面最光滑处的闪跃——所达到的每一级造诣，都只是上到更高一个层次，如此这般，直到看不见边界的海平线会像牡蛎一样打开，骤然揭示出另一颗迥异的行星，或是一个新奇的词语。

他们进入一口岩洞。里面慢慢宽敞起来，几乎是面浅绿色的内湖，高高在上的是岩石的穹顶。再往那边去，岩洞便窄成一条阴暗的隧道。男人把橡皮艇划得直打转，以享受各异的光效。从外面钻进锯齿形岩缝裂口的光线，闪得人眼花缭乱，因为内外明暗对比强烈，光线的颜色也是显得格外明艳。那里的水发散着光芒，于是，那一片片的光便弹射到高处，和从岩洞尽头延展出来的柔软阴影形成对比。倒影和反射光向岩壁和拱顶诉说着水的变化无常。

“在这里你能理解神灵。”女人说。

“唔。”乌斯奈里说。他有点紧张。他由于习惯了将感觉翻译成言辞，这下却是什么感觉都没有，一个词都说不出来。

他们深入进去。小艇过了一片浅滩：一块石头隆出水面；现在，小艇就浮在船桨每划一下就会时隐时现的稀薄闪光之中：其余全是浓密的阴影；桨板不时地会拍到岩壁。黛莉亚转过身去，看见那眼睛一般的天蓝色洞口，在不停地变化着轮廓。

“一只螃蟹！好大！那边！”她大叫着站起来。

“……蟹！……边！”回声隆隆作响。

“回声！”她说，高兴得很，朝那些阴沉的拱顶喊起来：祈祷，诗句。

“你也来！你也喊啊！你也给我许个愿嘛！”她跟乌斯奈里说。

“喔……”乌斯奈里道，“嘿……回声……”

小船不时碰擦着。黑暗更浓密了。

“我害怕。谁知道那里面有什么野兽啊！”

“还能过。”

乌斯奈里发现小船正驶向黑暗，就像深水鱼在躲避明亮的水域。

“我害怕，我们回去吧。”她坚持道。

其实，恐惧的滋味于他也是陌生的。他往回划去。当他们回到洞口开阔处时，海水已经变成了钴蓝色。

“会有章鱼吗？”黛莉亚问道。

“要有能看见的。水很清。”

“那我就游会儿泳。”

她从小船上滑下去，离开船，在那个地下湖[①]里游着，她的身体时而显白（就好像那光束把她身上所有的颜色都剥去了一样），时而又显出屏幕般海水的蓝色。

乌斯奈里丢下桨；他总是屏着呼吸。于他而言，爱上黛莉亚从来就是这样，就好似进入了这个岩洞中如镜面一般的水里：进入了一个难以言述的世界。另外，在他所有的诗里，他从没写过一句有关爱情的诗；一句也没有。

“你过来。”黛莉亚说，边游着，边褪去遮胸的那一小块布；她把它扔在船舷上。“等一下。”她还解开了系在腰上的另一块布，递给乌斯奈里。

现在她赤身裸体。在她胸部和臀部上本来更白一些的皮肤几乎都看不出来，因为她整个人都散发着水母般浅淡的蓝色。她侧身游着，动作慵懒，头（表情平静而几近讽刺，就似雕塑一般）是刚好浮出水面，有时露出一只肩膀的曲线，还能看到伸直了的胳膊那柔软的线条。另一只胳膊，以抚摸般的动作，挡住或露出高耸的胸部，乳峰紧绷着。她的双腿稍稍打出水面，支撑着她光滑的腹部，腹部

---

① 地下湖，又称暗湖。在天然洞穴中，具有开阔自由的水面和比较平静的地下水体。

被肚脐标明出来，犹如印在沙子上的一记浅痕，像星星，还像什么海里的生物。阳光折射到水下，擦她而过，既像是给她穿上了衣服，又像是把她脱了个干净。

然后她从游泳过渡到一种类似于舞蹈的动作；她浮在水中，朝他微笑，伸出双臂，曼妙地旋转着双肩和手腕；或是膝盖一个猛蹬，弓起的脚就露出了水面，活像一条小鱼。

乌斯奈里在小船上，全神贯注。他知道现在生活赋予他的这些，是一种不是所有人都能正视的东西，就好像太阳那耀眼的核心。在这个太阳的中心是宁静。这里此时的一切都难以被描绘成任何其他东西，也许都不能化为一种回忆。

这会黛莉亚正仰着游，漂浮在洞口处有太阳的地方，并稍稍划动胳膊，往洞外游去，她身下海水的颜色正渐变着层次，那蓝色越来越浅淡和明亮。

“小心，穿上衣服！外面有船过来了！”

黛莉亚之前已经上了露天下的礁石。她溜进水，伸出胳膊，乌斯奈里递给她少得可怜的那几件衣服，她边游着边系在身上，上了小船。

正过来的是渔民的船。乌斯奈里通过那群穷人中的几个家伙认出他们，捕鱼的季节他们总是在那片海滩过的，睡觉时就躲在某些礁石背后。他朝他们划去。支桨的是个年轻人，因为牙痛阴着脸，一顶白色的水手帽遮住他眯着的眼睛，他桨划得很猛，就好像每股力气都是用来减轻牙痛的；他是五个孩子的父亲；绝望的父亲。一位老人坐在船尾；全散了边的墨西哥草帽像是给他瘦高的身子平添了一圈光环，他的圆眼大睁着，也许曾经是因为夸夸其谈的傲慢，现在却是仰仗着醉酒的借口，嘴巴咧在仍是黑色的两撇小胡子下，正用小刀清洗着鲻鱼的鱼鳞。

“鱼打得不错?”黛莉亚大声喊道。

“有是有一点，”他们回答道，“今年年成就是这样。”

黛莉亚喜欢和当地人谈话。乌斯奈里可不喜欢。（“在他们面前，”他说，“我难以感到问心无愧。”他耸耸肩，一切就到此为止了。）

现在小船靠在渔船边，渔船掉了色的漆被裂缝搞得斑斑点点的，漆皮也是一片片翘了起来，被绳子拴在桨架上的桨，每在船舷那磨损不堪的木头上绕圈一周，就要吱嘎作响一下，生锈的船锚有四把钩子，被缠在细窄椅子板下的一个柳条鱼篓里，鱼篓上攀满了不知道干了多长时间的红色海带，在边缘挂着软木圆片的一堆染上丹宁酸①的渔网上，喘着粗气的鱼，在扎人的鱼鳞下闪闪发光，时而呈出惨淡的灰色，时而显出耀眼的绿松石色；仍在翕动的鱼鳃下面，露出了血红色三角形。

乌斯奈里一直没吭声，但人类世界的这种焦虑跟不久前他感受到自然之美的那种焦虑是相反的：在那里他是词不达意，而这里他脑中却涌满了词汇：来描绘老渔夫那胡子没刮好的脸上每粒疣子和每根毛发的词，来描绘鲻鱼那镀了银的每片鱼鳞的词。

早已被拖上岸的另一艘船被掀了过来，扣在支架上，船下从

---

① 即红葡萄酒的颜色。

阴影里伸出赤脚睡觉的男人的脚掌，他们是在夜里打鱼的。旁边有个女人，一身黑衣，看不清脸，正把一口锅放在用海藻点燃的火上，锅里腾起了长长的烟。那道海湾里的海岸上都是石头，灰色的；那些褪了色的印花布，是正在玩耍的孩子们的围裙；抱怨不休的小姐姐们照看着小一些的孩子，机灵的大孩子们身上只穿着短裤，那都是大人们淘汰下来的长裤改做的，在水石之间上下奔跑。再往远处去，便是一条直直的沙滩，白晃晃的，没有一个人，与旁边稀疏的芦苇荡和未经耕作的土地融为一体。一个盛装的年轻人，身着黑衣，头戴黑帽，肩上扛着根棍子，棍子上挂着个包裹，沿海走过了整片沙滩，他的鞋钉在沙地酥软的痂皮上留下了痕迹：肯定是个内地的农民或牧羊人，下到沿海地区来赶集，因为海风的舒适而来到海边找路。铁路沿着电缆、路堤、杆子、护栏延伸，然后消失在隧道里，出了隧道后继续前行，再消失，再出来，就像间距不等的针脚。行车道边白黑相间的路柱上方，爬起了低矮的橄榄地；再往上是荒山，是牧场和灌木丛，或者只是石头。一个村庄嵌进那些高地间的罅隙中，并继续向上延伸，屋子是一个压在另一个之上，被铺以卵石的台阶路分开，台阶路中央都有道凹槽，好让骡子积成小溪的排泄物流下山去。在所有屋子的门槛上，总会坐上一定数量的女人，上了年纪的或是正在老去的。在墙墩上，一定数量的男人坐成排，年迈的和年轻的，都穿着白衬衫。台阶路中央，孩子们坐在地上耍闹，几个稍大点的孩子则横躺在路上，脸颊贴着台阶，就这么睡着了，因为路上比屋里要凉快，也不是太臭，那里到处停落和飞舞着苍蝇之云，在每面墙和烟囱通风帽周围报纸做成的花彩饰带上，都是苍蝇无尽的排泄物缀出的斑点。乌斯奈里脑中涌进不绝的词汇，密密匝匝地互相纠缠在一起，字里行间都不留缝的，渐渐地，直到再也区分不出来彼此了，连最细微的白隙也从这团乱麻中消逝了，于是只剩下黑色，最彻底的黑色，无法渗透，如尖叫一般绝望。

一个滑雪者的奇遇

在坐滑雪吊椅的地方，排了很长的队。坐大巴来的一群小年轻，他们平行地踩着两条滑雪板，排上了队，这条很长的队伍虽然本来也是可以直着前进的，却不经意地排出了“之”字形的走向，时而爬坡，时而下坡，于是，每当这条队伍往前移进一步的时候，排队的人也就根据自己所处的位置，或是踩雪上爬，或是侧身下滑，然后很快又撑在滑雪杖上，却常常把全身的重量压在处于自己下方排队人的身上，或者是试着把拦雪轮从处于自己上方排队人的滑雪板底下抽出来，有时还会被绊在绞在一起的滑雪板中，所以就得俯下身去调整滑雪板上的固定器，于是整条队伍都停下来了，然后他们还得根据时而露脸时而消失的太阳脱下或者穿上滑雪衫或是毛衣，把一串串的头发塞到羊毛护耳套中，或者把鼓在腰间的格子衬衫塞到皮带里去，有时还得从口袋里掏出手绢，擤擤自己那冻得发红的鼻子，而为了完成所有这些动作，他们还得先脱掉然后重新戴上手套，而就在他们脱戴手套的同时，手套有时还会掉到雪地上，于是就需要用滑雪杖的杆尖把手套挑起来。由于这些节外生枝的小动作而带来的混乱穿过整条队伍，而当人们因为买票或是找计次卡的时候，这阵混乱就到了顶峰，演化成了一种狂乱，因为这时人们需要把各种口袋的拉链打开来找那些已经不知道塞到哪里去的钱和计次卡，还要递给滑雪缆车男售票员，让他给票打孔，然后还要把所有的东西放回口袋，再戴上手套，把两根滑雪杖并在一起，其中的一根的杆尖得插到另一根的拦雪轮里，这样用一只手就能握住两根滑雪杖了，而在完成所有这些动作的同时，还要爬一段小坡子来到一块小空地上，在那里人们得时刻准备着把锚式吊椅的小托盘放到自己屁股底下，并让缆车猛地把自己带走。

一个戴着绿色墨镜的小伙子排在队伍一半的地方，被冻得僵僵地站在那里，他身边有一个胖小伙，不时地挤他一下。就在他们都等在那里的时候，从他们前面经过一个戴着天蓝色连衣帽的姑娘。她没排队，而是顺着一条小路往上走。她踩着滑雪板爬坡，动作十分轻盈，就像在正常走路一样。

“那个姑娘干吗呀？她想自己走上去？”那个总挤人的胖小伙自言自语。

“她有海豹皮摩擦条。”戴绿墨镜的小伙子说。

“我倒是想看看她爬到上面陡坡的时候会怎么办。”胖小伙说。

“她要小聪明也要不了太久，放心吧！”

姑娘前进时脚上没使什么劲儿，她那高高的膝盖规律地活动着，配合着亮闪闪的滑雪杖或抬起或放下，而她的那双腿，在脚踝处收紧的紧身裤中显得特别长。太阳在那冰凉的白色空气中，就好像一幅能精确看得见它所有线条的黄色图画：在那片毫无阴影的雪地上，只有从雪的闪光中，才能分辨得清楚隆起、沟壑或是雪道的位置。金发姑娘那天蓝色滑雪衫帽子里面有着白色的毛绒里子，这里子衬着她粉红色的脸蛋，和已经变成了红色的腮帮。她半眯着眼睛，面朝太阳笑着。她踩在海豹皮摩擦条上轻松地往上爬着。那一群坐大巴来的小伙子，就那么冻着耳朵地，口干舌燥地，吸着鼻涕地，痴痴地盯着那个姑娘，任由队伍推来搡去；直到她爬过一个小山峰，消失在坡子的那头。

慢慢地，终于也轮到这些小伙子了，他们两个两个地坐上了吊椅，开始上坡，一上来他们走得跌跌撞撞，而且常常好像要走了却还停在那边，然后就被那条几乎是垂直爬坡的轨道拉着走了。戴绿墨镜的小伙子正好和之前总是挤他的那个胖子坐在一架吊椅上。就在这时，在半山腰处，他们又看到那个姑娘。

“这女的是怎么爬到这上面来的?”

在那个地方，吊椅是沿着一小条山谷走的，在那一堆堆高高的雪丘和像被刺了绣似的挂着冰柱子的、零零星星的冷杉之间，有一条被走出来的小路伸向远方。天蓝色的姑娘戴着手套、攥着滑雪杖握把的手，随着她精准的步伐一步步往前推进，她正毫不费力地走着。

“哇!”坐在吊椅上的人僵着双腿往上升的时候这么叫着，“她都能比我们先到那!”

她唇间挂着客气的微笑，戴绿墨镜的小伙子慌了神，他不敢再跟着起哄了，因为她垂下眼睛，而他就感到自己跟不存在似的。

小伙子一到山顶，就立刻往坡子下面冲，他后面跟着那个胖小伙，两个人都沉得像装着马铃薯的麻袋一般。但是他在雪道上手忙脚乱地滑着，仅仅是为了去找那件天蓝色的衣服；他径直往下冲，为的是让人看到他有多么勇敢，同时也好掩饰他转弯时的狼狈相。“让开！让开！”他徒劳地嚷着，因为胖小伙和那群小伙子中的其他人也在边嚷着“让开！让开！”边飞奔着下山，然后他们一个接一个地跌倒，要么是一屁股坐到地上，要么是一跟头扑倒在地上，只有那个把身子弓成了两半的戴绿墨镜的小伙子，还踩在滑雪板上帮队友破风[①]往下滑着，直到看到了她。那姑娘还在爬坡，她踏着没碰过的雪，没有走在雪道上。戴绿墨镜的小伙子像箭一般与她擦身而过，猛地停在雪道边上的雪中，面朝下地跌进雪里，消失不见了。

但是在坡子底下，从头到脚沾了一身雪的绿墨镜小伙子，上气不接下气地，好了，又回到了那个跟其他人一起排队等吊椅的地方，然后又坐上吊椅，好了，又回到山顶上了。这一回他碰到她的时候，她也在下坡。她滑得怎么样？对于那些小伙子来说，高手是那些像疯子一样径直冲下去的人。“哎哟，那个金发美女也不是什么了不起的高手嘛。”胖小伙匆忙下了论断，颇感安慰。天蓝色的姑娘慢慢地往下滑着，所有的转弯都非常准确到位，也可以说，直到最后一个转弯，大家也没弄明白，她是想转弯呢还是想干什么，接着又

① “破风”是一个自行车比赛的专业术语，指的是在高速骑行下，自行车手需要突破空气阻力以达到最快速度，车队中的“破风手”就起到打乱对手节奏以助本车队中“车王”获胜的作用。

看到她突然往与之前相反的方向滑了下去。她不慌不忙地往下滑，就好像为了研究线路，她偶尔会停一下，腿长长的、身子笔直笔直地挺在那里；但就算这样，大巴上的那些小伙子还是跟不上她。后来就连胖小伙也承认了：“我都说了什么呀！她简直就是大神级别的！”

他们也解释不出来为什么，但这也正是让他们张口结舌的原因：动作到了她身上就变得十分简单，而且也特别适合她，不会多超出一厘米，没有一丝局促不安或是竭尽全力的影子，也没有任何要不惜任何代价做好一件事儿的那种顽固，她做的时候，是那样地自然；根据雪道状况的变化，她有时也会有些不是特别确定的举动，就好像在踮着脚走路一般，其实这完全只是她克服困难的办法罢了，这样别人就搞不明白她是真的不确定还只是淘气一下罢了；总之，她脸上的表情不是很自信，跟那些事情该怎么做就怎么做的人还是不一样的，她那表情吧，有些许的忸怩，就好像正在试着效仿那些滑得好的人，而自己却总能滑得比人家还好：这就是那个踩在滑雪板上的天蓝色姑娘的风范。

于是，大巴上的那些小伙子一个个都跟在她后面滑下去了，他们拙手拙脚，动作笨重，在做挪威式转弯时拉扯着旗门，强把犁式制动滑成犁式回转，他们嚷嚷着，互相开着玩笑地，企图跟上她，或是超过她，但唯一能做的不过是坍塌一般东倒西歪地往下跌去，双肩胡乱地扭动着，双臂向前举着滑雪杖，滑雪板全都绞在一起，滑雪板上的固定器更是飞离了滑雪靴，但凡是他们经过的地方，雪地上就到处是坑，要么是一屁股坐在地上留下的，要么是侧身倒下去的，再不就是一头栽下去的。

每次倒下去以后，他们都会赶紧抬起头来，用目光去寻找她。天蓝色的姑娘穿过他们跌倒时冲出来的雪堆，以那轻盈的动作从容不迫地滑下去了，她有着笔直褶痕的紧身裤，也跟着那有节奏的屈腿而微微折出了角度，而她的微笑呢，让人搞不清她是也想对那些下坡同伴的英勇表现和意外遭遇表示参与呢，还是对他们根本视而不见的表示。

接近正午时分，太阳不但没有变得更烈，反而完全冻僵了一般，甚至都没了踪影，就好像被什么吸墨纸吸干了。空气中没有颜色的水晶状悬浮物，轻飘飘地斜着飞舞。原来是雨夹雪：左右四周什么都看不清。大家都摸瞎地滑着雪，嚷嚷着互相叫唤，时不时就会脱离雪道，这不，都跌倒了。现在空气和雪混在一起了，都是那种不透明的白色，但那白色稍微淡下来一些的时候，削尖了眼他们就能看到那天蓝色的影子了，就好像悬在半空中，在小提琴的弦上飞来舞去一般。

这场雨夹雪驱散了等吊椅的队伍。戴绿墨镜的小伙子还没在意，就已经来到了吊椅出发站的小屋旁了。他的同伴一个也见不着了。戴着天蓝色连衣帽的姑娘已经在那儿了。她在转盘边等着正在拐弯的吊椅。“快点儿!”负责吊椅的男人对他喊，同时一把抓住吊椅，并把它截住，好让那姑娘不用一个人出发。他踩着倒八字，吃力地走到吊椅跟前，刚好赶上坐在那姑娘身边同她一道出发，差点儿没把她弄掉下去，他及时抓住了木头。她也为他保持住了平衡，因为他一上吊椅就一直在调整自己的坐姿，还一直嘟嘟哝哝地抱怨，而她呢，对这顿埋怨还以一阵细声的笑声，就好像珍珠鸡的咯咯声，不过是从一直把拉链拉到嘴边的滑雪衫里发出来的那种瓮声瓮气的声音。现在那天蓝色的连衣帽就好像一套盔甲中的头盔一样，只给她露出双眼，有点儿鹰钩鼻的鼻子，几绺垂在额头上的卷发，还有两颊上的颧骨。戴绿墨镜的小伙子就这么从侧面看着她，不知道是该为自己能和她坐在一张吊椅上而高兴，还是该为自己的狼狈相而难为情：他浑身上下都是雪，头发耷在额角上，衬衫从毛衣下腆了出来、架在皮带上，而他因为担心自己一动胳膊就会使吊椅失去平衡，于是也不敢把衣服塞回去，就那么一边偷偷地看着她，一边还要注意滑雪板的位置，以确保吊椅被拉得过缓或是过急时滑雪板不出离被滑出来的道路。她一边像珍珠鸡一样咯咯地笑着，一边总是能保持住吊椅的平衡，而他什么话也说不出来。

雪停了。就连雾气也散开了，云破开的地方终于能看见蓝蓝的天了，阳光灿烂无比，明净的、结着冰的山一座座地显现出来，载着雪的柔软残云，像羽毛一样插在这边那边的山顶上。戴着帽子的姑娘把嘴巴和下巴露出来了。

“天又好了，”她说，“我就说嘛。”

“是啊，”戴绿墨镜的小伙子说道，“是挺好的。而且雪也不错。”

“就是有点儿软。”

“哦，也是。”

“但我就喜欢这样的雪，”她说，“而且在雾中下坡也不赖啊。”

“要是你还能看到路的话……”他说。

“不是啊，就这样，”她说，“就这么瞎猜着滑下去。”

“我已经下了三次了。”小伙子说。

“你可以啊！我才一次，可我上去的时候没坐吊椅。”

“我刚才看见您的。您滑雪板下面放了海豹皮摩擦条。”

“是的。现在太阳出来了，我想爬到山上去。”

“哪儿的山上？”

“就是比吊椅能到的还要高的地方。到那边山顶上。”

“那上面有什么啊？”

“能看到冰川，就好像能摸着一般。还有雪白的野兔。”

“什么什么？”

“野兔。在这个高度，野兔冬天的时候会换上白色的毛，还有山鹑。”

“那上面有吗？”

“白山鹑。它们的羽毛白极了。但是夏天的时候却是淡褐色的。您是哪儿的人？”

“意大利人。”

“我是瑞士人。”

他们到了。他们在终点处从吊椅上下来，小伙子下得踉踉跄跄，姑娘下去的时候则是一直用手扶着吊椅的。她脱下滑雪板，把它们竖起来拿着，然后从腰间的小包里拿出海豹皮摩擦条，把它绑在滑雪板下面。小伙子一直看着她，一边搓着手套里冻得冰凉的手。然后她就开始往上爬了，他跟在她后面。

从吊椅终点站到山顶的这段上山路很难走。

戴绿墨镜的小伙子全神贯注地，时而走着倒八字路线，时而上台阶似的一步一步往上爬，常常是好不容易爬上去一些，很快又滑了下来，他抓着滑雪杖，就好像一个跛子拄在拐杖上那样。而她已经爬到那上面去了，根本就看不到了。

等他也到山顶的时候，已经是大汗淋漓了，他伸着个舌头，被周围发出的闪光照得几乎什么都看不见了。那里是一片冰的世界。金发姑娘已经脱下了天蓝色的滑雪衫并把它系在腰间。她现在也戴上了一副滑雪镜。“那儿！您看见了没？看见没？”

“什么东西？”他惊奇地问。是跳出了一只白野兔吗？还是山鹑？

“现在看不到了。”她说。

下面的山谷上空，是一群在两千米高度常见的黑色飞鸟，它们飞来舞去地呱呱叫着。这时的正午真是洁净极了，在那上面，视野拥入了条条雪道，片片滑雪场，在那里，滑雪者人头攒动，小孩们坐在雪橇上，吊椅出发站那里的队伍没完没了地排着，还能看得见旅店，停在那里的大巴，在黑色冷杉林中进进出出的马路。

那姑娘已经滑下山去了，她滑呀滑呀，那些之字形的转弯转得那么轻松，这会儿她来到了滑雪者最多的那些雪道上，但是在所有那些模糊的、易混淆的、疾驰而下的侧影中间，她那被勾勒出来的身形，像半个括号一样，左右摇摆着，却怎么也不会被跟丢，她是唯一一个能避开各种意外和混乱，还能被跟住和认出来的人。空气是如此纯净，以至于戴绿滑雪镜的小伙子能在雪地上猜出那张密密麻麻网上的每一种痕迹，有滑雪板或直或斜的印子，有拖出来的路，有雪丘，有坑，有拦雪轮捣出来的洞。他感觉，在生活那不成形的混乱中，隐藏着一条秘密的路线，一种和谐，是只有那个天蓝色的姑娘才能找得着的，而这很可能就是她神奇的地方，因为她每时每刻都能在成千上万可能出现的变动及混乱中做出选择，选择那个只可能是正确的、清晰的、轻盈的、必要的动作，那个在成千上万的动作中唯一真正重要的动作。

一个汽车司机的奇遇

我出城时才发现天已经黑了。于是打开了前照灯。我正开车从A城到B城，走在一条有着三条车道的高速公路上，就是那种中间车道是用来给两个方向的车超车用的高速。晚上开车的时候，眼睛就好像是要取下什么内设的装置，并打开另一个装置，因为这个时候，在夜景下的阴影和淡掉的色彩中，眼睛不需要再努力去区分远方汽车的那一块小斑点，究竟是迎面而来的车还是开在自己前面的车了，而是要察看一种类似于黑板的东西，读这种黑板需要另一种方式，这种方式更为精确却是简化了的，因为黑暗抹去了景色中所有那些会让人分心的细节，并只突出那些必不可少的因素，比如沥青路上的白色标志线，前照灯的黄光和红色的小灯。这个过程是自动发生的，如果说我今天晚上会想到这一层，是因为现在那些容易让人分心的外在可能性减小了，而那些内在可能性则在我这儿占了上风。我的思绪在一个由各种选择和疑虑组成的网中不受我控制地奔跑着，我根本就无法截断它，总之我得费上很大的劲儿才能集中起精神来开车。

和 Y 在电话里吵过架后，我突然决定跳上车去找她。我住在 A 城，Y 住在 B 城。我今天晚上本来不想去找她的。但是在我们今天的例行通话中，我们互相都说了很重的话；最后，我怒气一上来，就跟 Y 说我想中断我们的交往了；Y 也跟我说她无所谓，还说她马上要给 Z，我的情敌打电话。话都说到这个份儿上了，我们俩中的一个——我记不得是她还是我自己了——中断了通话。挂掉电话后还没过一分钟，我就已经意识到，我们吵架的理由，与这一架本身正在引起的后果比起来，真的是什么也不是。要是再给 Y 打电话过去会是一个错误；解决这个问题的唯一方式是赶紧跑到 B 城去，然后面对面地跟 Y 把这个事儿解释清楚。所以现在我才会在这条高速公路上，这条我已经跑了上百次的路，这条我在各个季节、各个时辰都跑过的路，可是我从来没有感到它像今天这样长过。

更准确地说，我好像失去了对空间和时间的感知力：前照灯打出来的光锥让各个地方的侧影陷入了一片模糊中，指示牌上标出的公里数和仪表盘上显示出的公里数对我来说没有任何意义，因为它们对我问题的急迫性没有任何反应。Y 这会儿在做什么，她在想什么。她是真的要给 Z 打电话，还只是随便说出什么气话来吓唬我？她如果是动真格的，那究竟是在挂了我们的电话后就立刻这样做了，还是在决意打电话前先让自己消消气，并反思一下我们吵架的这件事儿呢？Z 和我一样也住在 A 城；多年来一直爱着 Y，未果；如果她真的打电话请他去，他一定会开车冲到 B 城去的；那么他也应该正跑在这条高速公路上；那么每一辆超过我的车都有可能是他的车，而我超过的每一辆车也都有可能是他的。但这事儿核实起来也很难：在我这个方向的车，开在我前面的无外乎是两个小红点，而开在我后面的呢，从后视镜里来看，也不过是两只黄眼睛般的灯。在超车的那一瞬间，我最多也只能弄清那是辆什么车，车上有多少人，但是大部分的车上都只坐了司机，至于车型嘛，据我所知，Z 的车子也不是特别好认的。

就好像这还不够似的，现在又开始下雨了。我的所有视野仅仅局限在雨雪刷刷出来的那块半圆形玻璃上，余下的一切都是不透明的条状黑暗，从外面传到我这里的信息，不过是被旋风式的雨珠打得走了形的黄、红色亮光。在 Z 这一方面，我唯一可以做的就是得尽量超过他的车，同时也不能让他超我的车，不管他坐在哪辆车里，可我又无从知道他是否坐在那辆车里，以及他究竟在哪辆车里。我觉得所有从 A 城出发的汽车都同样是我的敌人：每一辆比我开得快的车都会给我带来一种嫉妒的剧痛，它们为了叫我让道，在我的后视镜里气喘吁吁地对我亮着转向灯；而每当我发现我和我前面敌人车尾灯间隔距离缩小的时候，就会因为胜利的喜悦而小跳一下地冲向中间的车道，以便赶在 Z 的前面来到 Y 的身边。

我只需要几分钟的优势：Y 看到我在第一时间赶到她那儿，会立马把我们吵架的原因忘得一干二净；在我们之间，一切会回到之前的状态；而 Z 到了以后就会明白，自己被喊过来只是因为我和 Y 之间耍的什么小把戏；他会觉得自己跟个外人似的。不对，也许就在这会儿 Y 已经后悔自己跟我说的那些话了，她甚至试图给我打过电话，或者她也像我那样，觉得最好是自己亲自跑一趟，于是也跳上车，正跑在同一条高速公路与我相反的车道上。

于是现在我也没心思管那些跑在我这个方向的汽车了，我只看那些迎面而来的车。对我来说，那些车仅仅意味着前照灯打出来的两个星形灯光，它们越来越大，扫走了我视线中的黑暗，接着又拖着某种海底发光体似的东西迅速消失在我身后。再说，Y 的车型十分普通；我的车也是这样。每一个亮光的出现都有可能是正在跑向我的她，都让我觉得，因为某种注定要成为秘密的亲密关系，有什么东西在我的血液里涌动起来，那条专门发给我的爱的讯息和在高速公路那条线上跑着的所有其他讯息都混在了一起，更何况我根本就不指望能从她那儿获得什么有异于此的信息。

就在我奔向 Y 的时候，我意识到，其实我最渴望的并不是在我这场奔赴的终点能找得着 Y，我希望的是 Y 会向我赶来，这才是我需要的答案，也就是说，我需要她知道我正在奔她而去，而与此同时我也需要知道她正在奔我而来。唯一能够安慰我却同时也是最折磨我的想法是：此时此刻，Y 是不是正在往 A 城的方向赶，每当她看到一辆赶往 B 城车子的前照车灯时，她也会问自己，那是不是正在赶向她的我，她也会希望那是我的，但她永远不可能弄明白这事儿。突然，两辆往相反方向开的汽车并排交汇了那么一秒钟，一大束光打来照亮了滴滴雨珠，而发动机的嗡鸣声就好像是融在了一股骤起的风中：也许那就是我们，或者说，那其中的一个肯定是我，如果这意味着什么的话，而另一个人有可能是她，也就是那个我希望是她的人，一个代表她的、我能把她认出来的标记，尽管也正是这标记会让我认不出来她来。不管是于我还是于她，为了表达我们要对彼此说的话，在高速上奔驰成了我们唯一的一种交流方式，但如果我们不奔赴对方的话，我们就无法告诉对方自己要说的话，也无法收到通知。

当然，我开车去是为了尽快地赶到她身边；但是我越往前走，越意识到，到达她那儿的那一刻并不是我这一场奔赴的真正目的。我们的见面，附带着一次见面会带来的所有可有可无的细节，还有那张撒在我面前的，由各种感情、含义和回忆编织出来的细微的网——一个摆有喜林芋[①]的房间，蛋白石台灯，耳环——以及我可能说出来的话（其中有些话肯定是会说错的或者是会让人误会的），还有她可能说出来的话（在某种程度上可能是不合适的，或者总之不是我期待的），再加上每一个动作和每一个词会滚出来的那一连串不可预知的后果，所有这一切的一切，都会在我们要说的那些话周围，或者更准确地说，是在我们想听到的那些话的周围，抬起一团云状物，这团东西在打电话的时候就已经很难表达了，现在见了面以后在这种环境下就是更被打扰的，被压抑的了，就好像被埋在了一股流沙之下。正是出于这个原因，我才感到不能继续说话了，而是需要把要说的东西转化成一个由一百五十米时速的车子打出来的光锥，需要把我自己转化成这个正在高速公路上移动着的光锥，因为可以肯定的是，只有这样一个信号才可以被她接收并理解，而不会迷失在那些次要激动模棱两可的混乱中。于我也是一样，为了

---

① 学名蔓绿绒，又名春羽，羽裂蔓绿绒，属天南星科多年生常绿草本植物，原产于热带美洲。

接收和理解她要告诉我的东西，我希望这些东西不过是（或者更准确地说，我希望她不过是）这束以一百一/一百二的时速（也就是我目测出来的）在高速公路上往前推进的光锥。重要的是沟通那些必不可少的东西，略去所有表面上的东西，把我们自己简化成以信号灯来表现的基础交流，这个往一个特定方向移动的信号灯，消除了我们个人的复杂性，消除了各种可能发生的情况，消除了面部的表情，并把所有这些东西都留在前照灯藏在后面的那个暗箱里。我爱的那个Y其实是那个明亮的、移动着的光束，而她余下的一切可以是不确定的；而她可以爱的那个我，那个有能力进入她感情生活澎湃之网的我，则是这个我出于对她的爱、不无冒险地且因准备超车而正闪着的车灯。

还有Z（我可没忘记还有Z这个家伙），唯有当他对我来说只是那个追着我的闪灯和光亮，或者是我紧跟着的方向灯时，我才能构造出跟Z的一种正确关系：因为只要我开始考虑他那个人的时候，哎哟，那这思绪可就不知道会飞到哪里去了，因为我想他的时候，会带着那么一点儿说起来有些怜惜的感情，带着不可否认的不愉快之情，但同时也会带着点儿——我必须承认的——可以原谅的情感，因为他爱Y爱得这么乏味而不幸福，而他的行为方式又总是有点儿暧昧……然而，只要一切仍这样继续下去，就很好了：Z呢，试图想超我的车，或者让我超他的车（但我其实也不知道是不是他），Y呢，正在朝我加速驶来（但其实我也不知道是不是她），她后悔跟我吵了架、又重新爱上了我，而我呢，也正冲她而去，嫉妒而心焦。（但我无法让人知道，既无法让她，也无法让其他人知道。）

当然，如果在高速公路上只有我一个人，如果我没有看见往两个方向跑的这些车，那一切就会明朗多了，我就能肯定 Z 不会为了取代我而行动，能肯定 Y 也不会为了跟我和好而出发，能在我的判断中标出利弊因素，总之就是能掌握那些不会给任何疑惑留有可能的确证。就算假设要用那种消极的确定来替换我现在这种不确定的状态，我也肯定会拒绝替换的。要排除各种疑惑的最理想状态应该是在全世界的这个地方，只存在三辆车：我的车，Y 的车，还有 Z 的车，这样的话，能在我这个方向跑着的车，只可能是 Z 的车，而在对面车道跑着的唯一一辆车也当然会是 Y 的车。然而，在这被雨夜简化成无名光亮的成千上万辆车中间，只有一个固定不动的、身处有利位置的观察员才能分得清一辆车和另一辆车之间的区别，甚至还能认得出车上都坐着些什么人。这就是我所处的矛盾境地：如果我想收到什么信息，那我就得先放弃去成为一条信息，但是我想从 Y 那儿收到的信息——也就是说 Y 也变成了一条信息——只有当我这边也是一条信息时才有价值，另外，只有当 Y 不只是像任何一台什么信息接收器那样接收到我变成的那条消息时，但如果她就是我希望从她那儿收到的消息，只有这样，我变成的那条消息才有意义。

于是现在到达 B 城，上到 Y 的家里去，发现她还待在家里，一边头疼着，一边反复思忖着我们吵架的原因，所有的这一切再也不能给我任何满足感了；如果后来 Z 也赶来了，那场面简直就是太戏剧化了，太令人讨厌了；而如果我能知道 Z 不仅没有赶来，或者 Y 甚至也没把给 Z 打电话的威胁付诸行动，我会觉得自己彻底扮演了一个傻瓜。从另一方面来说，如果我就留在了A城，而Y却一直跑到我那儿去跟我道歉，我就面临一个颇为尴尬的境地：我会对Y另眼相看，会觉得她是一个缠着我不放的软弱女人，那我们之间的关系也会有所改变。除了我们转化成代表我们自己的信息这一种情况，我再也不能接受任何其他的情况了。那Z呢？Z也不能避开我们的命运纠缠，他也得变成一条代表他自己的信息，如果我因为嫉妒Z而跑向Y的话，如果Y后悔了，并为了逃开Z而跑向我，可Z甚至根本就没动过离开家的念头，那可就糟了……

高速公路开到一半的时候，有一家服务区。我停下车，跑到酒水咖啡店里，买了一把投币，拨出了B城的区号和Y家的电话号码。没人接电话。我高兴地把投币撒了一地：很显然，Y没沉得住气，上了车，往A城开去了。现在我又回到高速公路上，不过是公路的另一边，我也往A城开了。我现在所有超过的车，或者是所有超过我的车，都有可能是Y。在对面的车道上，所有往和我相反方向开的车都有可能是抱着不切实际幻想的Z。或者也可能是这样的：Y也在一家服务区停了下来，给我在A城的家里打了电话，因为没找到我，所以她明白了我正在赶往B城，所以她也折回头了。现在我们正在往相反的方向开，而且离得越来越远，而现在我超过的或是超过我的车都有可能是Z的车，因为他半道上也给Y打过电话……

现在一切变得更不确定了，但是我却感到已经达到了一种内心平静的状态：只要我们还打电话找不到人，我们三个还会继续沿着这条白色标志线来来回回地跑，并且甚至没有一个会威胁到我们这场奔赴确定性的出发地和目的地，那饱含着感觉和意义的出发地和目的地，因为我们终于能脱离自己臃肿的身形，脱离我们各自的声音和各种精神状态，因为我们简化成了信号灯，这对某些人来说，也是唯一适当的方式，因为这些人希望自己和自己说出来的东西是一致的，希望自己或是他人的存在发出的那种嗡嗡声不会改变所要说出的东西。

当然，我们要付出的代价是高昂的，但是我们必须接受它：我们无法被从这条路上经过的众多信号中区分出来，每一个信号的意义都是隐含着的，是无法辨识的，因为在这外面，再没有其他人能收到并理解我们了。

第二部分

困难的生活

阿根廷蚂蚁

我们刚来这里安家时，并不知道蚂蚁的事。我们觉着会在这里过得不错，天和绿色都很令人愉快，不过对于我和我妻子当时的心情来说，也许愉快得夸张了些；我们怎么能想到会有蚂蚁这种事？好好想想，奥古斯都舅舅也许跟我们提到过一次："那里，你们会看到，蚂蚁的……可不像这里，那些蚂蚁……"但只是谈其他话时顺嘴扯出来的，一件随便说说的事，也许是因为我们说话时正好看到了好多蚂蚁，我说什么来着，好多蚂蚁？其实就一只，我们可能是看到了，一只走失的蚂蚁，是我们老家那种肥肥的蚂蚁（我现在才觉得它们真肥，我老家的蚂蚁），反正奥古斯都舅舅提到的蚂蚁一点也没有改变他对这个大区的描绘，由于一些连他也解释不清的情形，这里的生活，更容易些，挣钱虽说不能保证，但起码有可能，不光是他奥古斯都舅舅这么说，还有其他很多在这里安家的人也都是这么讲的。

头一天晚上，我们就意识到为什么我们的舅舅，在这里，过得那么舒坦了，看看晚饭后空气中的微光，我们体会到了在通向田间小路上转悠的乐趣，体会到坐在桥头旁矮墙根上的惬意，就像我们眼前的那些人一样。然后当我们找到他常去的，后面有个菜园的酒店时，就更明白了，我们还找到一些像他一样又矮又老的家伙，但他们都是些自吹自擂的大嗓门，都自称是他的朋友，他们也没什么一技之长，我觉得，是一些按小时计算工钱做苦力的人，就算有人自称是个钟表匠，那也许只是出于炫耀。我们听到他们用一个绰号提到奥古斯都舅舅，是的，这个绰号被大家重复着，还被用来打趣。我们留心到一声苍白的笑，在这笑里现身出一个不再年轻的女人，有点肥胖，在吧台旁，穿着件镂空的白衬衫。我和我妻子清楚这一切对奥古斯都舅舅有多么重要，有一个绰号，在清澈的夜晚能在那桥上开开玩笑，能看见那镂空的小衬衫从厨房里出来，再走到菜园里去，第二天给那家面条厂卸上几个小时的面袋子。难怪他在我们那里时，老是念念不忘这个地方。

如果我还是无忧无虑的小年轻，或是整个家都已安顿妥当，这所有的一切我也会赏心悦目的。但以我们当时的境况，孩子的病刚好，还要寻找工作，那些对奥古斯都舅舅来说能足够让他感到自己愉快的事情，我们也是勉强能明白过来，也许明白这个行为本身就已经是种悲哀了，因为身处一个愉快的地方我们就更加地觉得自己不幸。哪怕是一些没什么大不了的事情也会让我们忧心忡忡，似乎猛然增加了我们的苦恼（我们当时还一点都不知道有蚂蚁呢），在给我们看房时，玛乌罗太太所有的叮咛更加剧了我们投身苦海的感觉。我记得有关煤气表，她啰哩啰嗦说个没完，我还记得我们是如何全神贯注听她这席话的，“是的，玛乌罗太太……我们会小心的，玛乌罗太太……我们真不希望这样，玛乌罗太太……”以至于当她（而此刻我们非常清晰地想起这件事了）的眼睛在墙上游动，就好像读到了什么东西，还用指尖划划墙面，然后甩了甩手指，就像是碰着了什么潮湿的东西，比如沙子、灰尘时，我们都没留神。她没说“蚂蚁”这个词，我们敢肯定；也许因为那里有蚂蚁也是很正常的，就好像总会有墙和房顶一样，但是我和我妻子都有了这么个感觉，她是想把这件事藏到最后一步，她的絮絮叨叨和叮咛嘱咐都无非是想着法子强调另一些事情的重要性，从而来掩盖那件事。

玛乌罗太太走后，我把床垫搬了进来，我的妻子搬不动床头柜，叫我帮忙，然后她又想立刻开始清理经济厨灶[①]，跪在地上，我说：“都几点了，你还想干什么？我们明天再忙吧，现在我们随便整理一下，过了今晚再说。”孩子困得直哭，第一件事就是得给他准备好摇篮让他睡上觉。在我们那里，都是用一个长长的藤筐给孩子睡觉的，我们把筐子一直带到这里了；我们把内衣填满了的筐子腾空，找了一个好地方来放筐子，是一个托架，一个既不湿也离地面不是太高的地方，以防他掉下来。我们的儿子在那里很快就睡着了，我们两个看着房子（房间由一块隔板分成两半；四面墙和一个顶），这房子正被我们的痕迹填满。“对，对，白色，当然刷成白色。”我回答我的妻子，看着天花板，便挽起她的胳膊肘把她推了出去。她

---

① “经济厨灶”：一种既可以做饭，也用于取暖的厨灶，炉膛类似于壁炉。不烧煤气，烧木柴。

还想再去好好看看左侧小破屋里的厕所，而我倒想和她在田地里散散步；因为我们的房子所建的土地上，有两块很大的花坛，或者说是一些还未经耕作的苗圃，中间是过道，过道上搭着铁架子，现在光秃秃的，也许曾经用来种过什么攀缘植物，南瓜或葡萄，早已枯掉了。玛乌罗太太有心把那片地交给我种植，我们自己也正好建一个菜园，她没外加任何租金，因为这块地已经荒废得有些年头了；不过今天她却没谈到这块地的事儿，我们也没顾上说，因为火上的肉太多了[1]。现在通过这第一个晚上来地里走走，我们想告诉自己先熟悉熟悉环境，也就是找找在某种意义上拥有那个地方的感觉；第一次，我们的生命处在延续之中的想法成为了可能，每天夜里都能这样漫步在那些苗圃中，我们的担忧将越来越少也终将成为可能。这些事情我当然没有跟我妻子说；可我非常急切地想知道她是不是也能体会到这些：事实上是，我察觉到短短地散了几步路，在她身上已起到了我所希望的效果；现在她细声慢语，我们臂挽着臂散步，她并没有拒绝这个本属于经济上更富裕些时的举动。

我们就这样走到田园的尽头，在篱笆那边，我们看见了莱吉那乌多先生，他正拿着个小风箱在他家房子周围忙活。我几个月前就见过莱吉那乌多先生了，当时我来找玛乌罗太太谈租房子的事。我们过去跟他打了个招呼，也是为了让他认识一下我妻子。“晚上好，莱吉那乌多先生，”我对他说，“您还记得我吗？”“啊，我当然认得，”他说，“晚上好！那么，您是我们的邻居了，是这样吧？”他

① “火上的肉太多”：意大利谚语，指事情太多，顾不过来。

是一个矮矮的、戴眼镜的先生，穿着睡衣戴着草帽。

“嗯，我们是邻居，嗯，邻居间嘛……”我的妻子开始说一些令人愉快的话，分寸得当，比如说些客套家常话什么的；我有一阵子没听她这样说话了；不是我喜欢，但比起听她的抱怨，我自然更高兴听她这样说话了。

“克劳蒂娅，”我们的邻居喊起来，“你过来，拉乌莱利的小房子住上新房客了！”我从没听过用那个名字来称呼我们的新家（这个名字，我后来才知道，一个老房东的名字），这让我觉得自己跟这里有点不相干。莱吉那乌多太太从自家房子走了出来，她是一个大块头的女人，正在围裙上擦着手；他们为人非常随和，对我们都相当热情。

“莱吉那乌多先生，您拿着小风箱忙什么？”我问他。

“呃……蚂蚁……这些蚂蚁……”他说，笑了笑，就好像没怎么在意。

“蚂蚁，是吗？”我妻子用冷淡而客气的语调重复道，那语调通常她只是对外人用的，用来假装关注他们的谈话；这个语调她从没对我使过，在我的记忆中，哪怕是我们刚刚认识时她也没有用过。

我们客气地向邻居道了别。可是如今就连这也是件我们无暇享受的事情：有邻居，还都是些和蔼可亲的人，可以这么融洽地交谈。

一到家，我们决定立刻上床。“你听见了吗？”我妻子说；她竖起了耳朵，听得见莱吉那乌多先生的小风箱扑哧扑哧的声响。我妻子到盥洗盆那里接杯水喝；“给我也带一杯。”我对她说，便脱下了衬衫；“啊！”她大叫了一声，“快来！”她看见了水龙头上的蚂蚁，还有一行蚂蚁正沿着墙往下爬。

我们打开灯，两个房间共用的一盏灯，一行密密麻麻的蚂蚁横贯墙面，是从门框里爬进来的，谁知道它们的源头在哪里。现在我们的手上爬满了蚂蚁，我们把手摊在眼前，想要看清楚，这些蚂蚁，究竟是个什么模样，同时我们还要不停地翻转手腕避免蚂蚁们再沿着胳膊往下爬[1]。这是种非常细小的、几乎感觉不到的蚂蚁，片刻不停地爬动着，就像是给我们带来的瘙痒同样也刺激着它们。直到此时，我才想起它们的名字："阿根廷的蚂蚁"，更准确地说是"阿根廷蚂蚁"，别人是这么说的，有那么一次，我应该是听过这回事的，这是个有"阿根廷蚂蚁"的地方，直到现在我才知道什么样的感觉会跟这样的一种表述联系起来：这种令人厌恶的痒遍布身体各处，就算把手握成拳头或是两手互搓，也无法完全制止这种痒，因为总会留下几只离群的小蚂蚁，顺着胳膊或衣服跑。如果碾死它们，蚂蚁就会变成黑色的小点点，如同沙子般掉下来，而手指上则会留下蚂蚁味，酸酸的，很刺鼻。

"这是阿根廷蚂蚁，你知道吗……"我跟妻子说，"是从美洲来的……"每当我想教她了解些什么东西时，就会不由自主地变调，然后很快我就会后悔，因为我知道她受不了我这个腔调，便会生硬地回应，也许她也明白，一旦我操起这种腔调，从来就不会对自己有什么自信。

然而她好像几乎都没怎么听我说话：她气急败坏地捣毁和驱赶

---

① 他们的手是举起来的，所以自然是不叫蚂蚁在胳膊上往"下"爬到身上。

着墙上的那行蚂蚁，用手掸了掸墙，却只是把蚂蚁引上身来，或是把蚂蚁打散到周围，于是又把手放在水龙头下，试着让水往上喷，而蚂蚁仍旧在湿地上走着，就算是把手浸泡在水里，她还是无法让自己从蚂蚁中脱身。

“这下我们家有蚂蚁了，这下好了！”她不停地重复。“以前也有的，而我们没有看到！”就好像如果之前就看到了蚂蚁的话，就能改变很多一样。

我对她说：“哎呀呀，就那么两只蚂蚁！现在我们上床，明天再想想怎么办！”我觉得很有必要补充一句：“好啦，就为了一点阿根廷蚂蚁！”因为用它们被在当地称呼的准确名称来叫它们，就可以给出一种既成事实的印象，在某种意义上是件自然而然的事情。

不过我妻子在那块田地上散步时那种心平气和的神情都消失了：她对一切又心怀疑虑，脸又像往日那样紧绷起来。第一次在新家过夜并非如我期待的那样；自我安慰不是开始一段新生活的慰藉，而是总在新的倒霉事中勉强维持下去的老茧。“全是为了两只蚂蚁。”我当时就是那么想的；也就是说我当时以为我是这么想的，但可能就算对我来说，也完全不是这么回事的。

终究是劳累胜过激动，于是很快就睡着了。半夜，孩子哭起来，我们两人，还赖在床上（总希望他能自己突然停下来，然后接着睡过去，不过这种事从来没发生过），互相问道：“他怎么啦？他怎么啦？”自从他病好后，夜里已经不哭了。

“他身上有蚂蚁！”我妻子大叫着，起来哄他。我也从床上下来，我们把筐子弄得乱七八糟，把孩子脱了个精光，得给他去掉那些蚂蚁，而我们又那样困得睁不开眼睛，为了看清楚，必须把孩子抱到电灯下看，门缝中钻进一股风，我妻子说："现在他又要着凉了。"要在他刚刚挠红的皮肤上找蚂蚁，真是叫人心疼。原来是一行蚂蚁上了托架。我们查看了所有的小垫单，直至一只蚂蚁都找不着了，我们问道："现在把他放到哪里睡呢？"在我们床上，我们睡得已经很挤了，他肯定会被压扁的。我仔细看了看床头柜，那里蚂蚁还没到；于是我把它从墙边移开，打开一个抽屉，把那里整治了一下，让孩子好睡下。当我们把他放进去时他已经睡着了。我们本该扑到床上去，困意很快就会冲我们席卷而来了，但我妻子却想看看储藏的食物怎么样了。

"你来这里，你来这里！上帝啊！这里全满了！全黑了！救命啊！"能怎么办呢？我扳住她的肩头说道："你过来吧，我们明天再想办法，现在也看不清楚啊，明天我们再来解决所有问题，再去挽救每一件东西，你现在上床！"

"但食物怎么办？会坏的！"

"让食物见鬼去吧！你想怎么办，现在？明天我们一定把蚂蚁窝毁掉，你就放心吧……"

但是躺在床上我们再也平静不下来了，想想无处不在的那些野兽，在食物里，在一切东西里；也许它们现在从地板上正在沿着床头柜底座爬到了孩子身上……

公鸡鸣叫时，我们刚睡着；没过多久我们就翻来覆去，抓起痒来，因为我们总感觉床上有蚂蚁；也许它们是直接爬上床的，也许在我们动手收拾东西后就把蚂蚁带上身了，于是就连清早那几小时都没能休息好，我们早早起身，一直惦记我们要做的事情，想到必须立即着手与那些令人痛苦的，难以察觉的，已经侵占了我们家园的敌人大干一场，厌恶之情立即涌上心头。

第一件事，对我妻子来说，是去看孩子：看看那些野兽有没有咬他（幸好看起来没事），给他穿衣服，喂他吃饭，这一切的一切都要在被蚂蚁占领的家里进行。我知道，每当看见放在水池里的杯子的边缘上，孩子的围嘴上，水果上，爬满蚂蚁时，她为了不大叫出声来要花上多大的力气。但是她看见牛奶时还是叫出来了："全黑了!"牛奶上薄薄地漂浮着一层蚂蚁，有的淹死了，有的还在游着。"都在表面上，"我说，"用小勺子就能撇干净。"但是我们总感到牛奶里留有蚂蚁的味道，我们一口也没尝。

我跟着墙上蚂蚁的行列走，想看它们到底是从哪里来的。我妻子梳头穿衣时，那怒气真不打一处来，不过她很快克制住了。"我们不把家里的蚂蚁赶尽杀绝，就不能把家具摆到位!"她说。

"别急。你会看到的，一切都能解决。我现在去莱吉那乌多先生那里，他有那种粉，我问他要点过来。我们把那粉撒在蚂蚁窝入口，我已经知道在哪里了，我们很快就可以解脱出来啦。但是，我们要等到稍晚一点，因为现在我们去也许会打扰莱吉那乌多夫妇的。"

我妻子略略平静一些，而我却不能：我跟她说发现了蚂蚁窝入口，只是为了安慰她，反倒是我越细心观察越能发现蚂蚁们来来往往，方向各异，就像我们的家，表面上光亮、平滑得像个骰子，其实早被穿孔了，全是一道道的裂缝。

我倚着门，望着阳光下的植物，感到些许轻松，其时太阳已经照到它们上面，侵入到土地上的荆棘让我觉得看上去很愉快，因为它给了你想扑进去大干一番的愿望：好好地打扫一切，刨地，播撒种子，移苗栽培。“你过来，”我对儿子说，“你在那里会发霉的。”我把他抱在怀里，走进“花园”，我想养成这样称呼这一块土地的习惯，便对我妻子说：“我带孩子到那个花园里待一会。”随即又改口成：“到花园里。”因为我觉得这样归属感更强，而且更亲切。

孩子在阳光下很愉快，我告诉他：“这是一棵角豆树，这是一棵柿子树。”我把他举上树杈：“现在爸爸来教你爬树。”他突然大哭起来。“怎么了？你害怕？”而我却看见了蚂蚁；那株满是树胶的树全被蚂蚁覆盖住了。我立刻抱回孩子。“唔，好多小蚂蚁啊……”我哄着他说，但自己很是担心。我随着蚂蚁的队列一直寻找到树干下，发现那些静悄悄的、几乎用肉眼无法看见的蚂蚁，从树上下来后是继续在地上攒动着，并在杂草丛里，延伸到各个方向。我想，究竟怎么样才能把蚂蚁清扫出家呢？在这一小块地上——昨天我还觉得它蛮小，但现在想到蚂蚁这层关系，觉得它简直是大极了——那些层出不穷、源源不断的蚂蚁铺满地面，肯定是从地下成千上万个蚂蚁窝里冒出来的，被黏稠而甜蜜的土地和低矮的植物滋养着；不管我往哪里看——乍一看，觉得什么都没有，倍感轻松——尔后注目凝视，只见一只蚂蚁正慢慢靠了过来，接下来便发现它隶属一支长长的队伍，它们正在跟其他的蚁群汇合；它们时常驮着碎屑或是小渣子什么的，尽管这些东西总比它们大得多；有些地方，我想，什么植物汁、什么动物残肉凝成块的地方，总会围聚一大圈蚂蚁，它们几乎都黏成了团，就像一小块伤口上的痂。

我让孩子骑在脖子上，回到我妻子身旁，几乎是跑回来的，总感到蚂蚁要沿着我的脚面爬上来。她说："好了，你把孩子弄哭了。他怎么了？"

"没什么，没什么，"我急忙说，"他在树上看到几只蚂蚁罢了，他还有昨晚的印象，感到身上痒痒的。"

"哦，真烦人啊，这里也是！"我妻子说道。她目视着墙上一团蚂蚁的蠕动，想用手指肚压在每只蚂蚁身上的方法来弄死它们。我看见成千上万的蚂蚁把我们包围在那块土地上，现在我更觉得那块土地实在是大得无边无际，烦得我对她直嚷嚷："你在干什么？你疯了吗？你这样没用的！"

她气得跳了起来："可是那个奥古斯都舅舅！奥古斯都舅舅什么都没跟我们说！我们就跟两个傻子一样！听他的话，听那个骗子的话！"然而，奥古斯都舅舅又能跟我们说什么呢？"蚂蚁"一词，当时对于我们而言，一点都表达不出来如今我们处境中的这种惊愕。就算他跟我们说过蚂蚁这回事，也许，我不排除这种可能性，他还真这么提起过一次，那我们想到的也只会是一种具体的，可以计数的，有躯体，有重量的敌人。真的，如果让我回忆一下我们老家的蚂蚁，我会把它们视为大得可观的野兽，至少是那种摸得着，抱得起的，比如猫啊，兔子啊。这里，我们面对的是如同雾或沙子一般的敌人，跟它们斗靠力气是不管用的。

我们的邻居，莱吉那乌多先生，正在厨房里用漏斗倒一种液体。我从外面喊了他一声，气喘吁吁地来到他家厨房的落地窗前。"喔，我们的邻居！”莱吉那乌多大呼道，“您请坐，先生，您请坐！请原谅我总在这里搞这些乱七八糟的液体！克劳迪娅，快给我们的邻居拿张椅子来！”

我立刻对他说：“我来，请原谅我的打扰，但是您知道，我看见您有那种粉末，我们整整一夜，都有蚂蚁……”

“哈，哈，哈！蚂蚁！”刚进房间的莱吉那乌多太太，突然爆笑起来，她丈夫，稍稍有点滞后，我感觉，却以一种更喧闹的热情，响应她道：“哈，哈，哈！他们也有蚂蚁！哈，哈，哈！”

我不情愿地在嘴角边挤出一丝谦和的微笑，做出一副这种滑稽的处境已被他们理解，但自己又无能为力的模样：正是因为这个实际情况，我才来这里向他求助的。

“您这是跟谁说呀，蚂蚁的事，亲爱的邻居！”莱吉那乌多先生抬起手，惊呼道。

“您跟谁都别说，邻居先生，您跟谁说去呀！”他妻子应和着，双手合在胸前，可总是像她丈夫一样地笑个不停。

“为什么，你们，我以为，难道就没有一种药管用？”我问道，我发抖的声音，也许会被当作是想笑，而不会被看作是压在身上的绝望。

“一种药，哈，哈，哈！”莱吉那乌多夫妇起劲地大笑起来。“我们是不是有一种药？何止呀，二十种，上百种药，我们都有！一种，哈，哈，哈，一种比一种好！”

他们把我领进另一个房间，几十个纸质和白铁皮做成的罐子，搁在家具上，罐子上贴着华丽的标签。

“您想要普罗弗斯凡吗？您想要米尔米奈克吗？或者是提奥布罗弗里特？阿尔索潘是要粉剂的，还是混合剂的？”他们递上活塞喷雾器、毛刷、小风箱，雾状的黄粉末和极细的微粒，以至于药房和农药店的气味混成一体，升腾起来，他们还在笑得东倒西歪。

“什么东西当真管用呢？”我问道。

他们停住笑。“不，没有。”他们答道。

莱吉那乌多先生用一只手拍了拍我的肩膀，他太太把百叶窗打开了，阳光射进来。然后他们又领我在他们家里四处转了转。

他那红条子睡裤紧扣在肥胖得凸起的肚子上，套着背心，草帽戴在秃头上。她穿着件掉了色的便衣，内衣的吊带时不时地露了出来；一头金发包着又红又宽的脸庞，像棉絮一般乱蓬蓬地卷着。他们喧哗而开朗；他们家每个角落都有一段故事，他们讲述给我听，争先恐后地抢断话题，打着手势，发出感叹，就好像每一段插曲都是一场闹剧。在一个地方，他们把阿尔法那克斯配成千分之二的浓度洒在那里，蚂蚁躲了两天，而第三天又回来了，他于是把这种混合液调高到千分之十的浓度，可蚂蚁只是绕道而行，改从上楣柱上走了；另一个地方，他们用克里索唐粉隔离出了一个墙角，而风总是把这粉末给吹散，如此下来每天都要用上三公斤粉末；在台阶上，他们试了试佩德罗西德，好像是立马就能药死蚂蚁，其实却只是让它们昏睡而已；在另一个角落，他们投放了一种杀蚁药，蚂蚁们照常横行竖爬，倒是第二天早晨找到一只中毒的老鼠；他又在别处放上兹莫弗斯弗，这是一种药效高、拦截性强的液体，他妻子往液体上又浇了点伊它尔马克粉，这粉却成了解毒剂，抵消了药效。

我们的邻居视屋子和花园为战场，他们的热情就是标示出蚂蚁不能逾越的界线，探寻蚂蚁行走的新路线，尝试各种新型混合剂和药粉，每一种东西都能与记忆中的某段插曲，或某种稀奇古怪的组合联系起来，因此他们只需扯出一个名字，如“阿尔赛皮特!”“米尔克希多!”就能爆笑起来，还互使眼色，互对暗语。似乎他们已经放弃了杀死蚂蚁的打算 ——假如他们曾经试过的话——反正这些尝试都是没用的：他们只是力图封锁蚂蚁的某些通道，使它们偏离方向，吓唬吓唬它们，或让它们不能靠近：这是一个永远崭新的迷宫，他们每天准备不同材料的图案，用来标出这个迷宫，这也是一场游戏，而蚂蚁是其中不可或缺的元素。

“这群野兽没什么好搞的，没什么好搞的，”他们说道，“除非像上尉那样做……”

“呃，当然，我们花了很多钱，”他们说，“在这些杀虫剂上……上尉那种办法，可以想见，是最便宜的一种办法……”

“自然我们还不敢说已经战胜了阿根廷蚂蚁，”他们又说道，“但上尉也是，您认为他是在正路上吗？我怀疑……”

“他是谁啊，抱歉，这上尉？”我问。

“布拉乌尼上尉：您不认识他？啊，您只是昨天刚到这里的！他也是我们的邻居，在右边，那幢白色的小别墅里……他是个发明家……”他们笑起来，“他发明出一种可以灭绝阿根廷蚂蚁的办法……甚至，是很多办法。他还在不停地完善这些办法。您去找他吧。”

肥胖的、笑容诡秘的莱吉那乌多夫妇，他们那个只不过几平方米的小花园，却给线条画得一道道的，而且溅满了深色的液体，脏兮兮的，并且还沾上了发绿的粉尘，那里堆满了喷水壶、硫磺喷洒器，用来调稀靛蓝色药剂的水泥小槽，而在乱七八糟的花坛里，就连那几株稀有的玫瑰小树苗，从叶尖到根部也都被洒满了杀虫剂，夫妇二人抬起眼睛望向晴朗的天空，心满意足，乐在其中。跟他们聊了聊，不管愿不愿意，我还是感到轻松了些许：说到底，不是说蚂蚁是件他们想表现出来好笑成那样的事情，但也不是什么非常严重的事情，一件令人灰心丧气的事情。

“唉，蚂蚁！”我此刻考虑。“什么蚂蚁啊？有点蚂蚁能把我们怎么样？”

现在我当然是要去找我的妻子，还要拿她开点玩笑：“谁知道你是怎么想的，你，跟这些蚂蚁……”

我穿过自家那一小块土地回家时，脑子里准备了一番这种语调的话，胳膊里抱满了邻居给我试试的纸包和瓶子，根据我的需要，是从那些对孩子没有危害的药剂中选择出来的，因为孩子什么东西都往嘴里塞。而我一看见我妻子，抱着孩子，站在房外，目光呆滞，脸颊凹陷，就明白了她所经历的挣扎，明白了她也发现了包围着我们的难以数计的蚁群，明白了她已投了降，于是我所有打算微笑和调侃一下的愿望就全都没了。

“你终于回来了……”她对我说，那软弱无力的语调比我期待的愤怒的腔调更让我痛苦。“这里我真不知道怎么办了……如果你看见……我真的不知道了……”

“这样，我们现在来试试这个，”我跟她说，“先试这个，再试这个……”我把那些瓶子摆在房前的平台上，立即向她说明这些东西该怎么用，我解释得很快，几乎是生怕看到在她的双眼里燃起太多的期望，因为我既不想让她有什么幻想，也不想打破她的幻想。此时我脑子里又冒出另一个想法，我想立刻去找那个布拉乌尼上尉。

“你按我说的做吧；我很快就回来。”

“你又要走？去哪里？”

“去另一个邻居家。他有办法。我去看看。”

我往有金属网架的方向跑去，那网架上爬满了密集的攀缘植物，从右边把我们的土地围起来。太阳藏到云后去了，我从网架上探出头，看见一座白色的小别墅，它被小小的、整齐有致的花园簇拥着，一条铺着灰色卵石的小路缠绕着圆圆的花坛，花坛底部围着一圈漆成了绿色的铸铁，就像公共花园里那样，而每个花坛中央都栽着小小的、黑色的橘子树或柠檬树。

一切都那么宁静，阴影重重，不见动静。我正犹豫着准备离开，却看见了一个脑袋，从一排修剪得相当精致的篱笆上伸出来，脑袋上戴着顶白色布料的沙滩帽，帽子变了形，帽檐成波浪状，压得很低，一副钢框眼镜架在一个软骨组织旺盛的鼻子上，再往下，是一丝刻薄的微笑，一口假牙灿灿生辉，这假牙也是钢做的。这是个干瘦的男人，穿着套头衫，裤脚用松紧带收紧在踝骨处，就像那些骑自行车人的装束，脚上蹬着凉鞋。他走近一棵橘子树，观察着树干，悄无声息，小心翼翼，那个紧绷着的笑容始终没有消失。我从那一排攀缘植物后露出脸来说：“早上好，上尉。”那个男人突然抬起头，笑容顿失，有的只是一道冷冷的目光。

“对不起，您是布拉乌尼上尉吗？”我问他。

那人表示肯定。“我，您知道吗？是新来的邻居，租着拉乌莱利的小房子……我想打扰您一会，因为我听说了您的方法……”

上尉竖起一根手指头，做了个让我过去的手势；我，便从金属网的破口处跳到那边去。上尉继续高举着那根手指头，用另一只手指了指他原先观察的地方。我看见从树上伸出一小段铁丝，与树干垂直着。铁丝的末梢处挂着一小块——我觉得是——鱼刺，在铁丝的一半处，朝下隆出个锐角。在树干和铁丝上，来来往往的全是蚂蚁。在那个铁丝的尖角下方，吊着一个小瓶，就像那种装肉汁的小罐子。

“蚂蚁，”上尉解释起来，“被鱼腥味吸引过来，爬过那段铁丝；就像您看到的那样，它们前前后后走得很好，从不相撞。但要通过那个危险的V字形锐角处时，一只蚂蚁要过去而另一只蚂蚁要回来，它们便在那个V形顶端碰头了，只好停下，于是这个小瓶子里的煤油味就会把它们熏晕过去，它们还打算继续上路呢，却撞在一起，掉了下去，死在油里。滴，滴。”他说的这个“滴，滴”声正好伴随着两只蚂蚁掉下去。“滴滴，滴滴，滴滴。”上尉不断地重复着，仍带着他那静止钢制的笑容，每一声“滴”都伴随着一只蚂蚁应声落入那小瓶子里，而瓶子里那两指深的煤油已被一层不成形和凝成块状的昆虫尸体弄成了黑色。

“平均每分钟杀死四十只蚂蚁，”布拉乌尼上尉说道，“每小时两千四百只。自然是要保持煤油的清洁，否则死掉的蚂蚁会把油面盖住，再掉下来的蚂蚁就可以爬上去了。”

我一眨不眨地盯着那一串子单薄、稀疏，但连续不断地下滴：

也有不少蚂蚁穿过那个险要处，还用牙齿拖着鱼刺的碎片回来，可时不时地总有几只蚂蚁在那个点上止步逗留，晃晃触角，然后就跌落下去。布拉乌尼上尉，用那镜片后的目光注视着，绝不错过昆虫任何细微的活动，每掉下一只蚂蚁，他就会抑制不住地战栗起来，那绷紧着的、几乎见不着嘴唇的嘴角也随之抽动。他经常控制不住自己地总要动动手，要么调整一下铁丝的角度，要么摇一摇小油瓶，清理一下瓶壁周围死去蚂蚁的凝结块，要么干脆轻轻抖抖那个装置，这样就能加快受害者的下跌。但是最后这个举动肯定让他感到几乎是一种犯规，因为他立刻缩回了手，还带着一副要为自己申辩的神情看着我。

“这是一种最完善的模型。”他说，又把我领到另一棵树前，在那棵树上也伸出一小截铁丝，在铁丝的V形顶端处，系了一根打了结的猪鬃；蚂蚁们以为能在鬃毛上自救，但是煤油的气味和支撑点的突然缺失把它们弄得头昏脑涨，以至于它们无一幸免地摔了下去。上尉给我展示了其他数量众多的陷阱，也都使上猪鬃或马鬃的计策：一段粗粗的铁丝，在某处突然接上一根细细的鬃毛，而蚂蚁们呢，对如此的变化一无所知，顿失平衡；他甚至还谋划出这么一个圈套，在接近鱼刺的地方，用中间被剪断的鬃毛做了一段假过道，这样仅凭自身的重量，蚂蚁就能把过道撑开，落进油里。在那个寂静、规整的小花园里，每一棵树，每一条管道，每一排栏杆上，全都井然有序、精细入微地安置着铁丝支架，铁丝下面挂着小油盆；几株仔细修剪的玫瑰，和一排排的攀缘植物，都只像是对一场华丽酷刑的精心伪装。

“阿格拉乌拉!”上尉来到便门前大声嚷着,对我说,“现在我让您看看最近几天的狩猎成果。”

从那扇门里出来一个干巴巴的、苍白的女人,瘦高个子,眼神惊恐而怀有敌意,头上扎着一条手帕,在额头上打了个结。“你给我们的邻居看看袋子。”布拉乌尼说,我直觉上认为她不是个用人,而是上尉的妻子,我向她点头问好,还咕哝了一句,但没有得到回应。她转身进去,出来时拖着一个很沉的袋子,胳膊上的筋都暴了出来,此刻所显出的力气远远胜于她给我第一眼的印象。在半掩着的门里,能看见他家里有满满一堆这样的袋子;那女人,总是一声不吭地,很快又消失了。

上尉打开袋口,里面像是有些肥土或化肥什么的,但是他把一只胳膊插进去,却掏出来一把像咖啡沉淀物一样的东西,并把这东西从一只手倒到另一只手上;都是死蚂蚁,像柔软的沙子,黑得发红;死蚂蚁全都结成了团,缩成一粒一粒的,再也分不出头和腿来。它们散发出那种酸酸的、刺鼻的气味。在他家里还有上百公斤这样的袋子,堆成了金字塔的形状,满满当当的。

“真可怕……”我说,“这样下去,你们一定会把它们杀绝的……”

“不,”上尉平静地说,“杀工蚁一点用也没有。到处都是蚂蚁窝,窝里有蚁后,又会生出无数只蚂蚁。”

“那怎么办呢?”

我挨着袋子蹲下来;他在台阶上比我更低的地方坐下来,为了好跟我说话,还得抬起头来;他的额头和那副圆眼镜的上半截,被白帽子走了形的帽檐遮了个严实。

“要想法子饿死蚁后。如果能把给蚁窝供食的工蚁数量减少到最小，那蚁后就无食可吃了。我跟您说吧，盛夏中的一天，我们会看到蚁后钻出蚁窝，靠自己的腿来寻找食物……那就是蚂蚁的末日了……”

他愤愤地合上袋口，站起来。我也站起来。

“但是，有人还自以为能解决什么呢，却只是让蚂蚁逃走而已，”他往莱吉那乌多的小别墅瞟了一眼，露出钢牙，讥笑了一声，“还有人想要养肥蚂蚁呢……那也是一种办法，不是吗？”

我没弄懂第二句话暗指什么。

“谁？”我问。“为什么他们想养肥蚂蚁？”

“蚂蚁人还没来找过您？”

他在说谁呀？“我不知道，”我说，“我想确实不知道……”

“他会来找您的，您放心。一般每周四他都来绕上一趟，因此，如果今天早上他没来，下午准会到的。专来给蚂蚁喂补药，哈！哈！”

为了让他高兴，我也跟着笑了笑，可是我不想再听什么新路数了。正是因为我是专程来找他的，我说：“当然，您的法子最好，不可能被别人超……您认为可以在我家也试试吗？……”

“您得跟我说，您最喜欢哪种模型。”布拉乌尼说，他又把我带回花园，给我看他那些我还不知晓的发明。一想到要完成譬如捏扁一只蚂蚁如此简单的操作，居然还要投入如此复杂的技术和坚定的信念，我就觉得受不了，不过我也明白，重要的是办法适当，还要坚持不懈，于是我就觉得很泄气，因为没有一个人可以和我们这位邻居那骇人的热情相提并论。

“也许对我们来说，最简单的模型就很好了。”我说，布拉乌尼从鼻子里呼出一口气，我不知道他是赞同呢，还是同情我不足的野心。

“我会想一想的，”他说，“我会给您画上几张草图。”

这样一来，我只得感谢他，并就此道了别。我再次跳过篱笆；甚至都没听到脚下鹅卵石发出那吱吱嘎嘎的声音，我感觉这一切都不是真的；我的家，尽管还像以前那样遭受侵扰，但我第一次感觉到，它真的是自己的家了，一个回来时我可以说一声“终于到了！”的地方。

在家里，有我吃了杀虫剂的孩子和绝望的妻子。

“你别怕，那些杀虫剂是没毒的！”我赶紧跟她说。

没毒是没毒，但也不是好到可以吃：我们的儿子疼得乱叫唤。得让他把杀虫剂吐出来；他在厨房里吐了，可我妻子刚刚清洗干净的厨房里又挤满了蚂蚁。我们把地打扫清爽，把孩子弄安静下来，放进篮子里睡觉，接着用驱虫粉隔离好篮子周围，再系上蚊帐，将篮子一周罩得严严实实，这样他就是醒了也不可能起来乱吃什么东西了。

我妻子先前买回些菜，却无法逃出蚂蚁对菜篮的包围，只好先把每样物品都冲洗一遍，包括油浸沙丁鱼、奶酪，要把粘在上面的蚂蚁一只一只地抠下来。我帮她做些杂事，劈开木头，收拾好经济厨灶，给炉膛通风，她一直在洗菜。但是没有一处可以待安稳的；

每隔一分钟，不是她蹦起来就是我跳起来，叫着："啊呀，它咬我了！"我们止不住地抓痒，忙着把蚂蚁从身上拿掉，或是直接把胳膊和腿伸到水龙头下冲。我们不知道可以在哪里摆放饭桌：在屋里的话，会招引更多的蚂蚁进来，在屋外的话，我们全身很快就会爬满蚂蚁。于是我们就站着吃，不停地来回移动，而所有的食物居然都能吃出蚂蚁味，这既是因为蚂蚁留在了食物里，也是因为我们的手上沾满了那种味道。

饭后我在地里走了走，抽上一支烟。从莱吉那乌多家那边传来了叮叮咣咣的餐具碰撞声：我探头看看，一把巨大的遮阳伞下，他们正围坐在桌边用餐，光亮而沉静，脖子上系着格子餐巾布，正享用着奶油布丁和浅色的葡萄酒。我祝了他们胃口好，他们则邀我过去尝尝。但我看见饭桌周围都是成包成桶的驱虫剂，每件东西上都铺着一层黄色的或是发白的粉末，还有沥青般的条纹物，那些化学材料的味道，刺鼻而来。我说我很感谢他们，但是我没胃口，这是事实。莱吉那乌多家的收音机响着，声音不大，他们用假声哼着曲子，并做出一副相互祝酒的样子。

我是站在台阶上跟他家打招呼的，同时还能瞥见布拉乌尼家花园的一角；上尉也许已经吃完饭了：他端着放了杯咖啡的小盘子，从家里出来，一边呷着，一边四处张望；当然是为了查看他所有的刑具是否都在正常运转，检查蚂蚁的垂死是否还在一如既往而有条不紊地继续。我看见两棵树间挂着一张白色吊床，凭感觉，上面应该躺着那个瘦骨嶙峋、令人生厌的阿格拉乌拉太太，可是只能见到一个手腕和另一个摇着折扇的手。一种奇形怪状的圆环装置拴着吊床的绳子，捣鼓成这模样，当然应该又是什么防御蚂蚁的工事了；或许这吊床本身就是对蚂蚁下的新圈套，而上尉的妻子放在那里就是用来做诱饵的。

我不想和莱吉那乌多家人说我去探访过布拉乌尼家，因为我已经知道他们会以一种讥讽的自负来奚落我的探访，这种讥讽的自负在我们邻居间早已习以为常了。我把目光转向玛乌罗太太的花园，她家花园比我家地势高，她那座别墅顶上，立着一个转来转去的鸡形风向标。“不知道玛乌罗太太那上面是不是也有蚂蚁啊……”我说。

看得出来，莱吉那乌多一家人进餐时散发出一种抑制住的愉悦情绪，愉悦中暗藏着狡诈、镇定，因为他们只是应答着：“嘿，嘿，嘿……她也会有的……嘿，嘿，嘿……她也会有的……她当然有，有得还不错呢……”

我妻子叫我回家，因为她想把床垫铺到桌上躺下稍稍睡一会。先前我们把草褥子直接搁在地上，再把床垫压在草褥上，那是阻止不了蚂蚁爬上去的，但是把床垫放在桌子上的话，只要把四只桌脚用药粉隔离开来就好了，一时半会蚂蚁是爬不上去的。她休息起来，我出去了，想着要找找什么人，也许能跟我说说工作的事，不过实际上，我出去只是想走动走动，换换自己的脑筋。

但是一路走来，我却感到各处已与昨天大不相同了：每一座菜园，每一个家庭，我都猜得出会有成排的蚂蚁爬上了墙，覆盖住了果树，将触角伸向任何一个甜的或是油腻的东西；我警觉的眼睛很快就会发现给搬到屋外来拍打的家具，因为蚂蚁早已钻在其中，会发现一个老太太手里的驱虫小风箱，还会发现一盘盘的毒药，再削尖眼睛看，还能看见一行蚂蚁，正沉着冷静地沿着上楣柱爬行。

尽管如此，这仍是奥古斯都舅舅的理想之地：蚂蚁能对他怎么样呢，对他？他有时给这个老板卸袋子，有时给那个老板做事，在酒店长凳上吃喝，晚上他在有欢乐和手风琴的地方游荡，走到哪里就睡到哪里，只要那里凉爽和柔软就行。

我走着走着，试着把自己想象成奥古斯都舅舅，试着像他那样走路，在这样一个下午，在这样一条路上。当然，要跟奥古斯都舅舅一样，就是说首先要在生理特性上符合他：也就是要矮矮胖胖的，臂膀要有点像猴子，还得以不成比例的姿势大张着，吊在半空中，短短的腿总是因为回头贪看女人而踩错步子，说话时稍一激动，就会吊起那个尖细的嗓音，操起本地方言里的脏话，气呼呼地大骂开来，这脏话因为他口音中夹杂着另一个大区的重音，还是走了调的。在他身上，肉体和灵魂是统一的；我想通过自己躯体的重量和脑中的想法，模仿出一些奥古斯都舅舅的举动，说一些他爱开的玩笑，从而能在自己身上看到他。但是我永远只能在精神上假装成他：我心里大声呼喊着："喂：我要去那个干草仓里睡上一觉！喂：我要去酒店里好好吃上一顿猪血肠和葡萄酒！"对猫儿们，我想象着自己假模假样地抚摩一番，然后大叫一声："啊呜！"把它们吓跑掉；然后对女仆说："嘿，嘿，您要我来帮您吗，小姐？"但是一点都不好玩。我越意识到奥古斯都舅舅对这里的一切应付得是那么自如，就越发现他是个与众不同的家伙，他永远不会去忍受我的操心事：整顿房子，寻找工作，半病着的孩子，还有个不会笑的妻子，爬满了蚂蚁的床铺和厨房。

我来到我们去过的那家酒店里，问穿小白衬衫的女人，昨天和我谈过话的那些男人是不是还没来。那里阴凉清爽；那酒店也许不是个有蚂蚁的地方；我坐下来等那些家伙，是她建议我这么做的，我装做从容地问她："你们这里没有吧，蚂蚁？"

她用抹布擦了一下吧台："这里人来人往的，从来没人注意过这事。"

"那您一直住在这里吗？"

她耸了耸肩膀："像我这么壮实的人，还会怕什么蚂蚁？"

这种想藏住蚂蚁的神情更叫我来气，就像有了蚂蚁是什么羞耻的事一样，我追问道："这么说来，您是不下毒药的喽？"

"对付蚂蚁最好的毒药，"坐在另一张桌旁的人嚷起来，我发现，他是奥古斯都舅舅那些朋友中的一个，我昨晚还跟他聊过来着，"是这个。"他举起杯子，一口而尽。

其他那些人也来了，他们邀我一同喝酒，他们并没能给我提供什么工作信息。然后又扯到了奥古斯都舅舅，一个人问道："他在那里忙什么呀，那个老林杰拉？""林杰拉"是这里的一个词，是流浪汉和无赖的意思，这帮人都非常赞成这个称呼，还说我舅舅正因为是个"林杰拉"才这么被大伙尊重的。我对这个授予他的名声有点迷惑不解，因为我知道他骨子里是个礼貌而谦卑的人，尽管生活方式有那么一点稀里糊涂的。不过这也许只是吹牛和夸张罢了，这里的人都这样，我有一个模糊的感觉，这一切都与蚂蚁有关，他们假想身陷于一个动荡不宁、危机四伏的世界，以此来把自己从那些最细微的烦心事中隔离出来，比如说蚂蚁。对我来说，进入那种思维的难处——我回家时想着——是我的妻子，她永远与幻想为敌。我还想了，她是多么深入地影响了我的生活，以至于我再也不能陶醉于词藻和想象之中了，因为我的脑海中会立刻浮现出她的脸庞，她的目光，她对我来说是那么亲切，是必要的存在。

我在门外碰见了她，我妻子，一副有点惊恐的样子，说："哎我说，有个勘测员。"

酒店里那些优越感很强的吹大牛人的聒噪声，还充斥在我耳边，我几乎没怎么听明白，就说："啊，一个勘测员，现在好了，又来了一个勘测员……"

她说："家里来了个勘测员，正量着尺寸。"

我仍未弄明白，进了屋。"噢，你说什么呀？他是上尉！"

是布拉乌尼上尉，拿着黄色卷尺在丈量屋子，准备在我们家安装他的那些捕蚁装置。我把我妻子介绍给他，并感谢了他的热情关心。

"我想看看环境的可能性，"他说，"一切都要以数学式的标准来操作。"他还量了量孩子睡觉的篮子，弄醒了孩子。小家伙被他那个拉平的黄色卷尺给吓怕了，大哭起来。我妻子赶紧哄他睡觉。孩子的哭声把上尉弄得很烦躁，尽管我尽力地分散他的注意力。幸好他妻子叫他，他走出去。阿格拉乌拉太太在篱笆上冒出头来，用她那瘦而白的胳膊向他示意，并喊道："你过来一下！对，你过来一下！有人来了！对，蚂蚁人来了！"

布拉乌尼把目光转向我，抿着嘴，会意地冲我笑了一下，为他要立刻回家而深感抱歉。“他这就要来找您了，”他说，朝那个神秘的“蚂蚁人”的方向指了指，“您会明白的……”

我不想在还没搞清楚他是谁和来干什么之前，就面对这个蚂蚁人。我朝莱吉那乌多家的小台阶走去；这时候邻居刚刚进家门；他穿着一件白衣服，戴着顶扁平的狭边草帽，拿的全是小袋子和罐子。我问他：“不好意思，我想打听一下：蚂蚁人已经来过您家了吗？”

“我不知道，”莱吉那乌多说，“我从外边刚回来，但我想他是来过了，因为我看见到处都是糖蜜[1]。克劳迪娅！”

他妻子露出脸来，说道：“是的，是的。他也会去拉乌莱利家小屋的，但您别指望会有什么用，您要知道！”

我当然没指望什么。我问：“但是，这个人，是谁派他来的？”

“谁想派他过来呀？”莱吉那乌多说。“他是那个和阿根廷蚂蚁斗争的机关的人，一个职员，来给所有人家的花园里放上糖蜜。那边那些小盘子，您看见了吗？”

他妻子说：“掺了毒的糖蜜……”她冷笑了一下，一副自己非常明白的样子。

“这糖蜜能杀死蚂蚁吗？”我的问题简直是在开一个令人头疼的玩笑；我已经知道会是怎样的了：有时好像是一切就要解决了，然后又变得复杂起来……

莱吉那乌多先生摇摇头，好似我说了一件不合时宜的事情。“当然不是啦……用的毒药是最小剂量，这个好明白……蚂蚁又馋

---

① 制糖企业的下脚料。

废糖蜜。工蚁们回到蚁窝，用极小剂量的毒药来喂养蚁后，用这种方法，蚁后迟早总会中毒而亡的。”

我不想问是不是它们迟早真的能死。我明白莱吉那乌多先生告诉我这个办法时，自己是持不同意见的，但又觉得有义务要使用一种客观而恭敬的语调，来传达权威的官方意见。但他妻子，具有女人特有的急躁，敢于表达她对这个糖蜜把戏的反感，并用恶意的讥笑和挖苦的玩笑，强调着丈夫的话：这种态度让他觉得不太合适或是太过轻率，因而他尽力反驳她，千方百计地削弱这种悲观主义的印象，倒也不是真的要反对她——也许因为他私下里也是这么说的，也许还要糟——而是试着给她举出些个公道的小例子，比如：“好啦，你太夸张了，克劳迪娅……当然不是非常有效，但还是管用的嘛……而且，他们做这事都是免费的……在做出评价前，先要等上几年……”

“几年？他们放那个玩意儿都有二十年了，每年蚂蚁都在增多。”

莱吉那乌多先生不再驳斥她，而是把话题转到那个机关的其他功绩上：他给我介绍粪箱法，就是蚂蚁人把粪箱送进每家每户的花园里，蚁后便会去那里产卵，他们取回这些箱子，把它烧掉。我发现莱吉那乌多先生的腔调非常适合用来向我妻子解释这件事情，她天生多疑悲观，于是，我回到家，把邻居的话跟她重复了一遍，注意不去夸耀这个方法有多么神奇、迅速，但也避免使用克劳迪娅太太的讽刺评价。我妻子是那样一种女人，比如说坐火车吧，尽管她们认为火车时刻表、列车编组、检票员检票都毫无意义，搞得一塌糊涂，没有任何合理性可言，但也带着仇恨地、无可奈何地接受了下来；同样，虽然她认为糖蜜这个玩意儿荒唐可笑，只是把事情搞复杂了——我也不知道怎么反驳她——但她还是准备好好接待这个蚂蚁人的来访——这个蚂蚁人，我知道了，是叫巴乌迪诺先生——并且不用抗议或是无意义的求救来烦他。

这个人并未征得我们同意就来到了我们的土地上，就是说还在我们谈论他时，他就已经站到我们跟前了，这真叫人尴尬。他是个五十岁上下的矮个子，穿着件又破又掉色的黑色衣服，那张脸有点醉汉相，颜色仍然深的头发梳着一个孩童般的分头。他半闭着的眼睛，稍带一点虚情假意的笑容，还有那眼睛和鼻翼附近有些发红的肤色，都预示着他会有个嘶哑的声调，就像神父那种，方言很重。面部神经略为一动，就能让他嘴角和鼻角的皱纹跳个不停。

如果我用了太多的细节来描述巴乌迪诺先生，那只是为了尽量描绘出他给人们的奇怪印象；相反，一点都不奇怪：因为我们凭直觉就能猜出蚂蚁人正是他，哪怕他是置身于成千上万的人中间。他的手粗壮而多毛：一手提着类似咖啡壶一样的东西，一手托着一叠子陶瓷小盘。他告诉我们，他要放糖蜜，他的声音那样的冷漠，暴露出公职人员的好逸恶劳：同样，他说“糖蜜”这个词时的发音方式，是那般的软弱无力、拖拖沓沓，足够表明这个男人是以怎样麻木不仁的怀疑，和对我们的苦恼怎样的蔑视，来履行他的任务的。在他面前，我发现我妻子倒成了镇静的榜样，还指给他看蚂蚁流量最大的地方。实际上，看着他那么犹豫不决地忙活着，老是重复着那几个同样的动作：用咖啡壶的糖蜜灌满一个个的小盘子，再搁下，战战兢兢地生怕弄翻它们，我的耐心早已跑掉了。这样观察着他，我脑中闪出一个奇怪的印象，这个印象我第一眼见他时就有了：他就像一只蚂蚁。我说不好为什么，但他肯定是像的：也许是因为他肤色昏暗发黑，也许是因为他那个小身段的比例，或许是他嘴角上的抽动与那些昆虫触角、小腿的持续振颤是相似的。但是蚂蚁有一个特点他可一丁点都不具备，这就是蚂蚁那种动个不停的忙乎劲儿；巴乌迪诺先生行动起来时，总是慢慢吞吞、笨手笨脚，眼下他正挥舞着蘸上了糖蜜的小刷子，愚蠢地把家里涂抹得很脏。

就在我带着不断增长的厌恶感跟随着那个人的活动时，我突然发现我妻子已不在身边；我放眼找去，看见她站在地里的一个角落上，也就是莱吉那乌多家篱笆和布拉乌尼家篱笆交会处；克劳迪娅太太和阿格拉乌拉太太在各自的篱笆上伸出脑袋来，她们在闲谈，而我的妻子，在她们中间，听着她们说话。我走近她们，因为巴乌迪诺先生正在房后的间隙处忙活，在那里他可以想怎么弄就怎么弄，不需要别人看着，我听见布拉乌尼太太在说话，边说还边打着她那有棱有角的手势：

“补药，他用来喂蚂蚁的，那个东西：简直是补药，什么毒药啊！”而莱吉那乌多太太用一种甜甜的口吻补充道：“如果哪天真没有蚂蚁了，这些机关官员都上哪里去啊？所以，您想让他们干什么呀，我的太太？”

“把它们养肥，这就是他们做的好事！”阿格拉乌拉太太愤怒地下了结语。

我的妻子——由于邻居双方的话都是冲着她说的——不吭一声

地听着，而她那鼻孔大张、双唇紧锁的模样告诉我，一种被迫承受骗局的气愤和痛苦正在吞噬她。我也是，必须说，我十分切近地相信那些话并非只是女人的闲言碎语。

“那么用来产卵的小粪箱呢?”莱吉那乌多太太继续说道。“他们是要收回的，但是您以为他们真会烧掉箱子吗？才不会呢!”

有人在喊：“克劳迪娅！克劳迪娅!”她丈夫的声音，肯定是妻子放肆的言行使他不安起来。莱吉那乌多太太说声“抱歉啦”，离开了我们，话语间透射出对随波逐流的丈夫不屑一顾的意思。在对面，我感到有种嘲笑声在回荡，我看见在铺得很好的砾石小道上，布拉乌尼上尉正在调整陷阱装置的倾斜度。在他的脚下，一个刚给巴乌迪诺先生满上的陶瓷小盘子翻了个底朝天，被打得粉碎，肯定是给踢了一脚，谁知道这一脚是无心还是有意的。

我们往家走时，我没法断定妻子心里是否盘算着要对蚂蚁人发泄一通怒气；但是我可能不会做任何事情制止她，相反，时机适当的话，我还会支持她。但是我们把房子里里外外看了个遍，发现巴乌迪诺先生已经消失了；来的时候，我们就感觉听到我们家的栅栏在吱吱嘎嘎作响，还有关门声。他应该就是那时候出去的，连个招呼都不打，留下糖蜜那黏糊糊、发红的印迹，还散发出令人厌恶的、甜腻腻的味道，跟蚂蚁的味道完全不同，但是，我说不出来，这味道是如何与那蚂蚁的味道有着某种关系。

我们的儿子睡得正熟，正是我们上玛乌罗太太家拜访一下的好机会。我们原本就得去找她，要拿什么贮藏室的钥匙，当然也是出于礼节的需要。不过促使我们尽快拜访的真正原因，是想让她听听我们的抗议，她租给我们一套被蚂蚁占领的住房，事先却没有任何警告，而且——首先是——也是有好奇心，想看看房子的女主人是如何应付那群祸害的。

玛乌罗太太的别墅有一个宽敞的大花园，坐落在山坡上，棕榈树高高地耸立着，扇形的树叶已经披黄。一道小径弯曲迂回，通向一幢被玻璃游廊和阁楼环绕的房屋，屋顶上的鸡形风向标已是锈迹斑斑，吃劲地绕轴旋转，发出刺耳的叫声，跟棕榈树的树叶比起来总要慢一拍，每一阵风起时，棕榈树叶都要响，呻吟一下。

我妻子和我就是顺着这道小径上去的，倚着栏杆往下俯瞰，能看见我们住的小房子，对我们来说它还很陌生，还有那片荆棘丛生、尚未耕种的土地，我们还看见莱吉那乌多家那个类似仓库前院的小花园，布拉乌尼家那个几乎如同墓地般规整的小花园，只有现在我们才可以忘记那些被蚂蚁黑掉的地方，只有现在我们才敢想象假如没有那些无时无刻缠身不离的烦恼，这些地方会是个什么模样，只有此时隔了这么远的距离，我们才意识到那里也可以是个天堂——但是我们处得越高来看它们，就越为我们那底下的生活感到悲哀，就好像生活在那样一个不幸和琐碎的境况下，就只能继续与不幸和琐碎纠缠下去。

玛乌罗太太一大把年纪了，瘦瘦高高的；在一间阴暗的房子里接待了我们，她端坐在一张靠背很高的椅子上，紧挨着折叠式小桌子，桌上摆着缝纫用品和文具。除了一个白色的男士衣领，她一身黑衣服；瘦瘦的脸上淡淡地扑上一点点粉，头发梳得很严整。她立刻给了我们钥匙，这是她前一天就答应好的，可并没有问我们在那房子里过得怎么样，而这——我们感觉——表明她其实就是等着我们抱怨的。

“那下面的蚂蚁，太太……”我妻子说道，用了一种谦卑和温顺的语调，这一次我倒是不希望她用上这种语调的。尽管我妻子是个态度很强硬，还经常攻击性很强的女人，但偶尔也会腼腆起来，一旦见到她这副模样，我就有种别扭的感觉。

为了给她帮腔，我用了一种很忿恨的口气，说：“您租给我们一套房子，太太，如果我们知道有这么多蚂蚁的话，老实跟您说……”我不愿再说下去，想来这就已经足够清楚了。

太太连眼睛都没抬。“这房子很久没住人了，”她说，“有一点阿根廷蚂蚁也是可以理解的，这里到处都是……在卫生没搞好的地方。您，”她对我发话了，“一直未给答复，让我等了四个月。如果早早入住的话，现在就不会有蚂蚁了。”

我们环顾房间，由于被帷幔和半合的百叶窗遮挡，房间几乎是黑沉沉的，古老的挂毯覆盖着高墙，阴郁的木雕家具上，细颈玻璃瓶和银质茶壶闪烁出短促的光亮，我们感到那里的黑暗，那些沉重的摆设正是用来掩藏那已涌成河流的蚂蚁，它们肯定把整座房子从地基到屋顶好好地穿了个遍。

“那么您，这里，”我妻子带着一种影射的、近乎嘲讽的口气说，“没有蚂蚁？”

玛乌罗太太抿了抿嘴：“没有。”回答得很干脆。接着，就好像她发现这话显然不会被相信，就解释道：“我们这里收拾得干干净净，如同明镜一般光洁。真有什么蚂蚁从花园里爬进来，我们会发现的，会立即采取补救措施。”

“什么?”我和我妻子异口同声地立刻问道，我们现在无不充满希望和好奇。

“是这样的，”老太太耸了耸肩说道，“我们把它们撵走，用扫帚撵走的。”就在此刻，她那故作镇定的表情被一种来自肉体上的痛苦穿透，我们看见，她仍旧那样坐着，却扭了一下腰，很明显地把身体的重心从一边移开。若不是她用那么肯定的语气确认出这些话，我敢发誓一只阿根廷蚂蚁正从她的衣服下穿过，还蜇了她一口；一只或者几只，正在她身上散步，把她给弄痒了，因为尽管她吃力地控制着不在椅子上挪动，可是很显然，她再也无法像先前那样安稳端正地待着了，她全身紧绷着，一丝越来越剧烈的痛苦神情正在她的脸上荡漾开来。

“可我们屋前的那块地全都黑了，尽是蚂蚁，”我急忙说，“我们已经是尽可能地把家里清扫干净了，但是从地里总有成千上万的蚂蚁爬进来……”

“这个很好理解，”老太太说，她那单薄的手紧攥着扶手，“这个很好理解，地里没种东西，没种东西的地就会让蚂蚁成千上万地繁殖。我本打算四个月前就让您好好收拾一下那块土地的，而您让我等了又等，现在您遭殃了；还不只是对您，大家都跟着遭了殃，蚂蚁正在四处蔓延……”

“它们也蔓延到您这里来了?”我妻子几乎是笑着问道。

“这里没有!”玛乌罗太太苍白地说道，右手始终紧攥着扶手，肩膀稍稍转动了一下，并用胳膊肘蹭起了体侧。我冒出一个想法，这些阴影、装饰品、房间的宽阔、灵魂的自豪，全是那个女人对付蚂蚁的防御手段，和在蚂蚁面前她比我们更坚强的原因；但是我们目所能及的一切，包括她，端坐在那里的人，都已被比我们那里更无情的蚂蚁给侵蚀了；那似乎是一种非洲白蚁，它们毁灭每一件东西，只留下空壳，而那座房子，就只剩下掉了色的挂毯，窗帘是几乎就要碎成粉的布料，我们眼前的所有东西都处在要坍塌成碎末的边缘。

“我们正是来向您讨教的，您是否有什么建议，可以让我们从这个灾难中解脱出来……”我妻子说，她的举止重又自如起来。

“把家收拾好，把地里的活干好。没有其他法子。劳动：只有劳动。”她站起来，这个告别的举动和她本能地一跳是同时发生的，她再也不能安稳地待着了。她恢复了镇定，苍白的脸上露出一丝如释重负的神情。

我们穿过花园，走下坡去，我妻子说：“但愿他没醒。”我也惦记着孩子。还没到家，我们就听见他在哭。我们赶紧跑过去，把他抱在怀里，试着哄他安静下来，但他仍是高声大哭，声嘶力竭地叫着。一只蚂蚁爬进他耳朵里了：我们过了好一会才搞明白是怎么回事，他哭得非常绝望，整个叫我们没了辙。其实我妻子早就说了：“肯定是蚂蚁！”但我还是纳闷，为什么他一直哭个不停，在他身上既没找着蚂蚁，也没有见着什么被咬或是过敏的印痕，我们脱光他的衣服，周身上下查个仔细，可只是在篮子里找到了几只；我原来还觉得已经把篮子隔离得相当好了；但我们没注意到蚂蚁人用糖蜜刷的那几下子：在被巴乌迪诺先生刷出的那些难看的划痕中，有一道，好像是故意要把那些野兽从地板上一直勾引到孩子的小窝里。

孩子的哭声和妻子的惊叫，把附近的女人都引到家里来了：莱吉那乌多家的那位太太非常能干，相当热情；布拉乌尼家的那位太太，必须说，也是千方百计地助我们一臂之力，还来了其他从未见过的女人。女人们都忙着出主意：往他耳朵里倒温热的油，让他张开嘴，让他擤鼻子，还有其他一些法子，我也没弄清楚。她们嚷这嚷那，结果只能添乱而不是帮忙，尽管那时候倒也能起到点安慰作用；她们在孩子周围忙前忙后的，更主要的是煽起了对蚂蚁人的公愤。我妻子叫喊着控诉他，巴乌迪诺；女邻居们众口一词地说那个家伙必须为他的所作所为付出代价，要狠狠地教训他一顿，说他用尽伎俩地养好蚂蚁，就是为了不丢掉自己的工作，说他完全有能力却是故意这么做的，反正大家都已知道，他始终站在蚂蚁那一边，而不是站在基督徒这一边的。夸张是夸张了一些，但还是可以理解的；在这样义愤填膺的气氛中，加上孩子都哭成那样了，我也深受感染，如果当时巴乌迪诺先生就在我手中[①]，我都说不好会对他怎样。

小蚂蚁随着温热的油流出来了；孩子，哭得半呆，拿起一个赛璐珞玩具，摇了摇，便吮起来，再也不理我们了。我也跟他有同样的需要：自己待一会，放松一下神经。而那些女人，对巴乌迪诺的

① 此处“在我手中”，指就在眼前。

谩骂仍在继续，她们跟我妻子说他很可能就在附近的一处围栏里，那里有他的贮藏间，我妻子说："啊，我去那里，我当然去那里，要让他罪有应得。"

她们组成了一个小队，由我妻子打头，我自然紧挨着她，但对这个举动的效果却未作任何预期；那些鼓动我妻子的女人，跟随她身后，时不时超前几步给她指路。克劳迪娅太太主动提出帮我们带孩子，跟我们在栅栏边告了别；后来我发现阿格拉乌拉太太也没和我们一起来，她一直表现得是巴乌迪诺最大的敌人之一，但是最后我们却被一小群素不相识的女人陪同着。我们走在某种混用车道上，道旁尽是些木制的小屋、鸡舍、菜园，堵的全是垃圾。一些女人说了这许多，但是到了自家后却停在门槛上了，以极大的热情给我们指出应该往哪边走，然后便进了家门，招呼在地上玩耍的脏孩子，或者是喂鸡去了。只有几个女人一直跟我们来到那个巴乌迪诺的围栏，可我妻子敲了门，门也开了以后，也就只剩下我和她两个人进去了，尽管我们可以感觉到，窗台上或鸡圈前那些女人的目光始终追随着我们，她们或者是扫着地经过那外边，好像是在继续怂恿我们，但是声音极低，而且一点都没露脸。

蚂蚁人站在他的贮藏间中央，那个贮藏间塌掉了四分之三，仅存的一面木质墙上，粘贴着一张发黄的海报，用特大号的字写着：抗阿根廷蚂蚁斗争所，周围是成摞用来放糖蜜的小盘子、小抽屉和各种罐子，整个就是一垃圾堆，垃圾堆里满是装鱼刺的纸包和其他废弃物，以至于让人立刻产生一种联想，这里就是整个地区所有蚂蚁的发源地。巴乌迪诺先生令人生厌、盘问般地面对着我们，似笑非笑，露出牙齿间的空隙。

“您！”我妻子攻击起来，犹豫片刻，又开始说，“您真应该感到羞耻！您来我家，把到处都弄得一团糟，而且还用您的糖蜜把蚂蚁引进孩子的耳朵里。”

她把手伸到他脸下，巴乌迪诺先生以野兽般的动作避让开来，脸上仍挂着那个蛀坏掉的笑容，耸耸肩膀，向周围张望一下，还使了个眼色——这只能是向我使的，因为没有其他人在他的视线范围内了，就好像在说：“她真傻”，然而从他口中吐出的却只是泛泛而无力的否认，比如“不……不……什么呀”。

“那为什么大家都这么说，说您给蚂蚁下的不是毒药，而是在喂补药！”我妻子大叫着，他则顺着小门溜到路上，我妻子紧追其后，怒责他。这下巴乌迪诺先生是朝着邻近小屋里的女人们耸肩挤眼了，我感觉这伙女人像是在难以察觉地搞两面派，她们一边同意为他作证，证明我妻子完全是胡说八道，一边对我妻子投去目光，微微颔首，频频示意支持，继续鼓动她，甚至做出用扫帚挥向蚂蚁人身上的动作。我没介入，我能做什么呢？当然不能跟着破口大骂，更不能对那个正在逃跑的小矮子拳脚相加，我妻子已经那样对他大动肝火了；可我也不觉得应该劝阻她，因为我不想保护巴乌迪诺。我妻子愤怒已极，吼道：“您害了我的孩子！”还上前揪住他的领子，把他摇得在衣服里乱晃。我正准备扑向前去隔开他们，但他并未碰她，而是用越来越像蚂蚁的动作转了个身，挣脱她，迈着笨拙的步子跑开几步，然后恢复镇静，走掉了，走前还对小屋那边的观众耸耸肩，喃喃道：“这都是什么事啊……这是什么人啊……”还做出一种好像是说“她真傻”的手势。在我妻子冲向他的那一刻，在那群观众中，响起一阵强烈、含混不清的嘁喳声，可当那男人一脱开身，她们又寂静无声了，现在她们又开始在他背后说起话来，甚至都不是什么抗议和警告的话，更多是在抱怨，而且几乎是在请求同情，就好像是一种自豪的声明，叫嚷着：“蚂蚁都把我们生吞了……床上是蚂蚁，盘子里是蚂蚁，每天，每夜……我们自己已经没什么好吃的了，还要喂饱它们……”

我挽起妻子的胳膊，她还不时地回头大喊着：“不会就这么结束的！我们知道是谁欺骗了我们！我们可是知道该谢谢谁呢！”还说了其他一些没有响应的威胁话，因为我们返回时，小屋的窗子和门都已紧闭，居民们和蚂蚁们又一起开始了他们不幸的生活。

于是这就成了伤心的归程，也是意料之中的。然而我尤其感到不快的是目睹了那群女人的表现。对这些四处哭诉、抱怨蚂蚁的人，我深感厌恶，我这一辈子都不会这么干的，我宁愿把自己关在一种折磨人的自傲之中，就像玛乌罗太太那种自傲，但她有钱，我们却很穷，我找不着出路，找不着继续生活在这个地方的方式；我感到，在所认识的，直到不久前我还以为他们是如此超脱的人中间，他们没有一个找到了这个方式，或者甚至都不在寻找这个方式的路上。

我们回到家门前：孩子仍在吮他的玩具，妻子坐在凳子上，我看着被蚂蚁占领的土地、篱笆，看到外面从莱吉那乌多先生家花园里升腾起来的一团驱虫粉，还有右边上尉家花园里静悄悄的阴影，那里的受害者还在继续一滴滴地掉着。这边是我的新家。我抱上孩子拉着妻子，说："我们去转一圈，一直遛到海边去。"

天色已晚。我们经过林荫道和台阶小路。阳光打着老城的一角，老城的房子是用灰色多孔的石头建成的，窗框抹着石灰，屋顶长满绿草。城市朝内地扇形般打开，丘陵连绵，起伏不平，从一座山坡到另一座山坡之间的山谷中，充满了清新的空气，此刻给染上了古铜色。儿子惊奇地回头注视着每件事物，而我们也不得不参与到他的惊讶之中，这种方式，既可以使我们重新接近生活中间或会有的温馨，也可以让我们漠然度过每一天。

我们遇上几位年迈的女人，她们头上顶着摇摇晃晃的大篮子，篮子下压着个垫圈。她们平稳地走着，腰板笔直，眼睛下垂着；从一个修道院的花园里，跑出来一群纺织女，来到栏杆边，看见水缸里的癞蛤蟆，说道："啊，真紧张啊！"一排栅栏后的藤萝树下，一群穿着白衣裳的小姑娘正在让一个盲人玩沙滩球；一个半裸着上身、留着胡子、一头披肩长发的小伙子，正在用顶端叉开的杆子，从一株密密麻麻长着长长的白刺的老仙人掌上接果子；一群富家孩子，神色忧伤，戴着眼镜，在窗前吹着肥皂泡；给养老院的老人们吹归营号的时候到了，他们一个跟着一个，戴着草帽，拄着拐杖走上那些台阶，每个人都自顾自地说着话；有两个电话修理工，扶梯子的人跟在线上那个逆着光的人说："下来吧，到点了，明天我们再干完吧。"

就这样，我们来到港口，那边有海。有一排棕榈树，还有些石凳：我和妻子坐下来，孩子很安静。我妻子说："这里没有蚂蚁了。"

我说："而且还很清爽，待着真舒服。"

海浪上上下下地拍打着堤道上的礁石，摇晃着那些被称作"高座"[①] 的船，黑皮肤的男人们把红色的渔网和用于夜间捕鱼的鱼篓装在船上。水面平静，不停地变换着色彩，天蓝色，黑色，越往远去，这两种颜色变得越密集。我想着那无际的海水，想着那底下无尽的细沙，那边有被水流搁下的白色贝壳，它们被海浪冲洗得干干净净。

---

① "高座"为音译，是一种典型的意大利渔船。

烟云

当我来到这座城市定居时，真是什么都不在乎。定居并不是一个准确的词。我对稳定没有任何期望；我希望周围的一切都是流动的，暂时的，只有这样我才会感到拯救了自己内心的安宁，但是我也解释不出这种稳定存在于何物之中。于是，当我在通过了一系列介绍之后，得到了一个在《净化》杂志做编辑的职位时，便来这里寻找住处了。

对于一个刚下了火车的人来说，大家都是知道的，城市整个就是座火车站：转来转去的，他就转到了越来越凄凉的路上，周围是车库和托运仓库，有锌制咖啡桌的咖啡店，往他脸上喷着恶臭气的卡车，他不停地换手拎行李，感到手都肿胀起来了，脏兮兮的，内衣紧贴在身上，紧张，他看到的所有东西都是紧张的，分崩离析的。那间为我准备的带家具的房子，我正是在这样一条路上找到了，在大门的边框[1]上，有两串牌子，用鞋盒做的，被绳子挂着，是一张租房信息，字迹很潦草，牌子一角上贴着印花税票。我不时地停下来换手拎行李，看见这牌子就进去了。那幢公寓的每个楼道、每层楼上都有一两间要出租的房子，我在 C 楼道的第一层[2]楼按响了门铃。

这是一个普普通通的房间，房间有点暗，因为落地窗朝着内院，正是由那扇落地窗进入房间的，进去前要通过一条栏杆早已锈迹斑斑的走廊，于是这间房就独立于这套房子的其余部分之外了，但是得先通过一连串用钥匙锁上的防盗护栏；房主玛尔格利蒂小姐耳聋，怕的正是贼。没有卫生间；厕所在走廊上一个木头做的小屋里；屋里有个自来水的洗脸池，没有热水设备。但总之，我还能找到什么呢？租金对我太合适了，其实，这是唯一的可能，因为再贵的我也花不起这个钱，再便宜的也找不到；再说，一切都是暂时的，我想这对自己来说应该是个非常清楚的事实。

“是，是，这房子我要了。”我跟玛尔格利蒂小姐说，她却当成我是在问这里冷不冷，于是她指给我看了看炉子。我早已看过了，想把行李丢在那里，出去走走。我先走到洗脸池边，把双手放到水龙头下面；从我刚到的那一刻起，就一直有洗手的欲望，但是我只是冲了一下，因为打开行李找肥皂很麻烦。

“哦，您为什么不跟我说？我这就给您把手巾拿过来！”玛尔格利蒂小姐说道；她跑到那边去，带了一条烫平的毛巾回来，搁在椅

① 意大利的门边框很宽。

② 相当于中国的第二层楼。

背上。为了清爽一下自己，我在脸上也扑上了点水；我非常厌恶自己不干净；然后用毛巾擦了擦。从那个动作中女主人终于明白过来，我是真想租那间房的。“啊，这房间您要了！您要了！好的，您想要换衣服，整理行李，您自己尽管来，这里是挂衣架，您把大衣给我，搁这里！”

我没让她给我脱下外套，我打算马上出去。我还得跟她说我需要一个书架：我有一箱书要到，那是自己在支离破碎的生活中仅能攒起的一点点藏书了。我费了好大劲才让那个聋子搞明白我的意思；她总算把我带到她那里去，带到她房间的一个小货架[①]前，里面放着她的针线篮，线圈盒子，要修补的什物，还有各种刺绣样式；她告诉我，她会把这货架腾空，搬到我房间里去的。我出了门。

《净化》杂志是机关办的一种刊物，我得先去那里报到，才好知道自己要做什么。崭新的工作，不同的城市，如果我再年轻一些或者我对生活还有更多期盼的话，这一切也许会给我带来兴奋和满足；可是现在不同，我只能看到灰色，还有围绕着自己的痛苦，我只能深陷其中，倒不怎么是我让步了，而是我更喜欢这样，这样就证实了我的生活不可能还有所不同的看法。甚至连那些自己必须走过的路，我都会选成那样的路，那些最次要、最狭窄和最无名的，尽管从那些有着高雅玻璃窗和漂亮咖啡店的路上走对我更方便一些；但是要错过行人疲惫的面容，错过廉价饭馆里稀薄的空气，错过小店铺的霉味，错过小路上特有的某些噪声，我又觉得非常可惜：电

① 原文为法语。

车，小货车的刹车声，院子里小作坊的焊铁声：这都是因为那些外界的筋疲力尽和吱嘎刺耳声可以防止我过于沉溺于内心的筋疲力尽和吱嘎刺耳声。

然而，要抵达那个地点，我不得不在某个地点进入一个完全不同的区域，那里绿树成荫，古色古香，高档雅致；小街小巷里的车辆很少，而林荫遮蔽的机动车道和非机动车道都相当宽敞，这样一来，交通既不堵塞又不嘈杂。秋天了；一些树成了金黄色。人行道边不再是房子的墙垣，而是栅栏，栅栏后面便是篱笆，花坛，卵石小路环绕着的带有装饰建筑的，介于宫殿和别墅风格之间的房子。我现在体会到一种不同的茫然，因为我再也找不到那些我在其中能像以前那样认知自己或是预测将来的东西了（不是我相信征兆，对于处于紧张状态的人来说，新的地方，他见到的每一个东西都会是一种征兆）。

于是，当我进入那个机关办公室时，真是有点晕头转向的，那里的办公室跟我想象的不一样，因为它们都是些贵族宫殿式的大厅，镶边的镜子，靠墙桌和大理石壁炉，以及挂毯和地毯（但实际使用的室内配置却是普通的二十世纪办公家具，照明系统是最现代的品种，用灯管的那种）。反正，我现在是为要了如此丑陋而昏暗的房间而感到窘迫；以至于当我被领到协会主席科尔达工程师的书房里时，就更感难堪了，因为他立刻就以一种夸张的热情接待了我，完全把我视为平级的人物来对待，不只是从社会等级威望上来看——就连这我都已经很难消受了——而且尤其是把我当成对这个机关和《净化》杂志所关心的问题有着和他同等竞争力和兴趣的人。我，老实说，本以为这就是个做做样子的活，可以挤挤眼睛使个眼色混过去的事情，而我也只是把那份工作当作其他什么随便的差事接下来做的，可是现在，我就得扮演那种在自己生活中就没想过其他什么事的角色了。

科尔达工程师是个五十出头的人，孩子气，黑胡子，也就是不管怎样都能保留着一股孩子气和黑胡子的那一代人中的一个，那些我从来没有跟他们有过任何瓜葛的家伙。他的一切举止，谈吐，外貌——一身无可非议的灰制服，衬衫白到完美——手势——一手夹着香烟，挥舞着——都让人觉得他高效精干，天资聪颖，性格乐观，没有成见。他把《净化》杂志至今所出过的几期都拿给我看，这些杂志是由他（他是杂志主编）和印刷办公室主任阿万德罗博士[①]（工程师向我介绍了他；他是那种讲起话来就像在念稿子一样的家伙）共同收集的。期刊很少，还相当薄，能看得出不是行家做的。我以自己那一点做杂志的见解，对他说了一下——当然没有批评的意思——我是如何准备做这份杂志的，还说了会进行哪些技术上的变动。我同样也操起那种实用的、很有把握的语调；我很高兴地发现我们非常谈得来。很高兴：是因为我越表现得干练、乐观，就越会想到那间可怜的租房，想到那些凄凉的街道，想到自己身上带着的那种生了锈的、黏糊糊的感觉，想到我什么都无所谓，我觉得自己是在耍魔术，当着科尔达工程师和阿万德罗博士的面，正在把他们所有的工业技术效率变成一堆碎屑，而他们毫无察觉，科尔达还

① 在意大利，只要不是工程专业毕业的大学毕业生都被称为博士。

在满腔热情地点头。

“很好，那么您明天没问题喽，我们说好了，还有，”科尔达跟我说，“为了修订……”他想让我读一读他们最近一次开会的材料。“喏，”他把我带到一个书架前，书架上堆满油印报告副本，“您看见了吗？您拿着这本，还有这本，这本您已经有了？好，您数数是不是都有了。”他一边这么说着，一边把那些纸张拿在手中；就是此刻，我看见从那些纸张中扬起了一小片尘雾，刚刚被碰过的纸张表面已被划出手指的痕迹。工程师举起纸张，试着掸了掸，只不过是轻微一下，似乎是不愿接受纸上落灰的事实，又用嘴轻轻吹了吹。他小心翼翼地，尽量不让手指碰上每份报告的第一页，只是用指甲尖稍稍地掠过，这样一来，一条游蛇般的白色细纹就被标在那铺着一层极细的灰尘、类似于灰底子的东西上了。但他的手指还是给弄脏了，看得出来，他是想通过把手指屈到掌心上搓手指肚的办法，试着把手指弄干净，结果反倒是把灰擦到整个手掌上。于是他就本能地把双手垂到法兰绒灰色裤子的两侧，适时地停留了一会，再把手抬起，就这样，我们两个人，都在半空中搓着手指肚，稍稍捏着那些报告的边缘，相互传着，就好像这报告是荨麻叶，同时我们还继续笑着，继续兴高采烈地表示同意，继续说：“哦，是啊，真是一次有意思的会议！哦，是啊，工作开展得很好！”但我发现工程师却显得越来越紧张和不自信，他承受不住我胜利的目光，我那胜利和绝望的目光，因为一切都证明与我之前想象的一模一样。

我迟迟没有困意。房间，看上去很安静，夜里却传来一些我慢慢才搞清楚的各种声音。会不时传来一个扬声器走了调的声音，好像是要提醒人们注意什么，但字句短促，难以理解；如果我已经睡着再醒过来的话，会觉得自己是在火车里，因为那种音色和语调就是火车站扬声器的那种音色和语调，就跟乘客半睡半醒的夜里耳边浮起的声音一样。竖起耳朵来听，我还能抓住几个词。“两份酱饺子……”他们说，“铁锅肉排……一份……排”。这房间是在“乌尔巴诺·拉达齐”[1]啤酒店的厨房上面，午夜后那里也做快餐生意：服务员在吧台上用内线话筒把点过的菜单抑扬顿挫地念给厨师听。阵阵混杂的嚷嚷声不断从啤酒店里传上来，不时还会有什么人唱起歌来。但这是个好地方，价有点贵，可来的人群并不庸俗：夜间少有醉汉发酒疯把满是杯子的桌子打翻。我在床上，他人清醒时的噪声传过来时就已经减弱了，既不愉快也没色彩，就像穿过了一层云雾；扬声器里的声音：“一份炸薯条的配菜……那些饺子好了没有?”这声音带着鼻音和顺从的悲伤。

两点半不到的时候，“乌尔巴诺·拉达齐”啤酒店便把金属帘门放下；服务生们，竖起蒂罗尔式工作服上衣的外套翻领，从厨房里出来，聊着天穿过院子。三点不到，一阵铁家伙的碰撞声会闯入院子：洗碗工把沉沉的空啤酒桶拖到外面来，让它们沿着桶的边缘或是直接就地滚起来，搞得砰砰作响；接着他们开始冲洗酒桶。这些洗碗工，不慌不忙地，肯定是按小时计算工钱的，干活冒冒失失的，吹着口哨，总是把那些锌桶弄得很响，这样要闹它个把小时。将近

① 乌尔巴诺·拉达齐（1808—1873），生于意大利北方皮埃蒙特大区。意大利左派政党领袖。曾为意大利总理。

六点，拉啤酒的卡车会运来灌满啤酒的桶，再把那些空的带走；而“乌尔巴诺·拉达齐”的大厅里已经响起了打蜡机的噪声，机子要为新的一天打扫地板。

在安静的时候，深夜里，从玛尔格利蒂小姐的房间，在那黑暗之中，会爆发出喋喋不休的说话声，掺杂着奸笑，还有提问和回答，全都是只由一个女性的假声发出来的；她耳聋，区别不出来自己是在思考，还是在大声讲话，不管是白天，或是在深夜醒来的时候，每当她因为一个想法、一段记忆、一次内疚而热血沸腾时，就自言自语起来，在不同的几个人对话时，她还要改变台词。幸好这些独白，由于激动，都听不大懂；但身处这种冒失的亲密之中，还是让人感到不大舒服。

白天，当我进厨房问她要点热水来刮胡子时（敲门她是听不见的，所以我不得不进入她的视线，才能使她感到我的存在），往往会把她吓着，因为其时她正照着镜子说话，微笑着做鬼脸，或是坐在椅子上朝虚空之中看着，讲着什么故事；于是她突然恢复镇静，说：“唔！我正和猫说话呢”或者“很抱歉，我没看见您，我正在祈祷”（她非常虔诚），不过更多的时候，她意识不到自己的话已被人听见了。

她的许多话是冲猫说的，这是真的。她可以跟它说上几小时，有的晚上我听见她一直在对着窗户说“啧啧……啧啧……猫猫，猫猫，猫猫”，等着猫从走廊上、屋顶上和阳台上回来。它是一只瘦弱的野性很强的猫，有一身每次归家时就变成了灰色的黑毛，就好像是把这个街区所有的灰尘和煤烟都吸到了自己身上来了。它大老远一看到我就要逃开，躲在什么家具下，就好像我打过它一样，尽管我连看都不看它。但趁我不在时，它应该是进过我房间的：女主人把给我洗过的白衬衫放在大理石抽屉柜上，而我在衬衫的领子和胸前总是能找到它爪子上的煤黑印迹。我便叫骂开来，但很快就止住了，因为那聋子是听不见的，于是我就去那边把这场灾难展示在她眼前。她很难过，四处找猫要惩罚它；她跟我解释，肯定是她进我房间给我送衬衫的时候，猫也跟了进来，而她却没发现；于是就把它关在里面了，这野兽就跳上了抽屉柜，发泄了一番它不能出去的怒气。

我只有三件衬衫，得不停地给她洗，因为——我不知道是不是那时自己的生活还没有料理好，还有办公室要收拾——半天过后，衬衫就已脏了。所以我不得不时常穿着领子上有猫爪印的衬衫去办公室。

有时候我在枕头上也能找到脚印。应该是前一天晚上，玛尔格利蒂小姐给我被子翻边时，它跟进来后，就一直被关在里面了。

猫脏成这样也没什么好奇怪的：只需把手放在走廊的栏杆上，再收回来时上面就都是一条条的黑纹了。每次我回家时，要把四个门锁或挂锁用钥匙拧开，然后为打开和关上落地窗，还得把手指插到百叶窗的叶片间，这都会把手弄得脏兮兮的，以至于进门后，我必须悬起双手，免得弄脏别的东西，并立刻去洗脸池边洗手。

手洗净擦干后，我立刻感到好受了许多，就仿佛重新获得了手的使用权，这才敢摆弄起房里不多的物件。玛尔格利蒂小姐，我得说，把房间保持得相当干净；除尘，她每天都在除尘；但有时候，如果我把手伸到她够不到的某些地方（她个子非常矮，胳膊又短），抽回来时，手上又全是天鹅绒一般软绵绵的细灰，于是我不得不立刻再去洗手。

最严重的问题是书：我把书整好摆放在那个小货架上，只有那些书才能给我家的感觉；工作总能给我一些自由时间，我很情愿花上个把小时在房里读读书。但是那些书上沾了多少灰尘：我从书架上选出一本，打开之前，先得用块破布把封面封底擦个遍，还有书口，然后还要好好地拍上一拍：准能拍出来一大片的灰尘。于是我又要去洗手，然后才能倒在床上读起来。但是翻书时，没用，我会感到手指肚上的那层灰，变得越来越软，越来越厚，这破坏了我阅读的乐趣。我站起来，回到洗脸池边，又冲了冲手，可是现在我感到衬衫上、衣服上也沾满了灰尘。我本想重新开始读书，但此时我的手都干净了，便懒得再把它弄脏了。于是决定出去走走。

自然，要出门也得经过所有的程序：百叶窗，栏杆，锁，这些都导致我的手比之前更糟糕，但现在我必须要把我的脏手这样一直保持到办公室。我一到办公室，就跑到洗手间去洗手；可办公室的毛巾上全是黑印子；我刚擦完手就已经脏了。

机关工作的前几天，我用来收拾自己的写字台。分给我的桌子上堆满了东西：纸张，信函，文件夹，过期的报纸；反正，直到那时为止它是一张机动用的桌子，上面堆放的尽是那些没有固定位置的东西。我的第一个冲动就是大扫除一番：但很快就发现有一些必要的资料，还有其他一些也该有点意思、以及我打算仔细看一下的东西。总之结果是我什么东西也没从桌上拿掉，反而还添了许多东西上去，当然我不是乱放，而是尽量把一切保持整齐。很显然，桌上原来的资料积满灰尘，而且还把自身的灰尘传给了新放上去的资料。我很珍惜自己整理出来的东西，于是就规定打扫卫生的女人不要碰任何东西，这就导致了那灰尘一天天沉积在资料上，尤其是文具上，信笺上，注明了收件人的信封上，等等等等，于是这些东西几天之内就有了又老又脏的外貌，让人懒得去碰。

抽屉，那里也是，一回事！那里面都是放了好几十年的破烂纸张，分成好几层，全是灰，见证了那张写字台几经公务和私务的悠久职业生涯。我在那张桌上不管干什么事情，没过几分钟就感到有洗手的必要。

我的同事阿万德罗博士，却有一双永远干净的手——纤细的小手显出一种神经质般的僵硬——保养得非常好，指甲光亮、整洁，而且统统削得尖尖的。

“但是您，抱歉，”我试着问他，“您没觉得，在这里待上一会后，这手，是不是，您看见没有，这手是怎么弄脏的啊？”

“这是很可能的，博士，”阿万德罗回答道，他那表情总是假兮兮的，“您可能是碰了什么不大干净的东西或是纸张了。如果您允许我给您一个建议的话，那就是写字台桌面上最好是完全空旷的。”

确实如此，阿万德罗的桌子上就是空空的，干净的，光亮的，只有他那一刻正在处理的案卷，和手里握着的圆珠笔。“这是一种习惯，”他补充道，“主席非常在乎这一点。”是这样的，科尔达工程师就这样跟我说过：一个能把自己的写字台保持到完全空旷状态的领导人，是那种永远不会堆积公务、能立刻给问题找到解决方法的人。但是科尔达从来不在办公室，即便在也只稍停一刻，他叫人给他送去大幅的图表和统计纸，对下属发出快速而泛泛的命令，从不管每个任务的难易程度，给大家分配各种工作，向速记员小姐迅速地口述什么信函，签署待发的信件，然后就离开了。

阿万德罗则不是这样，阿万德罗早上和下午都在办公室里，总是一副工作很多的样子，而且总给速记员和打字员很多的事情干，他总能让自己写字台上任何一张纸耽搁的时间不超过十分钟。这事我实在看不过去；便开始监视他，我发现所有的纸张，在他桌上待过一小阵子后，会立刻去其他什么地方待着。有一次，我当场看见他，因为不知道如何处理手中的几封信，他居然走到我的桌边（我之前离开了一会，洗手去了），把那些信搁下，藏在一个文件夹的底下。然后，他迅速地从口袋里抽出一条手帕，擦了擦手指，又安坐在自己的位子上，那里有一支圆珠笔，和一张白纸的边缘平行地放着。

我本可以突然进去，让他丢丢脸的。但我看到这个就有数了，知道是怎么回事就行了。

因为我是从走廊进入我房间的，玛尔格利蒂小姐这套房子的其余部分对我来说还是未经勘探的土地。这位小姐独自居住，出租了面朝院子的两个房间，我的和隔壁的另一间，那个房间的房客，我只能通过深夜里和大清早时分沉重的脚步声来认识他（他是警察局的一个军士，我了解到，白天从来见不着他人）。这套公寓的其余部分，应当是相当宽阔的，全是她的。

有时候，我找她是因为别人打电话找她：她又听不见铃响，结果就成了我去接电话；听筒贴在耳边时，她倒听得蛮清楚；和她教区修会里的女性朋友们长久通话是她的一种娱乐。“电话！玛尔格利蒂小姐！有人打电话找您！”我徒劳地满屋子喊着，更加徒劳地敲着门。在这房子里转来转去地找她时，我看见了一间又一间的起居室，客厅，小饭厅，里面堆的都是老旧而奢华的家具，还有灯罩，小摆设和小画，小雕塑和挂历，房间非常整齐、干净，给蜡打得亮堂堂的，沙发绣有洁白的花边，连一粒灰尘也没有。

在这些房间中一间的尽头，我终于发现了玛尔格利蒂小姐，她正专心地给镶木地板打蜡，或许是在擦家具什么的，身上穿着件褪了色的睡衣，头上系着条手帕。我用激烈的手势指了指电话的方向；那聋子便奔过去又开始了她无穷无尽的聊天，那语调与她对猫说话时没什么不同。

我回到自己房间，看了看洗脸池架子上或是灯罩上一指厚的灰，怒气万分：那女人花上成天的时间把她自己房间弄得像镜子一样光亮，而对我这边她甚至都不用抹布碰一下的。我去她那里，决心大闹一番；我在厨房里找到她了，这厨房整理得比我房间还要糟糕：磨损不堪、满是污渍的饭桌的蜡面，碗橱里脏兮兮的杯子，碎裂发黑的地砖。我哑口无言地待在那里，因为我明白只有厨房才是整个屋子里那个女人真正生活的唯一地方，其余部分，那些被装饰好的，且被不断打扫和上蜡的房间只是一种艺术品，在这之中她倾注了对所有美好的憧憬，为了保持这些房间的完美状态，她就惩罚自己不住在那里面，惩罚自己从不像主人一样进去，而只是像干粗活的女人一样进出，而一天余下的时光她却在油垢和灰尘中度过。

《净化》杂志是份半月刊，副标题是“把空气从烟、化学排放和燃烧制品中净化出来”。这是 EPAUCI 也就是“工业中心的城市大气净化机构”的机关刊物。EPAUCI 和其他国家的姐妹协会联系密切，这些协会会发送他们的机关刊物和宣传小册子。还经常举行国际会议，尤其是有关日益严重的烟雾问题。

我过去从没有关心过类似的问题，但我知道办一份专业刊物并不如想象上的那么困难。跟着国外的杂志走，翻译一些文章过来，再订上一份文摘类的报刊，一份杂志差不多就办成了；然后总有那么两三个技术合作伙伴，从不会错过机会寄来他们的文章，而机关一方，就它还能起到的那么一点作用，一些消息，一些每期都要用黑体字标出来的告示，总归会有的；还有登广告的，他们要求像发表文章一样地刊登出对他们某个新专利的描述。当有会要开时，就可以出一期专刊，整刊的会议，还能剩下一些发言和报告，这样，下几期杂志如果有三四个专栏，当你不知该如何填满时，就可以继续消化这些文章。

社论按规矩是由主席来写的。但科尔达工程师总是很忙（他是好些工厂的常务理事，只能抽一些零散时间给机关），便委托我，照着他跟我一再强调并清晰阐述过的理念起草这篇文章。我应该在他下次回来时递交我的文章。科尔达经常出差，因为他的工厂散布在全国各地；在他众多的活动中，EPAUCI 主席的职位，尽管纯粹是名誉上的，但他跟我说过，却给了他最大的满足，“因为，”他解释道，“因为这是为了理想而奋斗。”

然而对于理想，我既没有也不想有；我只是给他做一篇他喜欢的文章，为保住那个位子，一个既不比别的位子好，也不比别的位子差的位子，只想继续那样生活，这样的生活既不比别的可能的生活更好，但也不比它们更差。科尔达的论据我是了解的（“如果大家都以我们为榜样，大气的洁净就已经……”），他最喜欢的格式（“我们不是乌托邦主义者，这个已经很明确了，我们讲究实际，我们……”）我也了解，我能一字不差地写出他想要的文章来。如果不这样写，我又该怎么写呢？自己脑袋里的那些东西？那会是一篇很漂亮的文章，我敢保证！一个漂亮的观点，对一个高效而多产的世界充满了乐观心态！但我只要彻底改变自己的心态（这对我来说不是件难事，因为这就好像是自己在与自己斗争），就能获得撰写一篇社论所必需的动力，当然这是受到主席启发。

“我们已经站在解决挥发性熔渣问题的门槛上了，”我写道，“解决方案越能尽快达到其目的，”我已经看见工程师满意的脸庞了，“给技术进步带来持久有效动力的私营企业就越能得到，”工程师这时会抬起一只手来的，在我的字句下面画线标注出来，“就越能得到国家机关的开明理解，他们已经非常关注……”

我把这一段大声地朗读给阿万德罗博士听。他把保护得很好的小手搁在写字台中央的白纸上，阿万德罗以那惯常的毫无表情的礼貌看着我。

“那么，您觉得不行？”我问他。

“完全相反，完全相反……”他赶紧说。

"您听一下结尾:'我们反对关于工业文明最灾难性的预言,我们重申,在经济自由发展和人类机体所必需的卫生条件之间是不会有矛盾的,'"我不时地看看阿万德罗,但他眼睛都没从白纸上抬起来过,"'在我们忙碌的烟囱吐出的烟尘和我们不可比拟的自然美景的蓝色与绿色间……'那么,您觉得怎么样?"

阿万德罗用他呆滞的双眼看了我一会,双唇紧闭。"这样啊,您的文章确实很好地表达了,我们这样说吧,表达了我们机构的宗旨,这是真的,对这个宗旨,机构是全力以赴……"

"唔……"我嘟囔道。必须承认,从一个像我同事那么会恭维人的家伙那里,我指望得到的是一个不那么模棱两可的赞同。

几天以后,科尔达工程师来了,我把文章交给他。他当着我的面,仔细地阅读了我的文章。读完后,整了整稿纸,像是又要从头重新读起,谁料却说了句:"好的。"他想了一会,再次重复道:"好的。"又停顿了一会,说:"您还年轻。"接下来抢先否定了我并没打算提出来的一个异议:"不,这不是批评,您让我说完。您还年轻,您有信心,看得远。但是,您让我说完,形势很严峻,是的,比您文章中没看到的还要严峻。让我们像男人一样[1]谈谈这个问题吧:大城市空气污染很严重,我们有分析结果,形势很严峻。正因为严峻,才要由我们来解决它。如果我们不解决的话,我们的城市也会被烟雾窒息。"

他站起来,前前后后地踱起步来。"我们不隐瞒这其中的困难。

---

① 意思是"严肃地,说明白"。

我们跟别人不一样，正是环境问题才是最应该担心的，然而别人却毫不在乎。或者更糟糕，还要给我们从中作梗。”

他定在我面前，压低嗓音说：“因为您还年轻，也许相信所有人都赞成我们，然而并非这样。我们人少，总是被一方或另一方攻击。是的，先生，不是一方就是另一方，但是我们并不认输。我们大声说话，我们行动，我们解决问题。我更想在您文章里听到这些，您明白吗？”

我明白得很。我伪装出的那个和自己相反的意见过了头，但现在我知道该如何把这文章调整得完美无缺了。我必须在此后的三天内把文章重新交给工程师。我把文章从头到尾地重写了一遍。全文三分之二我用来描绘欧洲城市被烟雾吞食的阴暗场景，而另三分之一则把这些城市和一个典范城市的形象做了个比较，也就是我们的城市，这里整洁干净，氧气富足，这里的工业集中生产并不会与……相剥离……

为了更好地集中精力，我在家里躺在床上写文章。一缕阳光斜洒在院井中，并透过玻璃射进房间，我看见这缕光线在房间的空气中穿过了难以触摸到的无数尘粒。床罩上该是早已浸透了灰尘；我感觉过不了多久，床单也会被黑黑地铺上一层，就像是百叶窗的叶片，还有阳台上的栏杆。

当我让阿万德罗博士读这篇文章新的一稿时，感到他并没不喜欢。“这个在我们城市和其他城市状况之间对比的悬殊差别，”他说，“您肯定是照着主席的精神提出来的，确实写得很成功。”

“不，不，工程师没这么向我说过，这是我自己的想法。”我有点窝火地勉强说道，因为我的这个同事居然认为我没有一点主见。

科尔达的反应却是我没料到的。他把打字稿撂在桌上，摇了摇头。“我们没说明白，我们没说明白。”他立刻说。他给出一些有关我们城市工业生产的数据，每天燃烧煤炭、柴油量的数据，汽车运行量的数据。然后他又转向气象数据，并把这两个数据和欧洲北方各大城市的相关数据迅速做了比较。“我们是个工业大城市，雾多，这您明白，所以烟雾我们也是有的，我们的烟雾并不比别的地方少。我们不能像我国其他竞争城市那样，像他们那样自以为，自己城市的烟雾比别的地方少。这一点您可以在文章中写清楚，您必须要把这点写出来！我们是大气状况最糟糕的城市之一，但与此同时也是最能胜任解决这个局面的城市！是与此同时，您明白吗？”

我明白，我还明白了我们之间是永远无法相互理解的。那些发黑的房子门面，那些昏暗的玻璃，那些不能倚靠的窗台，那些几乎被抹掉的脸，还有那阴霾，如今随着秋天的到来，渐渐失去了它在恶劣天气下的潮湿味，转而变成了这些东西的一种什么特性，就好像每个人、每件东西都日复一日地没了形，失去了意义和价值，那一切于我而言，是一种普遍的不幸，然而对于像他那样的人则是一种财富、霸权和权势的象征，同时也是危险、毁灭和悲剧的象征，一种感到自己如同悬于天地之间的英雄一般伟大的方式。

这文章我又写了第三稿。终于通过了。只是在结尾处（“于是我们面临着一个有关社会命运的可怕问题。我们能解决它吗？”）他又有话要说。

“这样不是太犹豫了吗？”他问，“不会打消信心吗？”

最简单的办法就是去掉疑问：“我们能够解决它的。”这样，不用感叹就有一种沉稳的把握。

“可是不会让人感觉太温和了吗？就好像是件很普通的事情？”

最好把这句话重复两遍。一句用疑问，另一句不用。“我们能解决它吗？我们能解决它的。”

但这是不是又把解决方案推迟到一个不确定的将来了呢？我们试着把它们都用现在时表示。“我们现在就要解决它吗？我们现在就来解决它。”可是读起来不大好听。

大家知道，写文章一向如此；先是改一个逗号，接着就得换一个词，然后是改掉整个句子的结构，再下来就是改掉整篇文章。我们讨论了半小时。我建议把问题和回答换成不同的时态：“我们能解决它吗？我们正在解决它。”主席十分满意，从那天起，他对我的才华就再没有丝毫的怀疑。

一天夜里电话铃把我吵醒了。那是长途电话延长了的响铃声。我打开灯：几乎三点了。在我决定起来，冲到过道里，再在黑暗中抓起听筒之前，这之前的之前，还在从睡梦中惊跳起来之前，我就已经知道那是克劳迪娅了。

现在她的声音从听筒里喷涌出来，像是来自另一个星球，我睡眼惺忪，有一种眼冒金星的感觉，然而这些火星，闪光，都只是她失控声音的抑扬顿挫，都只是她在说任何事时总会使用的那种戏剧性激动，现在那激动一直传到我这边来，传到玛尔格利蒂小姐那个凄凉过道的尽头里来。我这才意识到，我从来没有怀疑过克劳迪娅会找到我，甚至是，整个这段日子，我一直等的就是这一刻。

她甚至都无心问问我，问我之前都怎么了，怎么会跑到这里来的，她也没跟我解释她是怎么追寻到我的。她有成堆的事要跟我说，都是些详尽之极的事情，尽管向来都很含糊，就像她所有的事情一样，这些事都发生在对我来说陌生而且到达不了的环境里。

“我需要你，立刻，马上。你乘第一班火车来……”

“你知道，我这里有工作……机关……”

“啊，也许你会见到爵士……你跟他说……”

“什么呀，不是的，你知道，我只是……”

“亲爱的，你马上就出发，是吗?”

我怎么跟她说呢，我是在一个积满灰尘的地方接听她的电话，又怎么跟她说百叶窗的叶片上覆盖着黑黑的一层沙质硬皮，又怎么跟她说我的领子上始终有一只猫的爪印，又怎么跟她说这对我而言才是唯一可能的世界，在这世上唯一可能的世界；而她的那个世界，对我来说只能作为一种视觉上的幻觉而存在？她从不会听我说的，她已经太习惯于居高临下地俯视一切，那些编织着我生活的不幸环境她自然是见不到的。要不是她这种优越感所产生的后果，她和我的一切关系又会是其他什么样子呢；她从来都意识不到我只是一个平庸的地方记者，既无前途又没野心，可是她却依旧如此待我，就好像我是贵族、大富豪和艺术家所属的上流社会中的一员，而在这种环境中她总是激动万分，也正是在这种场合下，就像在海边浴场经常发生的那样，一次偶然的机会，一个夏天，我被介绍给她。她不想意识到这事，因为这就等于承认她自己错了：她于是继续赋予我远不可及的才华、声望和品位；但我究竟是什么人，在她当真只是个细枝末节问题，而对于一个细节问题，她是从不想认错的。

现在她的声音渐渐变得柔和而温情起来：那才是我——尽管我没有承认这点——一直等待的时刻，因为只有沉溺于这缱绻爱意中，所有使我们不同的东西才会消失，就只剩下我们两人，而我们是什么人都无所谓了。我们刚开始互诉了几句爱的言语，我身后的一扇玻璃门里就亮起光来，还传来一阵深沉的咳嗽声。那是同屋警察局军士的门，正是在那里，在电话旁。我即刻压低声音，说话断断续续的，因为我知道自己会被人听见，自然的谨慎让我减弱了爱意的表达，我甚至连一些中性的、听不大明白的悄悄话都说不出口。隔壁房间的灯关上了，但是电话线的另一头却抗议起来："你在说什么？你说大声点！你要跟我说的就只有这些？"

"但我不是一个人……"

"什么？你和谁在一起？"

"不，你听我说，这里，你知道吗，我会把同屋吵醒的，很晚了……"

她已经发火了，她要的不是解释，她要的是我的反应，一种热烈的表示，一种可以烧掉把我们分开的距离的东西。但我的回答却变得谨慎、哀怨而平静。"不，你看啊，克劳迪娅，你别这样，我跟你保证，我求你了，克劳迪娅，我……"军士房间的灯又亮起来了。我把嘴唇紧压在话筒上，情话变得支支吾吾起来。

院子里，洗碗工正滚着啤酒桶。玛尔格利蒂小姐在她房间的黑暗中闲谈正欢，间或夹杂着短促的爆笑，就好像她来了访客一样。同屋邻居突然用南方话大骂起来。我在过道的瓷砖上光脚站着，在电话线另一头，克劳迪娅激情洋溢的声音向我伸出了手，我尽量用结结巴巴的话去迎合她，而每当我们即将要在我们之间搭起一座桥梁时，这桥瞬间就会破碎掉，瓦解掉的碎片互相撞击着，碾碎和推翻了一句句情深意切的倾诉。

自那以后，电话铃便在白天和夜间的不同时段响起来，克劳迪娅那黄褐色而有斑点的声音，像突然扑进了圈套的一头豹子，无意识地一跳，闯入了狭窄的过道，正因为它不知道，又跳了一下，就像它来时的那一跳，便找到了逃脱的出口：它自己却什么都没察觉。而我，在痛苦，在爱，在欢愉和残酷之中，看见她和这些丑陋而悲伤的情景混合在一起，和“乌尔巴诺·拉达齐”啤酒店那诵读着“一份卡贝来第面汤[1]”的扬声器声混合在一起，和玛尔格利蒂小姐水槽里脏兮兮的盘子混合在一起，我感到她的形象也被留下了痕迹。然而并非这样，她那完美无损的形象仍在电话线上跑着，什么也未发现，而我每次只好孤零零地，和她身不在此的空影待在一起。

有时克劳迪娅很愉快，无忧无虑，笑，还会说一些前后不一致的东西来寻我开心，结果我也参与到她的愉快之中，不过这时，院落，灰尘就更让我难受了，因为这让我想到生活可以是不同的。然而有时克劳迪娅也会陷入一种狂热的焦虑之中，这种焦虑再加上我住处的模样，再加上我在《净化》杂志的编辑工作，叫我简直难以解脱出来，于是便等起下一个更痛苦的电话，好把我在深夜中吵醒，

① 一种极为类似中国馄饨的东西，但皮是用蛋和面做的。

可是她的声音却又是我始料未及的，那么欢快，还娇滴滴的，就好像早已将前晚的焦虑忘得一干二净，而我，还没解脱出来呢，更是迷惑并不知所措了。

“我没听错吧？你是从塔奥尔米那[①]打的电话？”

“是啊，我和朋友们都在这里，这里真美，你赶紧来，坐飞机！”

克劳迪娅总是从不同城市打电话来，每次不管她焦虑还是愉快，都要我立刻赶到她那里去，与她分担她的这个精神状态。我每次都给她细致的解释，说我为什么绝对不可能出行，但她从不让我把话说完，因为克劳迪娅根本就没在听我说话，她早就转入另一个话题了，这通常是对我的指责，也可能是我没料到的赞扬，因为我不经意地用了什么表达，她觉得讨厌，或是可爱。

当最后一段通话时间就要结束时，白天的接线员或是夜间的值班员会说“我们必须切断电话了”，克劳迪娅便扔下一句：“那么你几点到？”就好像一切都已经说好了，而我只好含糊地应付着，最终只是把一切都推到下一次我打电话给她或是她打电话给我时再说。我敢肯定克劳迪娅的计划总是变个不停，她叫我立即赶往的地方也总会变来变去的，而在不同情况下，我就又可以为新的延期找理由了；但我还是懊悔不已，我不能出发的实情并不是那么绝对，因为我可以比如申请提前发下个月的工资，以什么借口递交一张假条，请上三四天假；我在这些犹豫中备受煎熬。

① 意大利西西里岛东岸的一座旅游小城。

玛尔格利蒂小姐什么都听不到。如果她穿过走廊看见我在打电话，也只是点点头向我打个招呼，完全不知道是怎样的风暴令我不安。那个同屋则不然了。他那房间里什么都听得到，他还会不可避免地凭借警察的直觉关注我的情感流露。幸好他几乎从不在家，我打电话时便可以无拘无束，只要克劳迪娅的情绪允许，我们的感情就能十分愉悦地互动回应，每个词都会产生一种激情，一种亲密，一种内心的共鸣。而有时却是她已经彻底放开了，而我却被卡住了，只能用单音节的词，用有所保留、含糊其词的句子来回答她：因为军士正在门后，离我一米远的地方；有一次，他半掩着门，还露出长了络腮胡子的黑脸，仔细地打量我。他是个矮个子，我得说，在其他场合下他一定不会给我留下任何印象：但在那边，深夜里，我们第一次碰了面，在那样一个穷苦人的住处，打着长途电话谈情说爱已有大半个钟头的我，和刚下班回来的他，两人都穿着睡衣就这么面对着面的，我们之间当然会互相憎恶。

在克劳迪娅的谈话里，经常会进入一些名人的名字，都是她交往的人。而我，第一，不认识任何人；第二，不能忍受那些名人吸引了自己的注意力。如果我必须回答她的话，我就尽量不提什么名字，尽量兜着圈子说话，而她不明就里，于是大光其火。再说了，我从来都是远离政治的，这是因为我从不喜欢抛头露面；如今我又在一个半官方机构供职，更给自己立了条规矩，既不过问这一派，也不过问那一派的任何事；一天晚上，谁晓得克劳迪娅打着什么主意，向我询问了一些议员的情况。此时，军士正在门后，得赶紧给她一个随便什么答复。“你说的第一个，当然，第一个……”

“谁？你是说谁？”

“那个呀，对，就是那个比较胖的，不，矮个的……”

我爱她，总之。但我相当不幸。她怎么才能理解我的这个不幸呢？有些人情愿过着平庸的生活是因为他们经历过痛苦、不幸；但也有人甘愿如此，那是因为他们得到的幸运已超出了他们的承受能力。

我在一些供应固定价格饭食的小饭店里吃饭，这座城里的小饭店都是由托斯卡纳来的家庭经营的，他们之间都是亲戚，女服务员都来自一个叫作阿尔多帕西欧的地方，她们在这里度过自己的青春，却一直惦记着阿尔多帕西欧，总与这座城市的其余部分难以相容，晚上，她们和同样来自阿尔多帕西欧的小伙子一起出门，这些小伙子就在这里小饭店的厨房里工作，也有在机械厂里做工的，不过就像靠近他们老家的市郊般[1]地总是跟这些饭店挨得很近，这些姑娘专找这些小伙子结婚，婚后有的回到阿尔多帕西欧去，其余的仍旧留在这里，在亲戚和同乡的饭店里工作，为有朝一日能开上一家自己的饭店而攒钱。

在这些饭店里用餐的顾客，可想而知都是些什么人：除了那些常常换饭店的过客，常客便是单身男职工，也有大龄未婚女职员，还有一些学生和军人。过不多久，这些顾客就互相熟悉了，坐在各自的桌边闲聊，以至于谈着谈着就把桌子拼到了一起，各桌的人开

---

① 意思是他们就算离开老家，也不会离得太远。

始时互不相识，可到最后却养成了总是坐在一起吃饭的习惯。

顾客们也会和托斯卡纳的女服务员开玩笑，当然都是随口说说的玩笑，问问她们的未婚夫，再搭上几句俏皮话，当没什么话好聊时，就打开电视，聊聊最近常在节目里出现的那些人谁讨喜谁讨厌。

我却从不这样，除了点菜，什么话也不说，就连菜也总是点一样的，黄油面条，清肉配蔬菜，因为我正在节制饮食，我也不叫那些姑娘的名字，尽管那些名字我早记得了，而是坚持叫“小姐”，以免造成一种相熟的印象：我是偶然找到那家饭店的，我是一个偶然的顾客，当然我还可以每天都去地去上谁知道多长时间，但我还想让自己感到是一个过客，一个今天在这里、明天在那里的过客，否则我会心烦气躁。

倒不是他们不友好，相反，不管是服务员还是顾客都是很好很友善的人，我相当喜欢感到自己周围有这种友好的气氛，相反，要是没有这样的气氛，我也许会觉得缺了什么，不过我仍是喜欢在一旁待着，并不参与其间。我避免和其他顾客搭话，也避免打招呼，因为相识这种事，大家都是知道的，相识起来是没什么，但是相识以后，就被拴在一起了。一个人说：“今天晚上干什么？”结果就变成大家伙都去看电视，或去电影院，然后从那晚起，你就会被一些和你毫不相干的人环绕，而你不得不让他们知道你自己的事，也不得不听别人的那些事。

我尽量找空桌坐，打开晨报或是晚报（我一直在去办公室的路上买报纸，只浏览标题，而读是要等到坐在饭店里才开始的），从头到尾地好好读起来。当我找不着空桌，而被迫坐到桌边已经有人的位子上时，报纸也对我非常有用；我埋头读报，这样就谁都不会找我说话了。可是我还是尽量找可以一个人待着的空桌子，为此我学会了尽可能地推迟吃饭时间，这样一来，等我到那里时，大部分客人都已经撤离了。

这样做的缺点是会有面包屑。经常是上一桌的顾客刚刚起身，我就不得不坐过去，桌上就全是面包屑；于是我就尽量不看桌面，直到服务员来收走脏盘子和脏杯子，把残渣从桌布上擦掉，再换上新垫布。有时这个活会做得很仓促，垫布和桌布间仍会留有一点面包屑，让我伤心不已。

最好的是，比如说午餐吧，要学会选时间，因为服务员觉得再也不会有客人来了，就会认真地打扫卫生，而且已经为晚餐准备桌子了；接着整个一大家子人：老板、服务员、厨师、洗碗工，摆上一大桌菜，他们终于可以坐下来吃饭了。那时我再进去，说："哦，也许太晚了吧，你们不能再给我弄吃的了吧？"

"怎么不能？您尽管坐，坐哪里都行！莉萨，你来招待一下博士先生。"

那些桌子干净、漂亮，我选了一张坐下，一个厨师回到厨房，我读着报，悠闲地吃着，听那一大桌的人开玩笑，说阿尔多帕西欧的故事。在前一道菜和下一道菜之间，我得等上一刻钟，因为服务员都坐在那里吃饭和闲聊，最后我还是说了声："小姐，来一个橙子……"他们立刻回答："马上就来！安娜，你去！哦，莉萨！"就这样，我也觉得不错，我很满意。

我吃完饭，读完报，把报纸卷在手里，出门，回家；上到我的房间里，把报纸扔在床上，洗好手。玛尔格利蒂小姐总是窥视我进门和又将出门的那一刻，因为我刚出去，她就会来我的房间拿报纸。她不敢管我要报纸，于是就把报纸偷偷地拿走，在我回来前再偷偷地放回床上；她似乎很不好意思，就好像是为那稍显轻浮的好奇心而不好意思；事实上她只读一个东西：讣告。

一次我进门时，看见她把报纸捧在手里，她很不好意思，感到要为自己解释一下。“我偶尔拿报纸看看死人的消息，您知道，我很抱歉，因为，有时，您知道，我的一些熟人就在那些死者里……”

有了推迟吃饭时间的念头，一些晚上我会去看电影，结果晚了，从电影院里出来，脑袋有点昏昏沉沉的，霓虹灯周围的黑暗变浓了，这黑暗厚厚的全是秋雾，抽空了城市的维度。我看了看时间，跟自己说在小饭店里是再也找不着什么东西好吃了，反正已经过了我习惯的作息表了，再也回不去了，于是我便决定站着吃顿便饭，就在“乌尔巴诺·拉达齐”啤酒店的吧台旁，在我家下面。

从街上走进饭店不仅是从黑暗到光明的一个过渡：世界的质地也改变了，外面是散乱的、不确定的、稀薄的，而这里充满结实的形状，既有厚度又有重量的体积，亮闪闪的颜色表面，在桌上被切出来火腿的红色，服务员蒂罗尔式上衣的绿色，啤酒的金色。人挤得满满当当，而之前我在路上已经习惯把行人想象成没有脸面的阴影，而自己也是那众多的影子中的一个，可在这里我突然发现了森林般密布着男人的、女人的脸庞，像水果般色彩斑斓，每个人的脸都与众不同，都很陌生。有那么一会，置身于他们中间，我还指望自己能像先前那样幽灵似的不被人看见，然后才发现自己早已变成他们中的一个，这个形象是如此清晰，就连早晨刚刚刮掉而现在已经长出来的胡须都被镜子映射出来，简直是无处可藏，还有这里从所有点燃着的烟头上冉冉弥漫到天花板上的那股浓烟，也自成一体，自有轮廓，自有厚度，并不改变其他东西的实体。

我在总是那么拥挤的吧台旁挤出一块地方，背对大厅，那里每张桌上都是笑声四溢，刚空下一张凳子，我赶紧坐上去，设法引起服务员的注意，好让他把方形的纸板托盘、一杯啤酒和菜单送到我面前。但是就在这个我夜复一夜地守护着它的"乌尔巴诺·拉达齐"啤酒店里，这个我熟知它每刻作息时间、每阵悸动的地方，却很难叫人听见我的声音，而这些把我声音淹没了的喊喳声正是每天晚上沿着生锈的铁栏杆爬上来被我听见的声音。

"请来一份黄油土豆圆子。"我说，吧台服务员终于听到了，他到麦克风前字正腔圆地念道："一份黄油土豆圆子!"而我就想象着这抑扬顿挫的叫喊声是如何从厨房的扬声器里传出来的，我感觉自己既是靠在此处的吧台旁，也同时躺在上面自己那个房间里；我企图在脑中打碎和削弱那些人欢快饮酒进餐时发出的混杂在一起的嚷嚷声，还有那些杯子和餐具碰撞时的叮叮咣咣声，直至能辨别出我在每天夜深人静时分听到的嘈杂声。

在这充满线条和色彩的分明中，我继续分辨着自己居住的那个世界反面的模样。也许真正的反面恰好正是这个世界，光亮而且满是睁大的眼睛，然而万事之中唯一重要的恰恰就是处在阴暗中的那一面，"乌尔巴诺·拉达齐"啤酒店之所以存在，就是为了在黑暗中可以听见它那变了形的声音“一份黄油土豆圆子!”和那啤酒桶碰撞时的铿锵声，就是为了路上的雾气能够被霓虹灯的光晕打断，能够被模糊地勾勒出人类脸庞的玻璃方窗打碎。

一天清早，克劳迪娅的电话吵醒了我，但这可不是长途电话：她就在这个城市，在火车站，那时刚到，她打电话给我是因为在从卧铺车厢下来时，她众多的行李箱中的一个丢失了。

我及时赶到，看见她出了火车站，走在一队搬运工的队首。几分钟前她打电话时表露的焦虑一丁点也没留在她的笑容里。她是一个非常美丽、高雅的女人；我每次重新见到她时，都会惊呆，仿佛已经忘了她从前是个什么模样的了。现在她突然宣称对这个城市极感兴趣，还直夸我来这里住下的想法妙。那天的天气是铅灰色的；克劳迪娅却对这里的光线和街道的色彩大加赞扬。

她在一家很大的宾馆里要了一套房。对我来说，走进 hall①，向服务台询问，让他们用电话通知她我的到来，再跟着 groom② 步入电梯，这一切的一切都成了让我始终不适和浑身不自在的原因。我很感动，克劳迪娅借她某些生意上的机会，但也许实际上只是为了能够来看看我，专程跑到这里来过上几天，我很感动也很尴尬，因为在她和我的生活方式之间，巨大的深渊展现在我面前。

而那个激动人心的早晨我应付得还算不错，还去了趟办公室，领到了下月的预付工资，用来应对我即将面临的特殊几天。领她去

① 英语：大厅。
② 英语：服务员。

什么地方吃饭是个问题：我对豪华饭店和特色餐厅都不是很在行。作为开始，我想最好还是先带她到山上转转。

我叫了辆出租车。我这才发现在那个城市里，凡是工资达到一定水平的人没有谁是没有汽车的（连我的同事阿万德罗都有车），我却没有，反正我也不会开。我从来就没在乎过什么，可是这时在克劳迪娅面前，我却不好意思起来。克劳迪娅倒觉得一切都很自然，因为——她说——我手上要是有车，那简直就是场灾难；我非常恼火，但是她还在炫耀着这种评价，轻视我所有的实际操作能力，并把她对我的这种评价建立在我的其他天赋之上，而其他天赋究竟又是哪些却又不得而知了。

于是，我们乘了辆出租车；那车晃晃荡荡，开车的是个老头。我试图把这些支离破碎的画面构想成漫画，我的生活不可避免地承载着这种破破烂烂的画面，不过这辆出租车的丑陋并没有让克劳迪娅痛苦，就好像这些东西根本就碰不着她一样，而我真不知道是应该感到宽慰呢，还是该听天由命[①]。

路沿着长满一排排青翠树木的丘陵往上爬，丘陵从东面把城市围住。天色渐渐发亮了，呈出一种秋天特有的金色光芒，就连田野的颜色也趋于金色。我揽住克劳迪娅，在那辆车里；如果说我正沉醉于她给我带来的爱意中，那也是因为路两旁模糊地（为了拥抱她，我把眼镜拿掉了）奔跑着的绿色与金色的勃勃生气不断向我涌来。

① 此处有“破罐子破摔”之意。

去小饭店前，我叫老司机带我们在山顶上找一个风景好的地方。我们从车上下来。克劳迪娅，戴着顶大黑帽，原地打着转，裙子上的褶子都飘散起来了。我却是忙前忙后，要么指给她看从远处天边浮现出来的一道白皑皑的阿尔卑斯山脉（那些山峰的名称都是随便说说的，我根本就认不出来），要么给她看近处时而连绵起伏、时而断断续续的山脊，还有山上的村庄、道路与河流，要么就给她看看那山底下鳞次栉比的城市，它们时而昏暗时而闪烁，密密麻麻排列成行。一种广袤的感觉攫住了我，我不清楚是因为克劳迪娅的帽子和裙子，还是因为这里的景致。空气，已经是秋天的了，相当澄净，可还是有各种各样的凝聚物穿过其间：山底浓浓的雾气，河流上方流淌着的薄雾，还有那被风吹得千变万化的云链。我环抱住她的腰，两人倚在墙垛上，面对纷繁十色的美景，我很快就感到要搞清楚这一切的必要，这才不满地发现自己在地理和自然现象方面缺少足够的专业术语，而她却能随时把自己的情感转换为瞬间的感慨，转换为洋溢的热情，转换为一点关系都没有的东西。正是此时我看见了那个东西。我抓住克劳迪娅的手腕，攥得紧紧的。“你看！你看那下面！”

“什么东西？”

“那下面！你看！在动！”

“到底是什么东西啊？你看见什么了？”

我怎么对她说呢？根据潮气在空气中各级冷气层的不同凝结方式来看，这东西与其他灰色、或是发蓝、或是偏白、或是黑色的云与雾并没有明显的区别，但是它却有种说不清的颜色，我都不知道是更偏向于棕褐色还是偏向沥青色，正是这种颜色，或者更确切地说：是因为这种颜色的阴影，这阴影时而居于那东西的中央，时而偏向边缘，显得越来越浓重，使它和其他云雾区分开来，反正它是一种脏兮兮的影子，把那东西整个都弄脏了，完全改变了——从这点来看，它也和其他的云不大一样——它的质地，因为很沉重，所以无法从土地上，从城市斑驳的广阔上脱离开来，只是在城市上面缓缓地流动，缓缓地覆盖住了城市的这一头，很快又遮住那一头，流经之处都会留下一条如同肮脏线头般的痕迹，且源源不绝。

“烟雾！”我朝克劳迪娅大叫着。“你看见了吗？是一团烟云！”

但是她，并未听到我说话，而是沉浸于观察一种什么飞翔着的东西，那是一群鸟，而我待在那里，第一次从外面，注视着那片时时刻刻包围着我的云，那片我住在它里面、它也住在我里面的云，我明白了在自己周遭的缤纷世界中，我只在乎那片云。

晚上，我带克劳迪娅到“乌尔巴诺·拉达齐”啤酒店吃晚饭，因为除了那些固定价位的饭店外，我再也不认识其他地方了，而我又怕会落到什么特别昂贵的地方去。在“乌尔巴诺·拉达齐”啤酒店里，和一个像克劳迪娅那样的女人进去就完全是另外一回事：穿着蒂罗尔式上衣的服务员全都忙活起来了，他们给了我们一张位置很好的桌子，还推来了装着特色小吃的小推车。我尽量摆出骑士般从容大方的风度，但同时又感到自己已被认出是院子里租房子的房客，一个会在吧台旁仓促就餐的顾客。我的谈吐被这种心态搞得笨拙不堪、索然无味，很快克劳迪娅就生我的气了。我们开始激烈争吵起来；不过，我们的声音立即被啤酒店里的嘈杂声吞没了，但我们身上落满了目光，这目光不只是那些不放过克劳迪娅任何一个动作的服务员的，还有顾客的，他们都对这个美丽极了的，高雅的，颇有权威的，却被一个如此低声下气的男人陪伴着的女人充满好奇。我发现我们的争吵一直被所有的人关注着，这也是因为克劳迪娅，她从不在乎周围的人，也从不会伪装她的举止行为。我感到所有的人无外乎都是在等待大发脾气的克劳迪娅站起来，把我一个人扔在那里，让我像个普通平庸的男人那样回家，其实我本来就是这样的男人，这种男人就像墙上的湿斑一样毫不显眼。

然而，一如往常，紧随争吵后的就是一阵温柔的爱意；晚饭快吃完的时候，克劳迪娅知道了我就住在这附近，说道："我上你那里去。"

这下可好了，我把她带到"乌尔巴诺·拉达齐"啤酒店，因为它是我唯一熟悉的那种类型的地方，而不是因为我就住在附近；相反，一想到她只需往门口看上一眼，便会对我的住处产生出怎样的一个印象，我就如坐针毡，满心指望她会分心，忘掉这个想法。

然而她想上去。我夸张地向她描述那个地方有多凄凉，尽力往离奇里讲。可是她走上楼，穿过走廊，看到的全是优点，房子古老的风格，不可忽视的建筑风格，还有老房子特有的实用性。我们进去后，她说："你说什么呀？这房间漂亮极了！你还想要什么呀？"

为帮她脱掉外套，我赶紧转身去洗手，因为我照常把手弄脏了。她没有洗，她的手在那些落满灰尘的家具上像掸子一样摸来抚去。

房间很快被那些毫不相关的物件占满了：系着小纱巾的帽子，狐皮领子，天鹅绒衣服，蝉翼纱衬裙，缎面鞋，丝袜；我尽量把每件东西都收进衣柜和抽屉里，因为如果把它们丢在外面，我感到不久就会被沾上煤灰色的印子。

现在克劳迪娅白白的身体躺在那张一拍准会扬起一团灰尘云的床上，她把手伸到旁边的书架上，取下一本书。“小心，书上有灰！”但她已经把书打开了，正翻看着，随后又把书丢下。我看着她那还似少女般的胸部，玫瑰色的乳头，便被书上的灰尘会落在她身上的想法折磨不已，于是我以一种近似于抚摸，但却是想从她身上掸掉那一点点我觉得已经掉在了她身上的灰尘的动作，伸手擦过她的胸前。

而她的皮肤却是那么光滑、新鲜、无瑕；我看见好似细雨珠般极微小的尘粒在电灯的光锥中翱翔，这些尘粒肯定会慢慢落在克劳迪娅身上的，我于是扑在她身上，这样抱住她其实是想遮盖住她，保护她，好让所有的灰尘都落在我的身上，她便可以幸免了。

她离开后（她对我的陪伴有一点失望和厌烦，尽管她不受干扰的固执把那只属于她一个人的光辉也投射在别人身上），我用双倍的精力投入到我的编辑工作中，这是因为克劳迪娅的到来让我丢了不少工作时间，耽误了杂志的准备工作，同时也是为了不去想她，而且半月刊杂志《净化》所涉及的话题并不像刚开始时让我感到那么陌生了。

还缺一篇社论，但这一次科尔达工程师并未给我留下任何指示。“您自己看着办吧。全看您的了。”开始时我写的都是说教式的老一套，但是写着写着，我就慢慢描述起我所见到的、蹭在城市上空的那片烟云，描述起在这片云里的生活是如何展开的，描写起那些老房子充满建筑装饰的、凹凸不平的门面，那门面上乌黑的沉积物愈积愈厚，也描写起那些现代的、光滑的、单色的、方正的房屋门面，就连那些房子上也缓缓地蔓延出隐约的深色阴影，就好像职员衬衫的白领子，没到半天就脏了。我还写了，当然还有生活在烟云之外的人，也许他们会永远生活在这烟云之外，他们能穿过烟云，正好停留于烟云中央，然后再从中穿出去，一丁点的烟尘和煤炭颗粒都影响不到他们，打乱不了他们迥异的生活节奏，搅浑不了他们那另一个世界的美丽，然而重要的却全在于那烟雾里面的东西，而不是烟雾之外的：只有浸入那云的核心中，呼吸早上雾蒙蒙的空气（冬天已经把街道掩隐在不甚分明的雾气里），才能触及事实的本质，然后也许才能解脱出来。这完全是一篇针对克劳迪娅的辩论；我很快就发现了这一点，把文章撕了，都没有让阿万德罗读一读。

阿万德罗博士是一个我还搞不太懂的家伙。一个星期一的早晨，我进办公室时，知道我看见他什么模样吗？晒黑了！是的，他一改往常那种清水煮鱼般的色泽，一张蜡似的脸介于红色和褐色之间，额头和颧骨上还有些灼伤的痕迹。

“你怎么啦？”我问他（最近一段时间我们开始以“你”相称）。

“我去滑雪了。滑的是第一场雪。棒极了。雪都是粉末状的，星期天你也来吧。”

从那天以后，阿万德罗就把我视为他这个滑雪爱好的知己。知己，我这么说：因为他和我说起这些事时，表达出一种远超出热爱的东西，所谓的对完全是几何般准确动作的熟练技术的热爱，所谓的对优良器械的热爱，所谓的对一页白纸般洁净景色的热爱；他那样一个完美无缺、中规中矩的职员，却在似乎出于优越感的讥笑和小小恶意攻击中，透露出他对自己这份工作暗藏的异议："哎呀，那种'净化'才是净化啊！烟雾我可就全让给你们大家了！"接着立刻补上一句更正道："我这么说只是开玩笑的呀……"可是我已经明白了，他尽管忠诚，却是一个完全不相信机关和科尔达工程师那一套的人。

一个星期六的下午我碰见他，阿万德罗，完全是滑雪的装束，戴着顶像乌鸫嘴一般的小遮阳帽，正走向一辆班车，车上已经挤满了一群前去滑雪的男男女女。他对我打了个招呼，一副了不起的神气。"你留在城里？"

"我，是啊。离开有什么用啊？明天晚上你还不是又要回到一堆麻烦事里来。"

他在乌鸫帽下皱了皱眉头。"如果周六周日都不离开的话，那要城市还有什么用？"他赶紧向班车走去，因为对如何在货架上放置滑雪板，他要建议一种新方法。

对阿万德罗来说，也如对成千上万的其他人来说，他们在灰色的工作岗位上拼命地干上一个星期的活，目的就是为了能在周日的时候逃离出去，城市真是一个让人迷惑的世界，就像石磨磨粉一样，产生出各种各样的外出几小时后再回来的办法。阿万德罗，玩了几个月的滑雪后，又去乡村远足了几个月，又去捕上几个月的鳟鱼，然后就是去海边，再然后就是去山里避暑，最后玩上了照相机。他的生活史——这么跟他交往着，我也一年年地构筑起他的生活来——那也就是交通工具史：先是机动自行车，然后是助力小摩托，再然后是摩托车，现在又是小轿车，而且已经预示出未来几年内就会有更加舒适和更为快捷的汽车。

新的一期《净化》杂志就该付印了，而科尔达工程师还没有看过清样。付印的那一天我在EPAUCI等他，但他没出现，直到将近晚上他才打电话过来，叫我去他在Wafd的办公室找他，并吩咐我把清样带到那里去，因为他抽不开身。他甚至还派了他的司机和汽车来接我。

Wafd是一家工厂，科尔达是他们的常务理事。一辆巨大的汽车，载着那个蜷缩在座位尽头、双手持着膝盖上装有清样的信封的我，沿着一排死墙，把我带到了陌生的郊区，然后从一扇有着宽阔栅栏的大门里开进去，进门时还有门卫敬礼，汽车一直把我送到领导办公楼的大台阶前。

科尔达工程师正在他办公室的写字台前，被一群领导人围着，正在检查写在巨幅纸张上的账目或是生产计划，那纸洋洋洒洒地漫出了桌面。“抱歉，只要一小会，博士，”他跟我说，“我这就来找您。”

我看了看他身后：他身后的那堵墙是一整面玻璃，一扇非常宽阔的窗户，从那边可以俯瞰整个工厂。雾气腾腾的夜空中浮现出少许影子；在第一层面上突现的是一个链式升降机的轮廓，这个升降机正把一些——我想是——装着铸铁粉的大桶拉到上面去。还能看到一排铁制杯状的容器，带着持续的跳动和轻微的晃动正在上行，而那晃动像是稍稍弄乱了一些那堆矿物的轮廓，我感到一层密密的薄纱从空中升起，也落在了工程师办公室的那扇大玻璃上。

就在那时，他下令打开灯；映衬着外面的黑暗，大玻璃窗好像突然被一层细密的金刚砂覆盖住了，那当然是铸铁粉，亮闪闪的，就像星系里的星尘。窗外影子构成的图案被打乱了，那尽头烟囱的轮廓显得尤为清晰，每座烟囱都顶出一股红色的喷火，这些火焰的上面，那如同墨染一般的黑色斑迹被火焰衬得尤为明显，侵入了整片天空，那里炽热的火星正打着旋地升腾起来。

科尔达终于和我研究起了《净化》的清样，他很快就显示出了他在EPAUCI这个不同领域当主席的兴奋和热情，他和我，还有Wafd的领导们评论了期刊上的文章。而我，在机关办公室里，曾多次在他前面表露过我作为职员的自然抵触情绪，并声称自己在精神上是和烟雾站在一边的，是秘密潜入敌方参谋部里的烟雾代理人，现在我才明白我的态度是多么的没有意义，因为科尔达工程师才是烟雾的主人，是他源源不断地把烟雾吹向城市上空，而EPAUCI则是烟雾的产物，是根据让那些为烟雾工作的人获得希望的需要而诞生的，因为他们希望有着不只是烟雾的生活，然而与此同时，EPAUCI还要颂扬烟雾的力量。

科尔达对这期杂志很满意，用车送我回家。那是一个浓雾弥漫的夜晚。司机把车开得很慢，因为除了微弱的车灯外什么都看不见。主席，被他自己的乐观情绪搞得很亢奋，继续勾勒着未来这座城市的轮廓，这城市里会有花园小区，会有被花坛和湖面环抱的工厂，会有把从烟囱喷出的烟尘从天空中清除干净的火箭设备。他指着车窗外，那里什么也没有，但就好似他想象的东西已经矗立在那边了；我听他说着，不知是该害怕还是该仰慕，因为我发现工业能人和幻想家是如何并存于他身上的，而它们又是如何相互需要对方。

突然，我觉得认出了自己的街区。“您停下，您就在这里停下吧，我到了。”我对司机说。我道了别，谢了人，下了车。汽车开走后，我才发现自己弄错了。我在一个陌生的街区下了车，周围什么都看不见。

我继续去饭店就餐，仍旧独自一人，还是躲在报纸后面。我发现还有一个顾客也采用同样的方式。有几次因为没有空位子，我们就坐到了一张桌上，彼此打开报纸面对面地坐着。我们读的报不一样：我读的是所有人都会读的报，我们城里最重要的报纸；我当然没有任何理由因为读另外一种报纸，而让别人把我视为一个与众不同的人，或者甚至——如果我读同桌的报纸的话——是一个有着极端政治观点的人。我从来都是远离各种政治观点和派别的，但是在那里，在饭店的饭桌上，某个晚上，当我放下报纸时，同桌问道：“可以吗？”并示意要拿我的报纸，同时递上他的报纸：“如果您愿意读读这份……”

于是我就看了几眼他的报纸，有点像是跟我的报纸对着干说反话，不仅仅是观点相反，而且也是它涉及一些于我的报纸而言根本就不存在的事情：被解雇的职员，在齿轮传动装置的操作中只剩下一只手的机工（还登出了这些人的照片），家庭补贴一览表，诸如此类。但最不同的是，我的报纸总是在文章的撰写上尽量做到诙谐生动，尽量用一些有趣的小事情来引起读者的关注，诸如什么漂亮姑娘的离婚，然而这份报纸却总是用永远相同的、重复的、灰色的表达方式，而标题也总是把事情的消极面给凸显出来。就连报纸的印刷都是灰色的，密密麻麻的，千篇一律的。我冒出一种感觉："嘿，我喜欢。"

我努力把这种印象说给我的同桌听，自然是十分小心地不去评论个别消息和观点（他之前已经问了我对有关某则亚洲新闻的看法），同时也尽力削弱自己观点的消极面，因为我觉得他是个听不得别人批评的家伙，我不愿被卷入什么争论之中。

然而他却好像还是顺着自己的思路走，于是我对这份报纸的赏识看上去只显得多余而不合适。"您知道吗？"他说，"这报办得还不够好。还不是我想要的样子。"

他是个矮个子的年轻人，可身材很匀称，棕色的皮肤，鬈发，头发梳得非常仔细，还是小男孩般的脸庞，脸色苍白，脸颊发红，轮廓精致而端正，睫毛又长又黑，表情庄重几近傲慢。穿着讲究得有些造作。"还有很多一般化的东西，非常缺乏准确性，"他继续说，"尤其是那个与我们的东西有关的方面。还是与其他报纸太相近。我说的那种报纸大都应该由它的读者自己来做。对于那些工业生产领域中的事情应该尽可能地给出一种科学、准确的信息。"

"您是工厂的技工吗？"我问道。

"是专业工人。"

我们就这样认识了。他叫奥马尔·巴萨卢奇。当他知道我在

EPAUCI工作时，表现出极大的兴趣，还向我询问了一些他将在他的一篇报告中会使用到的信息。我给他看了几期刊物（当然，是人人都能看到的；我没泄露工作的秘密，我朝他微微一笑，不管怎样也要叫他明白这一点），而他则掏出一个小小的记事簿，有条有理地做起笔记来，就像是在编辑一张图书目录卡。

“我从事统计研究，”他说，“这是我们组织还非常滞后的一个领域。”我们穿上大衣准备出去。巴萨卢奇穿着一件运动外套，式样高雅，戴着顶防水布做的小帽子。“……还非常滞后，”他继续道，“然而，我认为，这是一个基础领域……”

“您的工作给您留有空余时间来从事这些研究吗？”我问他。

“您看啊，”他对我说（回答时始终有点高高在上的味道，有种卖弄学问的自负），“这完全是方法问题。我白天在工厂上八个小时的班，然后没有一个晚上是不要开会的，就连星期天也是如此。但是要会安排工作。我组织了一些研究小组，都是我们厂里的年轻人……”

“人很多吗……都是像您一样的人？”

“很少。而且越来越少。他们一个个地把我们赶出去。总有一天您会看到的，在这里，”他指指报纸，“我的照片在这个标题下：‘又一个遭到报复的解雇’。”

我们在夜晚的寒冷中走着；我缩在大衣里，大衣领翻着；奥马尔·巴萨卢奇冷静地边走边说，外套领也竖着，一小团云从他那被精致勾出轮廓的双唇间呼出，他不时从口袋里掏出一只手强调他演说中的什么观点，有时还停下步子来，就好像哪个观点没说清楚，他就无法前行一般。

我已经不再听他说些什么了；我在想，像奥马尔·巴萨卢奇这样的人，都不想试图逃出周围烟雾弥漫的灰色，而是尽量把它转变成一种道德的标准，一种内心的准则。

“烟雾……”我说。

“烟雾？是啊，我知道科尔达想要当现代工业家……净化大气层……他向他的工人说去吧！但肯定不会由他来净化的……这是一个社会结构问题……如果我们能改变这个结构，我们也就能解决烟雾问题了。是我们，不是他们。”

他邀请我跟他去参加一次本城各企业的工会代表大会。我坐在一个烟雾缭绕的大厅后排。奥马尔·巴萨卢奇在主席台上坐了下来，和其他都比他年长的人坐在一起。大厅里没暖气；所有的人都穿着大衣戴着帽子。

那些要发言的人一个个站起来，走到主席台旁发言；他们发言的方式都是一个样子，中立，单调，就连如何开头，如何阐述话题，都是一个模式，这模式该是早已约定了的，因为所有的人都在采用。从听众的窃窃私语中，我明白这里有过一场争议，不过那些争议很隐蔽，总要先说上一番赞成原先说过的话。我感到很多发言的人，都在生奥马尔·巴萨卢奇的气；而那个年轻人呢，正歪着身子坐在主席台上，从口袋里掏出一个熟皮烟草包和一只英国短烟斗，并用他那双小手悠悠闲闲地把烟斗装满，眯着眼睛，小心翼翼地一口口抽起来，胳膊肘撑在桌上，单手托着脸颊。

大厅里烟雾弥漫。有人建议打开一会大厅高处的一扇小窗。一股冷风吹进来换了一下空气，但很快也从外面带进了雾气，转眼间大厅的这头就几乎望不见那头了。我坐在自己座位上，仔细打量着身处寒冷中的这群人静止的脊背，有的人脊背上的大衣翻领竖着，我也打量着主席台上裹着大衣的一排轮廓，还有那个站着说话的人，他壮得像头熊，所有的人都被卷裹在那雾气里，被浸透了，同样被卷裹、被浸透的，还有他们的言语，他们的执拗。

克劳迪娅二月份又回来了。我们去公园尽头河边的一家豪华餐厅用餐。我们看着玻璃窗外的河岸和植物，这一切空气的颜色构造出一幅古老的雅致风格的画。

我们怎么都无法相互理解。我们讨论着这个主题：美。“人类已经丢失了对美的感受力。”克劳迪娅说。

“美是应该不断被创造出来的。”我说。

“美就是美，是永恒的。”

“美从来都是从碰撞中诞生出来的。”

“是啊，希腊人！”

“希腊人又怎么啦？”

“是文明！美是文明！”

“所以……”

“那不就得了……”

我们可以这样一直争下去直到明天。

“这个公园，这条河……”

（“这个公园，这条河，”我想，“都是次要的，也能起个安慰安慰我们的作用；古典的美和现代的丑是可以毫不冲突的。”）

“这条鳗鲡[1]……”

餐厅中央有个玻璃水箱，一个鱼缸，里面游弋着几条硕大的鳗鲡。

“你看!”

几个顾客走过去，看上去像是这里的贵客，一个喜好美食的富裕的家庭：母亲，父亲，长女，青春期的儿子。在他们身旁的是maître[2]，穿着燕尾服，挺着白色的衬衫硬前胸，肥胖，高大；他握着一只小网的把手，就如同孩子们捕蝴蝶的那种小网。这家人注视着鳗鲡，严肃、小心；过了一会那位太太举起一只手，指着一条鳗鲡。maître 就把小网浸入水缸，迅速逮着那条鱼，捞出来。鳗鲡在网里扭动、挣扎着。maître 向厨房走去，身前举着那只小网就像手持着一杆长矛似的，网里的鱼奄奄一息。一家人的目光都跟随着鱼而远去，然后坐回到桌前，等着它被烧好后再送上来。

“残忍……”

“文明……”

“一切都很残忍……”

我们没叫出租车，步行回去了。草地、树干被一层从河面上升起的薄纱般的东西缠绕着，又浓又湿，那纱在这里还是自然现象。克劳迪娅走着，裹在她斜领的裘皮大衣里，戴着皮手筒，顶着皮帽子。我们是一双相爱的影子，也是这画中的一部分。

“美……”

---

① 俗称白鳝。

② 法语：餐厅总管。

“你的美……”

“有什么用？反正……”

我说：“美是永恒的。”

“噢，你是在说我之前说的那个？”

“不：正相反……”

“跟你永远没法说话。”她说。

她从林荫道上走开了，仿佛想独自离去。一片薄雾擦地飘过：她穿着皮衣的silhouette[①]走着，就像一点也没挨着地面。

晚上，我陪伴克劳迪娅回宾馆，大厅里全是穿着smoking[②]的先生和袒胸露背的女士。那天是狂欢节，宾馆大厅里有个募捐化装舞会。

“太好啦！你留在这里陪我吧？我去换件晚装。”

我不是那种参加化装舞会的类型，觉得不大自在。“但我们没有邀请函……我还穿着棕色的衣服[③]……”

“对我来说不需要什么邀请函……而你就是我的舞伴……”

她跑上楼换衣服去了。我不知道该待在哪里。那里全是初次穿上晚装的姑娘，进入大厅前正忙着涂脂抹粉什么的，交换着连绵激动的低语。我站在角落里，尽量把自己想成一个去那里送包裹的小伙计。

---

① 法语：剪影。
② 英语：晚礼服。
③ 意大利语“穿着棕色的衣服”，是指着衣不得体。

电梯门开了。克劳迪娅穿着一袭卷边长裙出来了，玫瑰色的胸前戴的是珍珠，小面具上镶的是颗颗钻石。我不能再扮演小伙计的角色了。走到她身边。

我们进去了。所有的目光都落在她身上。我找到一个小礼品戴在脸上，一种长着滑稽鼻子的面具。我们跳起舞来。当克劳迪娅转起圈时，其他跳舞的人都闪开来看她；而舞跳得极差的我只想混在人群中，于是这就成了一种躲迷藏的游戏。克劳迪娅说我一点都不高兴，根本不会玩。

一曲舞尽，我们从站在那边的一群先生面前走过，来到我们桌前。“啊呀!”我和工程师科尔达照了个面。他身着燕尾服，头上戴着舞厅送的橘黄色的小帽。我不得不停下来向他打招呼。“还真是您啊，博士，我感觉像您，可又感觉不像!”他说，但是眼看着克劳迪娅，我明白他想说他从来没料想到碰上我和这样一个女人在一起，我还是原来的我，还穿着上班时的服装。

我只得介绍双方；科尔达吻了下克劳迪娅的手，向她介绍了那些和他一起的老先生，克劳迪娅仍是那般心不在焉、高高在上的样子，根本无意听那些名字（而我却在对自己说：“天哪！想想这都是谁啊!”他们可都是工业界的大人物）。然后科尔达介绍我：“这位博士是我们杂志的编辑，你们知道的，就是我当主席的《净化》杂志，是的……”我知道他们在克劳迪娅面前都有点不好意思，尽说蠢话。我于是也就不感到那么难为情了。

我明白下面要发生什么事，也就是说，科尔达迫不及待地想邀请克劳迪娅跳舞。我说：“那么，就这样吧，是啊，我们等一会再见……”我以幅度很大的动作道别，又把克劳迪娅带回舞池，她说：“你说说啊，这支舞曲你又不会跳，你没听出来这是什么曲子吗？”

我只是觉得[1]，我以某种他们也弄不很懂的方式，用我在克劳迪娅身边的出现，搅坏了他们的晚会，这是我可以获得的唯一满足感。“恰恰恰……”我哼着曲子，假装踩着那个我一点都跳不上的舞步，用手轻轻地扶着克劳迪娅，以便她能自己跳自己的。

那是个狂欢节；我为什么不能痛痛快快大玩一场呢？小喇叭在嗥叫，它们上面斜挂着的流苏晃得乱七八糟，成把的彩色纸屑，像墙皮脱落下来的碎屑，撒满了燕尾服的双肩和女人的赤裸部位，钻入了 décolletés[2] 和燕尾服的领子里，从吊灯到地板间拉着的彩带，就像是剥了皮的纤维束，或者像一幢楼宇倒塌后墙垣之间还挂着的各种线头，地板上堆着柔软的线团，被舞者的舞步踢来踢去。

“你们能忍受这样丑陋的世界，是因为你们知道将来会摧毁掉它的。”我对奥马尔·巴萨卢奇说。我这么说多少有点挑衅他，否则就没什么意思了。

“等一会，”奥马尔说，把正送向唇边的咖啡杯放了下来，“我们并没这样说：越糟糕越好啊。我们正是要改善……既不是改良主义也不是极端主义：我们……”

我顺着我的思路，他按着他的。自从那次和克劳迪娅在公园见

① “觉得”和上一句中的“听”，在意大利语中为一个词。
② 法语：袒胸衣。

面后，我一直在寻找世界的一个新形象，这个新形象能给我们的这种灰色一个意义，能给一切已经逝去的美丽赋予一种价值，能拯救它…… “世界的一张新面孔。”

工人奥马尔拉开黑皮包的拉链，抽出一本插图杂志。“您看见了吗?” 上面有很多照片。一群亚洲人，戴着小皮帽，踏着靴子，快乐地去河边钓鱼。在另一张照片中，同样仍是那个民族的人，在上学：老师指着床单上写着的一种不认识的文字。另一张是过节的，人们的头上都戴着龙头，在那些龙头中间，驶来一台拖拉机，拖拉机上竖着一张肖像。最后一张照片是两个人，还是戴着小皮帽，正在操作机床。

“您看见了吗？就是这个，” 他说，“世界的另一张面孔。”

我看着巴萨卢奇。“你们没有小皮帽，你们不钓鲟鱼，你们也不要龙。”

“所以?”

“所以啊，你们不会有一点跟他们相像的地方，除了这个，” 我指了指机床，“这个你们已经有了。”

“嗳，不对，会像那里一样的，因为认识会改变的，我们是这样，他们也是这样，我们的内在是新的，然后才是外表……” 巴萨卢奇说着，继续翻着杂志。在另一页上，有一些高炉的照片，还有一些把眼镜戴在额头上、满脸自豪感的工人照片。“哎呀，到那时也是会有问题的，不要指望一天两天就……” 他说。“需要很长一段时间，会很艰难的：生产……但那将是长足的一步……像现在这些问题，比如说吧，是不会再有了……” 他又开始讲述那些他一直谈论的东西，讲那些让他成天操心不已的问题。

我意识到，对他来说，不管那一天能不能到来，都没我们想象得那么重要，因为重要的是他的生活方式，这个方式是不应该改变的。

“麻烦事总会有的，当然……那又不是天堂……就像我们也不是圣人……”

如果圣人知道天堂不存在的话，他们也会改变生活吗？

“他们上星期把我解雇了。”奥马尔·巴萨卢奇说。

“那现在呢？”

“我在工会干活。也许今年秋天会有个干部的位子空出来。”

他正在往Wafd走去，那里早晨发生了一场严重的骚乱。“您和我来吗？”

“唉！就是在那里，我最不能叫人看见啊，您知道为什么。”

“我也不能叫人看见啊。会连累其他同伴的。我们只待在那里附近的一家咖啡店里。”

我跟他去了。透过一家小咖啡店的玻璃，我们看到了值班工人从栅栏门里出来，或握着自行车把手，或拥向电车，脸上已经神色困倦。有些人显然已经得到通知，来到咖啡店，立刻联络上奥马尔；于是他们就聚成一小拨人，拢在一旁说起话来。

我对他们的问题一点都不明白，就研究起那些从栅栏门里拥出的当然是除了家庭和星期天外什么都不关心的无数脸庞，和这边这些逗留在奥马尔身边的，也就是说和这些固执的、强硬的人脸庞究竟有什么不同。我没有找出任何区别：同样年迈或是早熟的脸，过着同样的生活；不同之处在内心。

然后我又琢磨起这边这些人的脸庞和话语，看看自己能不能分辨出谁是心底里有“那一天会到来”想法的人，我还琢磨了那边那些人，对他们来说，就像对奥马尔来说一样，不管那一天能不能到来，都不会改变什么。我发现他们之间根本无法区分，也许所有的人其实都是第二种人，甚至包括那少部分人，只是因为他们性急难耐又夸夸其谈，才被当作第一种人罢了。

接下来我就不知道还该看些什么了，于是看起了天。这是早春的一天，在郊区房屋的上方，天空光亮，蔚蓝，清澈，但如果仔细点看的话，还是能看到一片类似阴影的东西，一块斑迹，就好像泛黄的老照片上常见的那种洇痕，也好像透过光谱镜看到的那种标记。就连这美丽的季节也不能把天空洗净。

奥马尔·巴萨卢奇戴上一副宽镜架的黑眼镜，仍然在那伙人中讲着什么，缜密，专业，傲慢，还带有点鼻音。

我在《净化》上转载了一则从国外报纸上摘编下来的有关原子辐射造成空气污染的消息。消息篇幅很小，科尔达工程师对清样并未留意，但是当他在出版后的杂志上读到时，便派人把我叫了过去。

“老天啊，真是什么事都要盯牢呀，要长上一百双眼睛看着才行！”他说。“您是怎么想起来在那里登这则消息的？我们机构管的可不是这些事情。我们的事情还少吗！然后，您什么也别说！这么棘手的问题！现在人家会说我们搞起煽动来了！”

我回了几句辩白的话：“您知道，只是涉及污染问题，很抱歉，我当时就是这么想的……”

我告辞了，科尔达又把我叫回去。“但是，您听我说，博士，您信这个放射的危险吗？好吧，反正我是说，您真信已经这么严重了吗……”

我了解一个科学研讨会上的一些数据资料，就把这些数据报给他听。科尔达听我说着，不快地赞成着。

“谁知道啊，我们生活在一个怎样糟糕的时代里啊，亲爱的博士！”他突然说道，又变回到那个我十分了解的科尔达了。“这是我们必须冒的险，亲爱的您，别总往后看，因为这个赌注太大了，亲爱的您，这个赌注实在太大了啊！”

他低头待了几分钟。“我们，在我们的领域里，”他又说起来，“不是想高估，我们的角色我们会演好的，我们的贡献我们会做出的，我们完全胜任掌控当下的形势。”

“这点是当然的，工程师。我对此深信不疑，工程师。”我们互相看了看，有点尴尬，也有点虚伪。烟云现在显得小了许多，跟迎面压来的原子云比起来，也就是那么一小片云，一小朵卷云罢了。

又说了一通泛泛肯定的话后，我离开了科尔达工程师，这次还是没能搞清楚，他究竟是想赞成还是想反对烟云呢。

从那以后，我就避免在标题中提及原子爆炸或是放射，但是每期技术消息专栏里，我总是尽量转摘一些相关信息，并且，在有些文章中，在有关城市大气中的煤炭或柴油的百分比，和它们带来危害的资料中，我还插入一些与核爆区有关的类似材料和例子。科尔达和其他人都不再对我有什么意见了，不过这非但没让我高兴，倒更让我肯定了《净化》杂志当真是没有一个人去读的怀疑。

我有一个文件夹，里面我保存着有关核辐射的资料，在浏览报纸时，我的眼睛在挑选要用的消息和文章方面已经是训练有素了，总是能找到有关的东西，我把它们都保存下来了。有一家文摘类的报社，机构是它“大气污染”栏目的订户，它总是给我们寄来越来越多有关原子爆炸的摘要信息，而那些有关烟雾的信息却越来越少。

这样一来，每天我眼皮下总会出现一些可怕疾病的统计，什么在海上捕鱼的人被致命云雾袭击的事，什么在铀辐射实验下出生的豚鼠有两个脑袋。我抬起眼睛望着窗外。六月末了，但夏天还没到来：天气异常沉闷，白昼被一种昏暗的烟雾压着，正午时分，城市竟会沉浸在一种世界末日般的光线中，行人就像是身体已经飞走，影子却被照在了地上。

四季交替似乎改变了，浓厚的气旋穿过欧洲，初夏时节就已是雷电交加，然后就是数周的暴雨，再然后是突如其来的炎热，最后是返回到三月的寒冷。报纸排除了大气出现的这些混乱现象是受原子爆炸的影响；只有个别的几个科学家似乎还坚持认为有关系（此外也很难确定是否应该相信他们），再就是众说纷纭的群氓之声，大家知道的，他们总是把最靠不到边的事情搅和成一团。

听到玛尔格利蒂小姐愚蠢地谈原子，还警告我那天早上应该带伞，我很生气。不过当然，我打开百叶窗时，看到院子里那青黑色的光景，整个院子被笼罩在一种虚假的光亮中，好似由无数线条和块块斑点构成的网状物，我也情不自禁地往后退，仿佛就在那一刻有一连串看不见的粒子正从空中直砸下来。

那些避而不谈的东西积压久了就成了一种迷信，压迫在天气如何的家常话题上，而这曾被认为是最不必费工夫的话题。如今人们已经避免再去谈论天气了，或者当不得已要说下雨或是天晴时，就会陷入一种羞耻之中，就好像是想回避因为自己的过失而应当承担的责任。阿万德罗博士还是过着一个星期来上几天班就是为了周日郊游的生活，对天气采取了假装漠视的态度，这种漠视让我感到非常虚伪、卑贱。

我又编了一期《净化》杂志，没有一篇文章不谈辐射。这回我却没遇到什么麻烦事。但说没人读它并不是真的；读，他们是在读，但对这些东西已经产生了一种抗药性，尽管有人写到人种的灭绝已然迫近，但根本没人理会。

就连时尚周刊也带来一些令人毛骨悚然的消息，可是人们似乎只相信封面上微笑着漂亮姑娘的彩照。在一期这种周刊的封面上，刊登了克劳迪娅身着泳装的照片，她在滑水板上摆着一个动作。我用四枚图钉把这张照片挂在自己租房的墙壁上。

每天清早和下午我还是继续去着那片有宁静林荫道的街区，我的办公室在那里，有时我回忆起秋日的一天，我第一次来到这里，那时每见到一件东西，都想在其中寻找出某种征兆，以我那时的心境而言，都没觉得有什么东西能够那么的灰与凄凉。现在我的目光依然寻找着征兆，其他东西我从来都不会细看。然而是什么东西的征兆呢？是那些互相指向的无穷尽的征兆。

就这样，有时我在那个街区里会遇到一辆骡子拉的车；一种两个轮子的小车，在非机动车道上走着，载满了袋子。有时会见到它停在某个大门口，驾辕的小骡子耷拉着脑袋，而那堆白色的袋子顶上，坐着一个小姑娘。

然后我就发现在那里转悠的这种车不止一辆，是好几辆。我说不上来是从什么时候注意起它们的；一个人见了许多东西都没在意；也许这些他见过的东西在他身上会有一种影响，而他却没发现；然后一旦他把一个东西和另一个东西联系起来时，于是一切突然获得了某种意义。看到这些车子，虽然我当时并未把这事搁在心上，然而这其实已经对我起到了一种安心的作用，因为一次不寻常的遇见，比如一副乡下模样的小车出现在汽车遍地跑的城里，就足以让人意识到世界从来并非只有一种模式。

于是我关注起这车子来：一个扎辫子的小姑娘坐在袋子堆成白山似的顶上，读着一份儿童小报，然后从一扇大门里出来了一个拎着袋子的壮实汉子，把这些袋子放上车，松开缰绳，对骡子喊道“驾……”，他们走着，小姑娘一直待在顶上，继续读着书。不一会他们在另一扇门前停下；那汉子便从车上卸下一些袋子，送了进去。

更远处，在对面的非机动车道上还有另一辆小车，马夫座上有个小老头，一个女人顺着公寓的楼梯，顶着鼓鼓囊囊的包裹，上上下下地跑着。

我开始注意到，凡是能看到小车的日子里，自己就会心情愉快，满怀信心，而且都是在星期一：因此我就知道了星期一那天，洗衣工要赶车进城，把装着干净衣物的包裹带进城，再把脏衣物带走。

现在我知道有这么回事了，洗衣工的车子便再也不会错过了：哪天早晨上班时，只要见到一辆这种小车，我就会对自己说："是啊，星期一了！"接着很快就能发现另一辆车在另一条道上走着，车后一条小狗紧追不舍，汪汪直叫，还有一辆车正下坡远去，我只能从车后看见货物，都是些有着黄白相间条纹的袋子。

下班回来我乘的是电车，途经一些人头攒动、震耳欲聋的街道，就在那边的一个十字路口上，交通不得不停滞下来，因为一辆那种小车有着长长半径的轮胎正在慢悠悠地转着。我往一条小巷望去，看见人行道旁，一头驮满衣物袋子的骡子正歇着，一个戴草帽的男人正在卸着袋子。

那天我回家绕了一大圈，没走平时常走的路，总能不断地碰见洗衣工。我意识到对整个城市来说，那是一种节日，因为大家都是高高兴兴地送走了被烟熏脏的衣物，然后再高高兴兴地穿回洁白的亚麻布[1]，尽管也维持不了多长时间。

下个星期一我想跟着洗衣工去看看，看他们交接完衣服、领到新活后回到哪里去。我随意地走着，因为一会跟着这辆车，一会又跟着另一辆车，直到后来我才明白过来，他们都朝一个方向走，最后都上了那么几条路，当他们汇合起来或是一辆接着一辆排列成队时，相互间会发出温暖的问候，还会开玩笑。我就这样继续跟着他们，继续在长长的路上因为累得走不动而跟丢了他们，但在离开他们前我知道了有个洗衣村：他们都是那个叫作巴尔卡·贝尔图拉[2]地

① 此处的"亚麻布"是指代"衣服"，因为那个时代的衣服大多是用亚麻布做的。

② 贝尔图拉处在意大利北方利古里亚大区。卡尔维诺为利古里亚人。

方的人。

一天下午，我来到这个地方。我顺着桥过了一条河，那里已经是亦乡亦城的模样了，路旁虽然还有一溜房子，但房后紧挨着的就是绿色的农田。还看不见任何洗衣店。被道道水闸断开的水道边有一些小酒店，酒店门口搭着阴翳的葡萄架。我继续前行，仔细打量每个院子的栅栏，每条小路。我渐渐从居民村落里走出来，排排杨树直逼路边，树下跑着条条水道。在那尽头，穿过杨树，我看见一块草坪上翱翔着片片白色：展开的衣物。

我抄上一条小路。宽阔的草坪上穿过一排排拉着的足有一人高的绳线，这些绳线一列接一列地晾晒着整座城的衣服，衣服刚洗过，还很湿软，皱巴巴的，被太阳晒了后都皱成一个样，周围许多块草地上都是这么白花花的，挂着衣服的一行行绳线长极了（有些草地没晒东西，光秃秃的，不过一道道平行的绳线穿过，就像是没长葡萄的葡萄园架子）。

我在展着白花花衣物的地里转着，突然听到一阵爆笑，转过头去。在水道边的水闸上，有个洗衣房，在洗衣房前的岸边露出了洗衣女工一张张红的脸庞，她们挽着袖子，身着彩衣，高居我的上方，正笑得开心聊得带劲，年轻姑娘的乳房在衬衫里上下起伏着，肥胖的老妇头上系着手帕，她们圆滚滚的胳膊在肥皂水里上下揉搓，胳膊肘把绞起来的衣服拧干时扭动得有棱有角。她们中间的男人，有的戴着草帽，卸下篮子，把衣物码成了好几堆，有的在用马赛方皂拼命地洗衣，有的则用小木铲子拍捶衣服。

我已经看明白了，再没什么好说或是好盯着看的了。我转身往回走。大路边长出一些青草来，我小心翼翼地在路边上走着，既是避免鞋子粘上尘土，也是为了远离路过的卡车。在草地篱笆和杨树间，我仍用目光追寻着洗衣池，追寻着一些低矮房子上写着的字样："蒸汽洗衣店，巴尔卡·贝尔图拉洗衣工合作社"，追寻着那些土地，那些土地上的女人们就像收获葡萄一般地挽着篮子，把晾干的衣物从绳线上摘下来，而太阳下的田野让它的绿色映照着片片白色，水潺潺地流淌，泛着浅蓝色的泡沫。可看的东西不是很多，但对仅仅是找寻景象来填充视线的我来说，也许就足够了。